『談奇党』『猟奇資料』

第4巻

第1輯（昭和7年10月）

解説／『叢書エログロナンセンス』関連年表

［監修・解説］島村 輝

ゆまに書房

『猟奇資料』第 1 輯。

『談奇党』『猟奇資料』復刻刊行にあたって

監修　島村　輝

『叢書エログロナンセンス』シリーズは、戦前ジャーナリズム界の異才・梅原北明を中心とした「珍書・奇書」類のうち、発刊当時の事情やその後の年月の経過によって閲覧・入手の困難となった書物、とりわけ多く「発売禁止」等の措置を受けた雑誌類を中心にして、復刻刊行するものである。これまでに第Ⅰ期として梅原北明の関与した代表的雑誌『グロテスク』（一九二八〈昭和三〉年一一月～一九三一〈昭和六〉年八月）を復刻刊行した。ここでは永く幻と謳われた第二巻第六号（一九二九〈昭和四〉年六月）を発見し収録した。第Ⅱ期としては、北明個人の編集となってからの『文藝市場』（一九二七〈昭和二〉年六月～一〇月）、その後継誌として上海にて出版されたとされる『カーマシヤストラ』（一九二七〈昭和二〉年一〇月～一九二八〈昭和三〉年四月）の復刻を行なった。

これまでの復刻により、『変態・資料』『文藝市場』『カーマシヤストラ』『グロテスク』という、梅原が編集に携わった雑誌が揃ったことになる。今回その第Ⅲ期として復刻刊行するのは、『グロテスク』の後継誌とされる『談奇党』（一九三一〈昭和六〉年九月～一九三二〈昭和七〉年六月）全八冊、別刷小冊子『談奇党員心得書』、および『談奇党』の後継誌として発刊されたものの、創刊号（第一輯）のみの刊行にとどまった『猟奇資料』（一九三二〈昭和七〉年一〇月）全一冊である。

北明は『グロテスク』の後期には「珍書・奇書」出版への情熱を喪《うしな》い、その分野から離れた立場にいたとされ、その実質上の後継誌である『談奇党』『猟奇資料』の編集等に、直接携わっていなかったことは確実であろう。しかしこの雑誌の創刊と継続的刊行に当って、北明の強い影響を受けた人物が、執筆にも刊行にも、大きな役割を果たしたことが、その内容を精査するにつれて次第に明らかになってきた。

『グロテスク』から『談奇党』『猟奇資料』へと引き継がれた底流から、当時のアウトサイダー的な出版人・知識層が目論んだ、サブカルチャー領域からの権力批判、文明批評の可能性と限界を窺い知ることができるだろう。

凡例

◇本シリーズは、『談奇党』（一九三一〈昭和六〉年九月～一九三二〈昭和七〉年六月）、『猟奇資料』（一九三二〈昭和七〉年一〇月）を復刻する。

◇本巻には、『猟奇資料』第1輯（一九三二〈昭和七〉年一〇月二五日発行）、および、監修者による解説、『叢書エログロナンセンス』関連年表を収録した。

◇原本のサイズは、二二〇ミリ×一五〇ミリである。

◇各作品は無修正を原則としたが、表紙、図版などの寸法に関しては製作の都合上、適宜、縮小を行った場合がある。

◇本文中に見られる現在使用する事が好ましくない用語については、歴史的文献である事に鑑み原本のまま掲載した。

◇本巻作成にあたって原資料を監修者の島村輝氏、ウェブサイト「閑話究題　XX文学の館」館主・七面堂究斎氏（http://kanwa.jp/xxbungaku/index.htm）よりご提供いただいた。記して深甚の謝意を表する。

目次

『猟奇資料』（第1輯）

昭和七年十月二十二日印刷
昭和七年十月二十五日納本
獵奇資料
第一輯

なんでもかでも 喰競見立角力《くひくらべみたてすまふ》

勧進元	きつうこひ	観音《くわんおん》	差添人	すつうこひ	まぬけ
大関	太和ぶる	西瓜《すいくわ》ずだ	大関	ふとんたぶる	寒の内
関脇	ねとのえんらふ	菓子《くわし》ずだ	関脇	とねとゝらふ	だんごずだ
小結	はしおよそらふ	鯛の汁	小結	おたとこのむ	在所《ざいしよ》酒
前頭	はしあきそらふ	肴《さかな》ずだ	前頭	いちらとらふ	胡瓜《きうり》ずだ
前頭	つゆもてらふ	昆布《こんぶ》ずだ	前頭	なりのつゆらふ	唐《たう》がらしずだ
前頭	たまそそらふ	ねちん白	前頭	こうちやとらふ	竹の子ずだ
前頭	ないとふそらふ	安米《やすごめ》らひ	前頭	こふぞらふ	三月こ
前頭	きうそせそらふ	吸物ずだ	前頭	うまおりそらふ	豆腐《とうふ》ずだ
前頭	けんぼんそらふ	するめずだ	前頭	あさご山らふ	かきずだ
前頭	こゑうそらふ	もしずだ	前頭	いくとらふ	月見《つきみ》の夜《よ》
前頭	めうそらふ	下手《へた》上あり	前頭	てあぶらふ	ぬく汁ずだ

行司
人そのとこむ 男達《だて》
三味せんぐぢる 引あらひ
炭やいてらふ 土佐日向

頭取
舟つうつてらふ 江の子嶋
ねくひめよい 女ずき
あてそとらん 鍛冶屋

世話人
たこずきれ めしとらふ
生貝ずきハ こゝさとらふ
鯛ずきバ 目玉とらふ
豆腐ずきハ やりことらふ
鱻さお藏人 ありとらふ
ゑびずだ だくそらふ
菜ぐひよ さしどらふ
わらうよ 魚とかまん

名乗上 さるやとをやたまもぶるまんぢうくひ

古歌 うしろに格付てふる士よりも てうそまりて咎ぞおそろし

作者 きくひやだ一 倉井呑助

有る様で無い物 無い様で有る物 見立番附

東之方
有るやうで無い物

大關 傾城のまこと
關脇 女形役者のちんぼこ
小結 金満家の親切
前頭 洋装の美人
同 大名の祝儀
同 怜悧な總領息子
同 相場で金を儲けた人
同 美男子の懐中

前頭 珍書展覧會の珍書
同 夫婦喧嘩のゐこん
同 良妻賢母
同 かみなりのたいこ
同 薬のきゝめ
同 金庫の紙幣
同 信心家ぶる人の信心
同 大安賣の堀出もの
同 支那軍閥の度胸

西之方
無いやうで有る物

大關 後家の世話人
關脇 女房の連子に孕ます男
小結 紳士のナイトクラブ
前頭 貞女の間男
同 年末の支拂
同 奇術師のたね
同 六十過ぎて子を孕ます爺
同 藝者の床入

前頭 酔っ拂ひの本性
同 あきんどの掛値
同 クリスチャンの女買ひ
同 淑女の待合入
同 小娘の月經
同 親父の情婦
同 心中の最後のいとなみ
同 官吏の收賄
同 借金の度胸

勸進元 政治家の良心

年寄 地獄極樂
蚤の睾丸

此欄効果絶無保證一行百圓也申受候

アヴァンチュウル 廣告集

妾讓ル 小生永年樂シミヲ共ニセシ女四十歳ヲ過ギタルモ一見三十二歳位ニシカ見エズ。容姿技巧申分ナシ。若イ女ト取替ノ爲連子ト共ニ至急格安讓ル。 帝都水揚株式會社N宛

婦人秘書に雇はれたし。當方二十三歳の苦學大學生お話し對手御相談對手に金滿家の未亡人又は良家の惱める婦人に奉仕したし。色白く愛嬌に富み獻身的努力を惜まず、如何なる玩弄にも耐え得る自身あり。高給は望まざるも、月に三四回遊び廻つて外泊するたけの小使ひを賜はれば可。 放蕩大學遊藝科S生

エロ・ダンサア 數十名募集 帝都某一流のナイト・クラブ專屬にしてイツトに富む方。貴顯紳士と自由に交際が出來て、快樂、飮食意のまゝ。おまけに月收數百圓。試驗の上採用す希望者は必ず洋裝ノーズロにて〆月×日インペリアルホテル十二號室に來れ

獵奇紳士募集 女房に飽きた方、戀人にふられた紳士は今即刻わがナイト・クラブに御加入下さい。本會の內容が如何にもの凄いものであるかは一大新聞に屬々バクロされて皆樣よく御存知のことゝ存じます尙本會の秘密遊戯場には八方の地下逃げ道があり、萬一發覺されても悠々とズラかる事が出來ます。絕對乞御安心 オリエンタル・ナイト・クラブ

世界的珍書讓ル ゾク〳〵するやうなエロ本山の如くあり。いづれも伏字○○だらけ。某インチキ出版屋の投出し品にして、會員憤慨して返送せるもの。定價十圓のものがタッタ一圓。二錢切手にて月賦拂込も可。 インチキ書房

嫁度シ 三十歳美人玉の井淫賣窟出身不幸にして離縁されること今迄十二回。嫉妬心の全然なきインポテンツの方にお世話して貰ひ度し。裁縫炊事全然出來ず 府下寺島局止置N子

男妾 お世話致します。二十三四歳から四十二三歳まで御好み次第。御都合により派出も可。金二圓お拂込の方には野郎新評判記男妾寫眞集個人名儀秘密に送る 淺草六區男妾クラブ

男妾の御用命は今大評判の本會へ。未亡人、職業婦人、インテリ・モガ問に大好評。氣に入らなければ何囘でも無料でお取替するところが本會の特色で、インチキ男妾屋の絕對に追從を許さず。アドルフ・マンチュウ型ラモン・ナヴアロー型、何れも品よくてサービス藝能の達者なこと天下一品 銀座街裏 モダン・ダンショウ・クラブ

二號ヲ求ム 當方四十五歳。資産見積リ八百萬。體軀健全精力絕倫永年海外ニ在リ世界各國ノ婦女ト交際シ、技能優秀ニシテ對手ヲ感動感激セシメルコト絕對保證。一人ニ付毎月百圓宛支給。募集二十名限リ。希望ノ方ハ本日午後八時新橋待合いくの家に來れ。 姓名在社

粋具秘藥の大亂賣

江戸時代の御殿女中が用ひたと云ふ古い代物の御模倣品を始め、現代フランス貴婦人間に愛用されてゐる自動出入式自轉車型の逸品まで殘らずショウウヰンドウに陳列して御座ゐます。お極りの惡い方は秘密使用室の設備も御座ゐますから御來店を乞ふ。これさへあれば獨身者の空閨も浮氣な夫を持つ御婦人も少しも惱むところはありません。いつも心は春のやうに朗らかで、雄々しく生活戰緣の第一戰に立つことが出來ます。

◇目錄無代及實驗報告進呈

▓あと二日間▓ ヨツメ屋藥品部

現代の粋藥秘藥は是非本社の代理部へ

A夫人曰く　御社の粋藥を愛用するやうになりましてから、夫の態度がカラリと變つて參りました。いつも怒りつぽくて、何かと云ひますと、妾との同衾位くそ面白くないものはないと云つて、待合とか圓宿ホテルへ入り浸つてゐましたのが、此頃てはすつかり止まつて了ひました、たまには外泊して來てはしいと、今度は妾しの方で思ふやうになつた程ですが、それでも矢つ張り一人で淋しく寢ますよりは ホホホ……………

新長命丸、新女悅丸、その他歐米の新劑から、りんの玉、ひごずゐき等何でも品豐富に取揃へてあります。

東京金座 性愛研究會代理部

獵奇資料

次號豫告!!

「アヴアンチユウル」を「獵奇資料」と改題いたしました理由は、多數讀者諸賢の御希望があつたからです。我々はもつと早く出さうと、どんなに骨折つたか知れません。ところが、七、八月は餘りに住所の變動やら、御旅行が多いために、九月に出すべく決心したのでしたが、どうもピツタリしないので、記事にも可なり變更を加へました。又、洛成館が何か出したらスパイしてやるなどゝいふ者もありました。こんなに發行が遲れて皆樣に御心配かけたのも、さうした理由があつたからです。一定の基礎さへ固まつて了へば、今後は確實に大馬力をかけて、次々にと發行して行きます。秘密にやつてゐる仕事ではありませんから御安心下さい。

それから、會費のお拂込が非常にまちまちで、そのために仕事の進行にずゐぶん困ります。此の第一號を御受取りになつた方は、すぐに第二號分會費を御拂込してをいて下さい。さうして頂かないと、いざ仕事にかゝらうとしても、どうしても遲れがちになるのです。一度に發送出來ないことが一番困る事なので、本號到着次第第二號分會費を御拂込してをいて頂ければ、隔月にしなくても、直ちに第二號の準備がどしどし進行するし、臨時特種研究號などでも、別に催促狀など出さなくても配本出來るわけです。早くから拂ひ込んで頂く人にはいつも氣の毒しますから、皆さんがその心になつて御鞭撻下さいますことを呉々も御願ひいたします。

扨て、第二號での大呼物は何と云つても『**東西秘戲奥秘傳**』及び『**色情相記**』及び一九三二年の新刊 Les Filles de loth 等で、これはパリーの名夫人をヒロインとした一大情史、原稿紙約二百枚の長篇ですが、出來れば後腐れのないやうに一時に全部發表したいと思ひます。

配本も早く、誌代納入も早く、この二つは是非共双方で實行したいと思ひます。「配本が遲れるから拂込まないのだ」「拂ひ込みが遲れるから配本が出來ないのだ」かうした因果關係を「獵奇資料」だけは一掃したいと存じますから、呉々も御願ひ致します。

（第二號會費は遲くも十一月五日頃までには御拂込して置いて下さい）

洛成館編輯局

會員諸賢

迫て「獵奇資料」は、第一輯から第六輯まで及び萬一臨時版を出す時も**全部定價貳圓送料十錢**ですから御含み置きを願ひます。

獵奇資料

第一輯

獵奇資料　第一輯目次

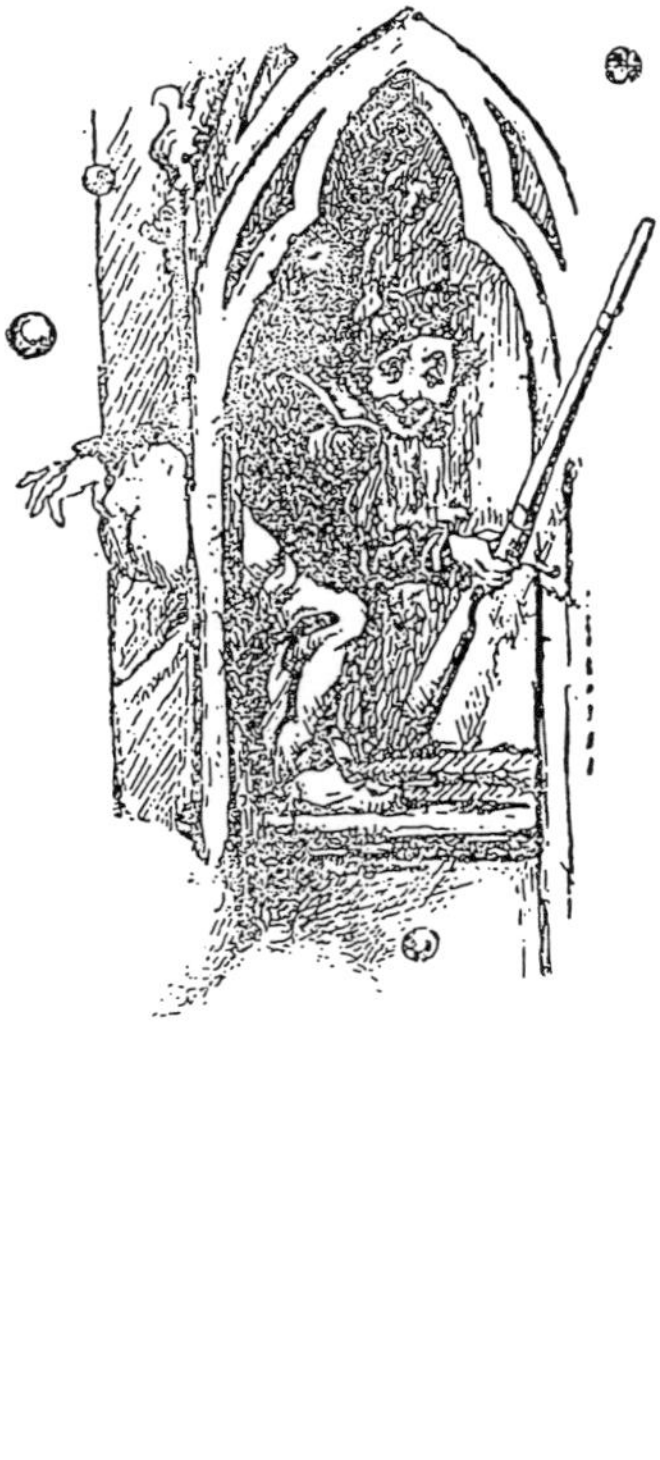

印度古代の禁慾論

―ヨーガ・シャストラ―

河田修二

印度古代の性典、ヴッチャ―ヤナのカ―マスートラが徹頭徹尾人間の性慾生活を賛美したのにひきかへ、マハーヴィーラのヨーガシャストラは徹頭徹尾人間の性慾生活を嫌悪し、婦人を軽侮し、禁慾の功徳を説いた。それは恐らく釋尊も裸足で逃げ出すであらう程の痛烈さを極めてゐる。

マハーヴィーラと云ふ男は釋迦と同時代の人だとも傳へられてゐるし、釋迦よりも先に教義を説いたとも言はれてゐるが、そのいづれにしても、人間の性的生活を醜い煩惱の罪惡として取扱つた點に於ては、二人とも代表的な我々の論敵である。

最も、古代印度の淫風は、到底正視するに忍びない程醜悪猛烈なものであつたさうだが、それがどの程度まで甚だしかつたのか我々にはちよつと見當もつかぬ。

なにしろヴァツチャーヤナのカーマスートラが、性愛秘戯の教典として一世を風靡したといふのだから、やつと色氣づき始めた小娘から、額に四海の波を寄せた老人たちまで、夜となく晝となく、巫山の夢に恍惚醉然たるものがあつたことだけは事實であらう。

暑い國で、裸かの生活と來てゐるから、自から人間がエロッポクあつたであらうことは、敢て我々の得手勝手な想像だとのみ批評することは許されまい。

フロイドの精神分析によると、人間には既に赤んぼの時代から異性に對する執着があると云つてゐるが、ヴアッチャーヤナの言に從へば

「血液より生じたる生物は、たとひ微細なるも和けき色調の愛着を有し、母胎に於て形の如く淫慾の衝動を生ず」と喝破してゐる。流石はエロ宗の聖典カーマスートラを書いたゞけあつてフロイド以上だ。

古代印度人の華やかな性的亂舞は、たちまちにして隣國支那に傳はり、天晴れ好色老大國を築いて、秘戯秘薬の應用も驚ては本家本元を凌駕するに至つたことは、恐らく讀者諸君も御存知の通りである。

古代印度の醫藥にしろ、支那古代の漢法醫學にしろ、それらは殆んど性的鬪爭に備へるために發明されたもので、精力絕倫でさへあれば、すべての病魔は追つ拂はれると考へてゐたからである。

カーマスートラの秘術指南、ラテラハスャの秘藥應用の技術篇によつて、百花爛漫と咲き亂れたエロの花、上下貴賤の別なく

「乳酪、蜜、サハデーヴィを混じて蓮花の蕋を入れ、それを以て自己の膌に塗布する時は百人の異性と樂しむとも更に心身疲勞を覺ゆることなし」とばかり、ラテラハスャの教義をそのまゝ實行したであらうことを想像すれば、誰か肌に泡を感じないものがあらう。(但し我々は釋迦やマハーヴィーラではないのだから一向に感じないけれど――)

酷熱地を燒くが如き菩醍樹の木蔭に、ほのかな夕闇が迫れば、いろんな娼婦や賣春婦たちも現はれたのであらう。

三千年の昔にそんなベラ棒な話しがあるものかと疑ふ人もあるか知らないが、娼婦がちやんと存在してゐた證據には、ヨーガ・シャストラに次のやうな戒律があるのを見ても頷かれるであらう。

肉と酒とに汚され、多くの痴情人に吸はれし娼婦の口に觸れんとする人よ！まことに捨てられし食物を食はむとするに等し。（八八）

既に幸福を喪へる愛人より、娼婦は凡ての財産を奪ひしにも拘はらず、なほもゆきすがらその衣まで奪はむとして之を追ふ。（八九）

人々は神、師、親族を敬はず、常に惡しき人と交はり、娼婦を缺く可からざるものと思へり。（九〇）

人々の追ひ求むる娼婦は、唯金錢のためには、癩病をすら慕はしきもの丶如くし、愛情もなきたゞ作られし愛語もて人々を迎ふ。（九一）

これによつて見ると、傾城のまことゝ、四角な卵のないことはちやんと三千年の昔から連綿として打續く傳統的精神なのだ。娼婦にへそくり金まで使ふ御仁は再思三省の要があらう。

してみると、聖者マハーヴィーラも娼婦には屢々苦き經驗を嘗めたのではなからうか。

彼の婦人を嫌惡することは、只單に娼婦のみに限つてはゐない。

腐爛した當時の衆生を救ふ大慈大願の一念勃起かどうかは知らないが、一切の病氣は悉くたゞ愛慾に執することによつて起るものだと說いてゐる。

カーマスートラが男女間の性交を極樂扱ひにしてゐるのに反して、ヨーガ・シャストラで、婦女の腰に觸れることを地獄の門に潛るものだとしてゐる。

マハーヴィーラの極端なる厭世界想を以てすれば、或ひは婦女と秘戯に夢中になることも地獄であつたのだらう。

美しき婦女は悪しき行ひによつて、忽ちに、その夫、その子、その父、その兄弟を、再び生の裏苦のうちに陥らしめむ。（八五）

とあるに徴しても、その厭世思想が窺はれやう。悪しき行ひとは言はずと知れた性交を意味する言葉である。

更にその次には

婦女は生の源、地獄の門に導く燈火、不和の種子、悩みの根柢なり。（八六）

とある。

にも拘はらず、男といふ男は地獄の門に殺到した。幾百度地獄の門だと云はれたところが、婦女の腰はそれ程悪い場所ではないからである。

釋迦もマハーヴィーラと時々同じやうなことを云ひ、弟子の阿難が若い女に戀した時「阿難よ、そちは女のどこが美しいといふのか、眼には涙あり、鼻には鼻汁あり、口には唾あり、耳には耳汁あり………」

勿論、地獄の門にも汚い汁があると言つたであらう。

マハーヴィーラは言ふ。

寝ねがたき夜は、聖スツーラパツドラが婦女を斥けたるを憶ひつゝ、女人の身の性を思惟すべし。（一三〇）

果してその女の性はどうかといふと、

婦女は外見うるはしと雖、内臓、糞尿、不浄、粘液、髄骨に充ち、愛慾を以て作られたる皮嚢なり。（一三一）

若し婦女の體の内部にして悉く外に曝露せられたらむには、如何に愛溺の徒と雖、禿鷹、豺狼の類の前に彼女を護らむとせむや。（一三二）

とある。女の體が愛慾で作られた皮嚢には異議ないとしても、それならいつたい男の方はどうなのか？

その說くところ餘りにも片手落である。

現世を厭ひ、ひたすら未來をあこがるゝ者にとつては、なる程女はこの上もない邪魔者であつたに違ひない。婦女の麗はしい脚や、豐かな腰や、そして喃々たる愛着の言葉、快き觸感、甘い匂ひ、或ひは又樂しい閨房の戯れなどが眼先にちらつくやうでは、到底解脫することは出來ない。

まことに、まことに、愛慾に執するの快樂は始めの一瞬時にして、遂には苦藥子（苦い果物）の如き惱みを味はむ。姦淫する者は一切の財は失はれ拘束せられ、やがては四肢の自由を失ひ、死しては無間地獄の苦惱を味はふであらう。男女が互ひにその醜き行ひに心を寄せんか、次の世には人と生れず、獸と生れて永劫の不運に歎かむ。

――と云つたやうな工合で、大聖マハーヴィーラは女性恐怖病患者の典型的な存在であつた。

俗に喰はず嫌ひといふことはあるが、一儀に關してもてんから經驗がないのでもなさそうだから、或ひはこの男インポテンツであつたのかも知れぬ。

單に娼婦たちに警戒しろとの云ふのなら分るが、完全なる夫婦の最高の愉悦に對してまで兎や角いふ權利は、如何なる神の御名に於ても、絕對にあり得べからざる筈だ。

まだまだそれだけはない。

單にあの方のことだけでなしに、飲食のことにまで實に小うるさいごたくを並べてゐるのである。

彼は若い男女がスラー酒を飲むことに反對した。スラー酒は性氣を昂奮させるだけでなしに、彼等の戰ひを一刻でも長びかせるために、卵酒以上の効果ある靈酒であつたからだらう。

それを飲むのがいけない理由として、マハーヴィーラは實に次のやうな愉快な言を吐いてゐるのだ。

かのスラー酒を飲みたる輩は、惡靈につかれたもの丶如くに跳ね廻り、苦しみに充されし如く呻き、はては大熱に襲は

れしごとく絶倒す。(ヨーガシャストラ第三品一四)

これは遺憾ながら彼の全く正反對な錯覺である。跳ね廻ることは愉快であり、呻き聲必ずしも苦しい時のみ發するとは限らない。聲を立てゝ泣く場合さへ絶頂の快事があることを彼は不幸にして經驗しなかつたのだ。きつとさうに違ひない。

自分でも婦女がウパボーガであることを百も承知してゐて言つたとすれば、それは卑怯千萬な暴言だと言へやう。(ウパボーガとは繰返し繰返し樂しめるもの)

それから滋養になるもの、精氣を養ふもの、夜の準備に効果ある食物をとることは、これ又マハーヴィーラは反對するのである。こんな困つた代物は今日であつたら疾ふに敲きのめされてゐるかも知れない。

曰く

已れの痩せたる肉を滿さんが爲ために、他の肉を食ふも亦殺戮者たるを免かれず。(二二)

それから、回春秘藥として、食膳春藥として、當時の人々が心から愛用した牛酪、蜂蜜に對しても、當然默つてゐやう筈がない。

苟くも性慾と一聯の關係あるものは、何もかも一切合切癪に障つたのだから、實に哀れ憫然たる感がないでもない。

曰く

新しき牛酪と雖、亦賢者は之を口にすることなし、次の瞬間に微小生物の群を生ずればなり。(三四)

微小生物といふのは恐らく精液を意味したものであらうが、生ぜしむるために喰つてゐるのも知らないで、愚人呼はりは片腹が痛い。

愈々お次の番は蜂蜜だ。曰く

更に父聖者に斥けらるべき蜜を喰ふべからず。そは多くの生命と生命との交はりて造られし物なれば也。（第三品三六）

つまり蜜を喰べることが、彼にはまるで人間の子供でも取つて喰ふやうに見えるのか知らぬが
醫藥として味はるゝ蜜も亦地獄に墮つるに足る。恰も樂しみて川ふと雖毒藥は人命を倒すが如く。（同三九）
蜜の甘き味ひはやがて愚者の嗟嘆の聲となり、その味ひの長きが如く奈落の底に呻かむ。（同四〇）

その味はひの長きが如く、長く奈落の底に呻かむはよかつたネ。つまりカーマスートラや、ラテラハスヤと飽迄對立してゐる氣慨だけは充分に頷ける。

マハーヴィーラの傳

ではこの風變りな大聖はいつたいどこからどうして生れたか？

永劫不滅の尊者、悉達――即ち釋尊も、江戸時代の戯作者の筆にかゝつては、全く仕様もない淫奔道樂息子で、倭文庫釋迦八相を藁本にした艷本では、父の淨飯王が常犯公となり、悉達が仕太丸に書き替えられて痴情の限りを盡してゐる。父常犯王が圍つた數多の侍女を片つ端から制御して行く仕太丸の勇氣もさることながら、父常犯王に至つては實に沙汰の限りの痴情ぶりだ。

けれども、マハーヴィーラは餘り知られてゐないだけに、これに類する物語はないが、バトラバーフのマハーヴィーラの傳記は、一種の神話めいた物語りだが、その生れる時の有様と來たら實に壯重森厳を極めてゐる。

どうせ女の臍下三寸から出たものには間違ひないのであらうが、さう言つたのでは、この大慈大悲の聖者の面目玉がまるつぶれになる。こゝに於てバトラバーフが捻ねくり出した考へが、婆羅門リシヤバツタの妻デヴナンダーが十四の夢を見て孕んだといふことにした。夢で子を孕むなんて、そんな非科學的言辭を斷じて我々は承認することは出來ぬ。

その十四の夢について

尊者苦行マハーィヴーラはジャーランダラヤーナ族のデヷナンダーの胎内に胎兒の形をなして天降りし夜、デヷナンダーは寢床の上にあり、聊かの眠りを取れる時、半ば眠ざめ、半ば眠れる狀態にありて、次の十四の華々しく、美しく、幸福にして惠まれたる、然も偉なる夢を見て目醒めたり。卽ち象、牛、獅子、(吉祥天女の)灌頂、花輪、月、日、旗、瓶、蓮池、大海、天宮、寶珠の山、火焰。――とある。

夢にしては隨分念が入りすぎてゐる。それに第一半ば醒め、半ば眠つてゐると云ふのだから愈々眉唾もので、これは寧ろ彼女の寢床の上での快樂が、彼女にかうした聯想を呼び起したと見るが至當で、殊に最後の火焰は性感クライマックスの象徵とも考へられやう。

ところが、もつと不思議、もつと奇々怪々なのは、デヷナンダーは高貴なる身分でないが故に、折角孕んだ胎兒が別の女、卽ちシッダールタの妻ツリシャラーの胎内に遷されると云ふのである。

ツリシャラーも亦この魔可不可思議な子を孕む時同じやうに十四の夢を見た。曰く

マハヴィーラがデヷナンダーの胎よりツリシャリーの胎に遷される夜、ツリシャリーは自らの部屋にありき。室の內部は繪もて飾られ、その外部は胡粉を塗りて磨かれ、燦爛たる天井の表面は種々なる彩色に輝き、床は限りなく滑かにして奇しき像もて飾られたり。甘き、芳ばしき五色の花束、香り高き黑蘆薈の煙り、妙なる蘇合香あり、薰陸香あり、燃ゆる乳香あり――とあるから、すばらしく贅澤な閨房で、現代の大金滿家の寢室と雖到底足元にも及ぶまい。

さてその次はベッドだ。

長き褥には、頭と足に枕あり、兩側に高まりて中くぼみ、恒河の岸邊の砂上を歩くが如く柔かく、美しく飾られたる白氈の衣もて蔽はれ、縫ひ紋美しき手巾あり、紅の蚊帳を張りたるに、毛皮、綿絮、ブーラ樹、牛酪、その觸りもいと柔か

に、褥の慰めとなるべきは一切缺けたるものなし。かくの如き室と、かく如き褥にありて、半ば眠醒め、半ば眠れる狀態にてうたゝねしてゐるときに十四の夢見て眠醒めたり――とあるのだ。

夢だ、それこそよき夢に違ひない。こんな結構な部屋で男がゐなくて子を孕む道理は三千世界に例がないのだ。褥の慰めとなるべきもの一切缺けたるものなしなどゝ、甚だ以て穩かならぬ。そもそも褥の慰めとは何かと問はなくとも、又、あれだと答へなくとも、そんなことは分りきつたことで、これを書いたバドラバーフにエロ本を書かしたら、恐らく天衣無縫の神品が出來たであらう。

さて愈々今度は夢の解說だ。熟讀玩味すれば、まことに奥床しく、尊く、氣高く、偉なるものがあるであらう。

（一）かくてツリシャラーは第一の夢に、美しきたくましき象を見たり。（象は船饅頭がすきと云ふのが江戸末期の文献にあつた）そは凡ての幸運の標徴を有し、強き腿と、四つの偉なる牙をもてり、白きことは雲の峯、眞珠の房、乳海、月光、水沫、銀山にもまされり。一度深く淸くなけば一大雲雷の如し。

この第一の夢は、同じ寢室にある夫シツダールタに對するツリシャーラの或る刹那の印象である。

（二）次に彼女は馴らされたる牛を見たり。白きこと白蓮華の花瓣よりもしろく、その愛らしき光れる美しき背は、草々の小飾をつけていと樂しく、その光澤ある皮膚は薄く、美しく、柔軟なる毛にて蔽はれ、その軀幹は頑丈によくつくられ、肉逞しく緊密にして麗はしく、よく調ひ、その角大きく圓く秀れて美しく、その端は脂を塗られて光れり、その齒は凡て揃ひ輝きて純なり。彼は無數の美徳を豫示したり。

馴らされたる牛は夫の優しさを意味したものであり、ツリシャラーはこゝで完全にお惚氣をかつがしてゐる。第一、牛の夢なんて、こんなに氣持のいゝ筈がないし、さほど賞めるべき獸ではない。角が大きくて端に脂を塗つてよく光るなどは、解釋のしかたで實におかしい。或ひは秘藥でも用ひてゐたのではないか。わが國では牛の角と云ふと張形の別名で、川柳に

牛の角男めかけにさまをかへ

といふのがある。つまり張形が男めかけの代用をなすことを言つたもの。

(二) 次に彼女は美しき形せる喜戯せる獅子を見たり。今しも御空より彼女の頭に向ひて飛び來らんとするなり。樂しげなる美しき獅子は眞珠の房よりも白く、強く愛らしき前足を有し、その口には圓き大なる揃ひし齒をもち、その齒並より出でし光れる愛らしき唇は、高貴なる蓮の如く軟かに、凡てみなことさらに裝ひたるが如く見ゆる程なり。その口蓋は赤蓮の花瓣の如く柔軟にして、その舌端は突出され、兩眼は電光の如く輝き、その眼動けば灼熱せる眞金の坩堝に流されたるかと思はれ、廣大なる腿、廣豁なる肩をもち、柔き白き濃き長き、そして最もよき質よりなれる指を振り立てたり。その立てたるよき形せる、よく成長せる尾は翻々とひるがへり、爪は深く藏していと鋭く、その美しき舌は美を射る如くその口より出で來れり。

なんと諸君、これは我々が勝手にこしらへた文章ではなく立派なお經文なのです。これはかの美しき、かの贅澤なる、匂ひ香はしき室の中の夢の姿である。

その立てたる、よき形せる、よく成長せる尾が翻々とひるがへつてゐる夢なのである。喜戯せる獅子とは云ふまでもなく夫シツダールタであつて、ほんとうに獅子の夢だつたら疾ふに氣絶してゐやう。かくして、歡喜の夢、心の踊る夢、偉なる夢は更に更につゞくのである。

（四）　次に彼女は、滿月の容貌もて、雪藏山の頂きに於て、蓮池の蓮華の上に坐し、衛護の象の强大なる鼻より水もて注がるゝ、世に時めく美の女神吉祥天を見たり。その確と組める足は金龜に似、その染められたる多肉なる（つまり骨のない）凸狀なる薄き紅き滑かなる爪は隆起せる筋肉にはめられたり。手と足とは蓮葉の如く、指趾は軟かにして勝れたり圓き、型よき脚は銀累もて飾られ、その膝には臑あり。肉つきよき腿は優れて象の鼻の如く、美しき廣き腰は金の帶もて卷かれたり。大きくして美しき腹には圓き臍あり、眼脊、黑蜂、雲雨の如く黑く、眞直ぐにして平らかなる打續ける、薄き、麗はしき、柔かなる毬手は並び生えたり。云々

護衛の象の强大なる、鼻より水もて注がるゝとあるからには、旣に事後に於けるツリシャラー自身の姿を描いたもので到底日本の凡俗小說家どもには眞似も出來ない素晴しい描寫だ。流石にバドラバーフの腕は冴えてゐる。

それから、續く夢は、强大なる鼻より水を注がれた後の、朗らかな、樂しい、淸々とした彼女の氣持を表白した夢である。讀む人自身で深き思ひを寄せながら、この尊き、氣高き、偉なる聖行經を讀まれたがよからう。

（五）次に彼女は新しき曼陀羅華を美しく織込める花環の蒼空より下るを見たり。そは瞻波伽花、無憂華、那伽花、奔那伽花、巵子、想思花、素馨花、肉冠花、玉提花、六葉樹、ダマナ花、酔花、ヴーサンティカ、萍蓬草、睡蓮、灰色花、捃難花、善思花、マンゴー等の芳香をたゞよはして、喜ばしき、いみじき香もて普く十方界を薫ぜり。そは四季の馥郁たる花の環もて、白く輝ける美々しき五彩の飾もてまぶし、此の花輪めがけて無数の蜜蜂は群り集まり、その甘き鳴き聲あたりに充ち満ちたり。

（六）次に彼女は月――牛乳、泡沫、水沫、銀瓶の如く白く光り榮え、心と眼を樂しましめ、いと深き曠野の密なる暗黒を貶け、その新月は月の二分の終りに輝き、睡蓮の群の花を開き、夜を飾り、よく磨かれたる鏡の面にさも似たり。月は白色にして白鶴の如く、諸星の頭飾、キューピットの矢の壺なり。大洋の水を擧げ、恰もその戀人より去れるやる懶なき人々の如く燃え、天界の偉なる、榮光ある漂泊せる標的なり――星宿に心も靈も愛せられて、王妃の夢見たるは實にかくの如き光榮ある輝かしき滿月なり。

（七）次に彼女は偉大なる太陽を見たり。そは大暗黒の驅逐者、輻射の形をなし、無憂樹、開ける甄叔迦花、鸚鵡の嘴ギンジャールダ菓の如く赤く、蓮の群の潤飾者、星群の標的、大空の燈火、氷雪の如く休息し、惑星の群の導者、夜の破壊者、昇天日没の時のみは眺め得れど他の時には見むこと難し、夜行の白鬼を追拂ひ、寒冷の威を止め、常に妙高の山を巡り、その千光は他の光の輝きを晦ますに足る。

この月と太陽は、彼等夫婦自身のことである。ツリシャラーがちつと色つぽい眼付でそこにゐる夫シッダールタの姿を眺めた瞬間、その得も云はれぬ頼もしい心を太陽になぞらへたものである。

（八）次に彼女はあらゆる人々に見ゆる、見る人々をそゝのかすいと美しく大なる旗を見たり。そは金の竿に結びつけられ、青赤黄白とりぐの色なせる柔かき翻へる孔雀の羽の房をつけ、輝ける天界をも射通さんばかりなり。その竿の端には輝ける獅子ありて水昌、眞珠母、アンカ石、クンダ花、水沫、銀瓶の如く白し。

（九）次に彼女は、尊き金製の花瓶を夢見たり。純金もて輝きわたり純なる水を滿し、優に、麗はしく、一束の睡蓮投げこまれて一入照り榮えたり。そは多くの技巧を費したる素晴しき作なり。蓮の形せる臺に乘せられ、優れし寶石もて輝けり。そは眼を悦ばしめ、あたりを輝かす。そは幸福の宮にして、すべての汚罪を離れ、美しく輝き四季の芳香ある花束を纒へり。

（一〇）次に彼女は睡蓮の花盛り咲ける蓮池と呼ぶ池を見たり。その黄なる水は曙の朝日の光に開かれたる蓮の香たゞよひ、水生動物赤き赤き魚類に充ち滿ちたり。そはいと大きく、くさぐさの蓮の廣く開き、光り榮ゆるために燃えむかと思はるばかり。その形と美はすがぐし。池の蓮は樂しめる雌蜂、狂へる雄蜂の群がりて舐むるあり、幾つがひの白鳥、紅鶴、鴛鴦、家鴨、丹烏鶴など數多の烏は、その水に心行くがまゝにひたり、蓮葉の上には眞珠の如き水滴を輝かせり。そは、げに心と目とを悦ばしむる見物なりき。

これは愛の宮殿の描寫で、これほど美しく、これほど氣品高く、これほど巧みに表現した文章は恐らくあるまい。女陰たとか、陰部たとか書いてはもつたいないやうな崇厳な書きぶりである。

（一一）次に彼女の顏ばせは新秋の月の如く輝きて、吉祥天の胸にも譬ふべき、雨も降り來る月夜の如き、白き乳海の夢を見たり。その水は四方に嵩まり行きて常に變化し、活動し、甚だしく高波となりて荒れ狂ふ。その風にあふられし、變化活動せる大波、もたげ來る浪、卷きうねる波、輝ける透明の白波が、岸邊に寄せては叉返す光景は、壯觀とも美觀とも云ひ難し。その海よりは、海豚、魚類、鯨その他の怪物ありて、樟腦よりも白き泡を立たせ、その激せし水は騷々として立ち、恒河入江の渦卷を惹き起し、大河の怒りと力を示せり、怒れる水は立つて前に進み、後へに退き、かくて奥へとひき行けり。

あゝかくして、ツリシヤラーは、天宮と、寶珠の山と、最後に、爆發する火焰の夢を見て、それらの華々しき、愛しき麗はしき、それこそ胸には一ぱいの幸福と、總身の毛は恰かも雨滴にふれし迦淡婆《カダンバ》花の如く、おごそかなる愉悅にうち顫へながら眼が醒めたのである。そして、悅び、踊り、而も急がず震へず、白鳥の如きなだらかな足で立ち上つた。

マハーヴィーラは實にかくの如くして生れた一大聖者なのである。（終）

勸止點淫戲說

―姦淫膺懲論―

右汾山人

怖るべき淫書征伐家右汾山人は「勸止點淫戲說」及び「勸止彈唱淫辯」なる二項を設けて、その怪著「勸燬淫書徵信集」全卷に完結をつけてゐるのである。「勸止點淫戲說」から述べやう。超然子曰く。吳昌《ウーシャン》は衆商聚會する所なり。凡そ擧會請客は咸《みな》人を戲館《しばゐごや》に邀ふ。その便に利するためなり」とあつて、客人を寄席や劇場に招待して商賣取引や會談をするのは双方都合がいゝからであるのだが、芝居といへば、務めて淫謔の戲を擇んで演ずることを誇りとしてゐる。これ拙者の心竊かに恥るところだ。一館のうちに集る少長老若、數百人を下らないであらう。役者藝人は演ずるところの醜態を惜まず媚を客に獻ずる、基より怪しむに足りないことだが、閑《かん》戲《かく》者は率ね皆良家の子弟であつて、年高者は是がために心を動かすやうな氣遣ひはならうが、少壯者が視れば心神倶に蕩け、之に因つて害を貽さぬ者は甚だ鮮いのである。舞臺に於ける穢褻の言と穢褻の態とは劣情を描いて致り盡してをり、曲々傳宜、皆若輩役者の手と口から出るのであるから、青年子弟の目の眩るところ、心の思ふところ、或は此に從つてその精神を斲喪し、或は此に從つて花柳に馳騖し、父母に背き試ひて奴婢にまで悪感化を及ぼすであらう。病は此に從つて生じ、身は此に從つて殞するのだ。鑽穴踰牆之事……則ち他家の壁に穴を穿けて淫事を覗いたり、他家の牆を乘越へて夜這ひに行くやうな、碌でもないことばかりするやうになり、密約之事……則ち男女密會を偸に期特することなども平氣でやるやうになる結果、美風を傷け良俗を敗るに至るのだ。擧げて言ふに勝《た》ふべけん哉。陶石梁曰く。今の院本《きやくほん》は古の樂章であつて、演戲する時每に、孝子や悌弟、忠臣義士などが激烈に悲苦し、流離患難する有樣を見せるので、無學文盲の女や牧童までが、感動して横さまに涕泗《なんだ》を流し、自ら已む能はぬといふ有樣だ。左を見ても右を見ても然らざるはなし。閲戲者はみな泣いてゐる。殊に「渡蟻還帶」などの戲に至つては更によく人をして因果報應の理を知らしめ、殺盜淫妄の輩……手癖尻癖のよろしからぬ者どもでも、知らず識らず感化され善を樂しむ好生の念、油然として生ずるのであるから、戲とはいひながら頗る有益なものといふべきである。然るに近時撰ばれるところの院本は、多くこれ男女私媟之事……醜關係だ。深く痛恨すべしである。而も世人は却つて之を喜び、戲館に聚まる父子兄弟は彼等の妻女や姉妹と共に見物してゐるのだ。その院本の淫謔な文句を見るに頗る褻穢にして、備《つぶる》に醜態を極めてゐる。それでも恬として愧ることを知らないのだ。これがために男も女も肉慾の情が水の如く體内に浸灌する結果として、拙者は彼等男女が人倫を瀆し道義を犯すであらうことを恐れるのである。況んや俳優どもは舞臺の上で、淫句猥辭を公々然と吐き散らして劣情を煽るに於て、觀者の心情がどういふ狀態になるかといふことを試みに考へるならば、獨り少年不檢の輩が、淫慾の情意を天外に飛揚するばかりでなく、生平、禮義を以て自ら持する者までが、此に到つては、思はず知らず津々として劣情を動かすのだから、稍でも自制するところがなければ、便ち禽獸之門……動物世界に入つてしまふやうな淺ましい次第になるのだ。深く戒めざるべけんや」とくりかへしてある。かういふ芝居を見る者も心掛はよくないが、この種の院本を作る者の不都合なことは申すまでもない。仍つて「焚燬淫書十法」中の第十法を示さう。

曰く奉勸賓僚宴會。勿點淫戲。免使年少士女。蕩心失魂。變生倉猝。且免暗中斲喪。撈擦夭亡。庶其躋仁壽云である。猥院本を作つて最厳なる天津の制裁を受けた者の一例を舉げやう。「牡丹亭還魂記」「邯鄲夢」「南柯記」「紫釵記」「西廂記」「琵琶行」「白練裙」と共に有名な「曇花記」「修文記」の作者たる屠隆の傑作「彩毫記」の改竄「驚夢記」なるものがある。「彩毫記」は詩人李白の生活を戯曲化したものだが、李白壯年にして南楚に遊び許相國の孫娘で湘娥といふ女と契つた。ある時二人は酒を酌み交しながら紅霞暮雨の景色を愛でゝ言つた「妾は小さい時から仙術が好きです。聞けば廬山にゐる女道士李騰空は、金液還丹の術を知つてゐるさうですから、是非行つて學びたいと思ひます。」といふ湘娥の願ひを李白はゆるした。湘娥は考僕の展靈旗を作ひ廬山に向ふことになる場面がある。痴作「驚夢記」のこの場面では、湘娥女が非常な好色家で「わたしは天成淫事が好きなせいか、一日に三回は本事（△△）をしなければすまないのです。それでは貴夫が續くまいから、精力を壯んにするために、廬山の女道士李騰空の許に行つて金液還丹の製法を教はつて來たいと思ひます。」と彼女が言ふので、李白は直ちにこれを許した。李白は李白で彼女の財産整理に揚州へ立つことゝなり暫くの別れであるといふので、酒盃を措いて二人は光身子《ハダカ》になる。それから床上に樓抱して△△し、△△が人生最大最美の快樂であることを談じつゝ双方歡喜恍惚境に入り□□終つたところで、彼女は李白が愛賞措かない長々しい蓄々《ぶきく》的した陰毛が李白の○○に纏綿してゐるのを解き、一塊の柔綿花を取つて彼女の生命そのものである魚口を拭き、亭上より湖水の上に投げ棄て、李白を見て含笑するのである。

「彩毫記」によれば、安綠山の亂後の李白は、幾多變遷ある月日をへて、肅宗のために夜郎といふ處に流謫される。李白が夜郎に到着すると、夜郎王の未亡人で抑不盧花といふ女俠が、李白の文名詩才を慕ひ、伉儷を偕にしたいと言ひ寄るのである。李白は酒盃を措いて「私には湘娥と申す妻が家鄉にありますから、お志は嬉しいが、どうかそればかりはおゆるしを願ひたい」といつて斷はる。未亡人も仕方がないので納得し「よろしうございます。妾もこの土地では女の中の女といはれ、自分も亦さう思つてゐるほどですから、今後は決して淫りがましいことは申しますまい。たゞ詩酒のお友達として御交際いたしませう」といつて諦めたのである。

然るに「驚夢記」の方では此の優作端麗なる一舞臺面が、淫喋汚猥なるものに作られてゐるのだ。李白と朱亡人とは意馬心猿の狂ふがまゝに、酒間に於て淫褻不名狀といふほど烈しい△△を行つてゐる。作者は湘娥の陰毛が李白の〇〇に捲きつくほど、殊更に誇長したが、それは反對に寡夫人抑不盧花は一毫の陰毛もない「光滑叫肖的魚口」を以て李白を蠱惑させたのである。盧花夫人は娟婦の如くに褲子を佩いてゐない。そこで嬌態を作しつゝ彼女の〇〇を李白に仄見せることが出來た。李白は瞠目驚嘆した。湘娥の陰毛の長きに隨喜した彼は「奇其異湘娥的玉門」し「喜喜那好事道眞好々的」といふてゐる。今度は陰毛なき魚口を珍重したのだ。彼は彼女の〇〇を二つの手指で開發きつゝ「桃花一開馨香發」などといひ「口涎流瀝」の痴態を演じてゐるのだ。この不世出の詩人を冒瀆侮辱すること、かくの如く甚しきものがあるであらうか。

「彩毫記」によれば、李白の留守中、家鄕にある妻の湘娥が大災難に遭つた。九江の大盜麥虎牙なる者が、湘娥の美しい容色と彼女の財産に日をつけ、多勢の乾兒《こぶん》を引連れて、彼女の家を襲ふたのであるが、廬山の山神は此の事あるを豫知し猛虎と神兵を放つて彼女を救ひ、事なきを得たのである。

ところが「驚夢記」での此の場面は全然異つてゐる。九江の大盜麥虎牙が湘娥の家に闖入すると、肚に一物ある彼女は落つきはらつて麥虎牙を別房に案内し、酒肴を出して慫慂し、手連手管の色仕掛で蕩かしたのである。好色家の彼女は、「儞《なんぢ》この滋味、この美果を吃《きつ》せざるか」といつて床上に横臥し、指頭を以て臍下をゆびさしながら含笑して道《い》つた。彼女は三隻手《ごろはう》に彼女の財物を盜ませる代りに、彼奴の「處貝《み、を》」を偸《ぬす》ませて、事無きを得たのだ。麥虎牙は彼女の美果を滿吃し且その强精に舌を卷いて退去した。かくの如き大盜があるであらうか。彼女は涼しい顏をしてゐる。やがて丈夫の李白が流謫の罪をゆるされ、翰林供奉の原官に復されて歸つて來る。湘娥は盜賊の難からのがれて無事なることを告げ、倶に喜び合ふところで、第一場から最後まで淫風吹荒ぶ猥劇「鷙夢記」は大團圓となつてゐる。

この通りに此の淫戯《しばゐ》は戯館《こや》に於て屢々演ぜられた。世人は爭つて之を觀に趁つたのだ。嗚呼、淫色を以て人の目を誘ふ者、戯館より甚だしきものがあらうか。作者は何うして詩人李白と湘娥と盧花夫人その他の人物を、禽獸にも等しき多淫多情の好色者に作り上げたのであらうか？例へば「二公孫陶四張傳第七卷」中の「李白海上釣鰲説」云々の話説を曲解したるがための毀譽侮辱であるのか。否。作者自身を以て李白となしたるのみ！然らば此の院本の作者は何者であるか？臨安の慶福寺僧、廣明沈《カンミンチン》なる破戒和尚だ！瀆官請瀆《どくしやこうみよ》。天下を毒流する烱《や》仔《ちう》の末路の如何に悲慘なるかを！臨安に姓を鄭と稱する擧人……鄕試に合格して中央政府の官吏登用試驗を受ける者……があつて、同地の慶福寺と申す寺に寄宿し、試驗勉強をしてゐたのである。寺僧廣明沈は、生來俊爽風流を好み、官邊の人々とも廣く往來し、鄭生とも情意密に交はつてゐた。寺には淨雲房を始め、精緻なる造りの禪室や曲折せる幽居が幾つもあつたが、極深奥《いちほんおく》的のところに、一間の小房があつて、廣明沈は折々出入りするのであるが、無用の者は入るべからずで、小僧などにも窺く事を許さなかつた。彼は先に「鷙夢記」を書いて淫靡浮媟の世好に投じたのである。そこでまた何か風流の筆を弄んでゐるのかも知れない。いや。ことによると此の寺の財寶が藏つてあるので、他人を近づけないのかも知れない。さう思つて鄭生は小房を覗いて見ることを憚かつてゐたが、覗いて見たいものだといふ好奇心は多分にあつた。一日。官府の客がやつて來て、來訪を告げるための門外の鐘を鳴らした。折から這の小房の中にゐた廣明沈は、鐘の音を聞くと、慌忙走つて門外に飛出し、客を迎へて禪室に導いた。丁度そのとき寺内の廊下を閑歩《ぶらつ》いてゐたのが鄭生。這《くたん》の小房の前に偶然《ひよつこり》やつて來ると、和尚が締るのを忘れたと見えて、扉があいてゐるのだ。覗いて見たいと思つてゐたのだから、鄭生はこツそり忍び込んだ。木板鋪的房……床が板張りになつてをり、四邊を見まわしたが、想像したやうな奇怪珍寶などは一個もなく、がらんとしてゐるので、鄭生は意外だつた「這些出家人畢竟心性古怪」とある「不思議な和尚もあるもんだな。何もない部屋に他人を近づけないとは何うした理由だらう？何か秘密でもあるんだらうか？」と怪しみながら、壁に懸けてある小さい木魚を見ると、それは紫檀で造られた精緻滑澤な代物、紐に小槌がついてゐるので、手に取つて一つ二つ敲いたのである。それに應ずるが如く、床板の下から鐺的一聲銅鈴响……リーンといふ銅鈴の音がして、扇形の小床板がムクムク推起《もちあが》つたかと思ふと、妙齡美貌の女が、床下《ゆかした》からあらはれ鎖頭出來《しゆつらい》したのである。彼女は鄭生を見たばかりで吃了一驚。アッといつて狼狽しながら、逃げるやうに床下へ引込んでしまつた……仔細看去却是認得的中表親戚某氏……よくよく見れば紛ふべくもない親戚の女某氏であつたからである。原來。この扇形の床板は巧妙に床と織合されて、それを推上ぐれば、床下から房内へ出られるやうになつてゐたのだ。木魚の音を聞けば、それが合圖と見えて、這の女は床下の地窖から出て來なければならぬ仕掛であるらしい。地窖《あなぐら》には別に窖牖《まど》が開かれてをり、狹《せま》い街があつて地道《あなみち》を傳ひ行けば、厨房《たいどころ》の竈下《かました》へぬけられる。そこから食ひ物が通されてゐたのだ。飛んでもないカラクリを見つけた鄭生は、和尚に知れては事而到だと思つて、大急ぎで木魚を壁に懸けると、疾忙《いきなり》走出《とびだ》來したが、劈面撞着、パッタリ出會《でつくわ》したのが和尚廣明沈だつた。鄭生も驚いたが和尚も驚いた。鄭生を見ると容易ならぬ愴惶の氣象が而上にあらはれて顔の色は紅紫だ。壁の鈎にかゝつてゐる木魚に目をやると、搖動未だ定まらず、ブラブラゆれてゐる。「事體露了《ことろけん》！」秘密がバレたことを曉得《さと》つてしまひ「足下《あなた》は何を見ましたか？」と訊いた。鄭生は震へながら「何も見ませんでした」と答へた。「それでは宜敷いから房内《なか》にお入《はい》り下さい」と言ひながら鄭生の手を挽つぱつて小房に入つた廣明沈は、扉を闘了《とざ》し、腰なる一刀を引拔いて「小僧《わたし》と足下《あなた》とは、これまで長いあいだ厚情を以て交つて來たが、今日《こんにち》の事のやうなハメになつては、勢ひ二人は兩立しない。小僧《わたくし》をして事に敗死せしむべからずです。足下は御自分を悔み、この房中に闖入したことを怨めしく思ふがよろしい」と言つた。鄭生は哭きながら「私は不幸にして自ら火坑に落ちました。申譯をしても貴僧は承知なさるまい。また逃げられぬことも知つてゐます。殺されませう。たゞ一事だけお聞届け願ひたいのは、我を大醉させて頂きたいことです。前後不覺に醉ひ潰れてゐるところで、首を斷られゝば、それほど痛苦を覺えずとも濟むだらうと思ひますから、これまでの厚い交誼に免じてお願ひいたします」と言つた。可憐說得。廣明沈は鄭生の胸中を汲み、鄭生を房內に閉込めて置いて厨房に走去つた。把つて來たのは一大錫壺酒。鄭生はそれを見ると「眞に申し兼ねますが酒の小菜《さかな》を賜はりませんか」と言つた。そこでまた廣明沈は厨房へ走去つた。鄭生は何とかして逃げ出したいのだが血路がないのだ。遂に一計を案じた。錫の酒壺を抱えて見るに重さ五六斤ある。高々と把上げて扉背に身を寄せた。そこへ廣明沈が小菜を持つて戾つて來た。扉をあけて入る途端。鄭生は力まかせに酒壺を和尙の頭に叩きつけた。和尙は頭を抱えて昏倒した。鄭生はまた二三回續けさまに和尙の頭を酒壺で打ちのめした。腦漿迸出。和尙は見るも無殘な死を遂げたのである。蘇生する氣づかひなしと見た鄭生は、この犯行を他人に見つけられないうちに小房を飛出し、縣官の邸に忙到して仍細を述べた。縣官は差人と差兵を引俱して慶福寺の小房へ向つた。そこに一个の僧人が腦を辟かれ血に塗れて打仆れてゐる。從いて來た鄭生は壁に懸けたる木魚を把つて敲いた。果せる哉床下から一聲鈴。扇形の床板が擡起《もちあが》つて一个の女が現はれ鑽出した。公人《やくにん》は瞠目吃驚した。直に進んで床下の地窖を查ぶれば、四圍磨磚砌着。周圍に柵欄あり、一面の門窖、石壁に對着し、天井は乃ちこれ人跡不到の所。五六人の女がゐたのである。縣官は一人づつ呼出して此の地窖の中にゐる次第を問ふた。彼女等は悉く近鄕近村の者で、廣明沈に賴まれたらしい轎夫《かごや》に誘拐されたのであることが判明した。就中、鄭生の親戚に當る其女だけは、この寺に佛事燒香に來て虜となつたのであつた。廣明沈の惡事は發覺し、婦女子等は實家に返され、鄭生の犯罪は不問に附せられ、轎夫は捕はれて獄に投ぜられて事件は片づいた。これ遍く臨安の人の知るところ。畢竟するに廣明沈の淫心は淫行を促し、淫行は淫書を作らしむる動機となつたのではない耶。彼は木魚を敲いて地窖の中の婦女子等を小房內に呼出し、輪番に犯姦し、その犯姦的醜態猥姿を直に寫樣的材料として「鶯夢記」を作つたのだ。かくて戲館の舞臺に於て、それは公衆にまで示されるにに到つたのである。

好適の例は他にも多多あるであらう。作淫書者。下筆時細細思量せよ。拙者は其の淫色を以て人の目を誘ふ者、戯館の演劇より甚しきは莫《な》からうと申したが、其の淫聲を以て人の耳を誘ふ者、また茶館の說書《かうたん》より甚だしきは莫からうと言ひたいのだ。演劇の地《はしよ》は少い、說書《かうたん》の地《はしよ》は多い。觀劇の人は少い、聽書の人は多い。呉下《ウーか》の茶館にして說書の處ならざるはなしだ……〔譯述者註〕支那に於ける最も民衆的な娛樂機關は茶館である。不潔ながらも幾十臺の卓子は大きな部屋に列べられてゐる。客は椅子に椅つて僅少の錢で茶を啜り、瓜子《クヮザー》をかぢり、南京豆を食ひながら、寄席藝人の軍談や白話《バイホワ》。小唄や流行歌などを聽くのだ。而もその費用は投げ錢の一錢でも十錢でも結構なので、何處の茶館も中流以下の階級者で一ぱいの盛況を呈してゐる。說書先生《かうしやくし》の座席は、屋内片隅の高座だ。石汾山人も茶館の安直にして呑氣なことを、次のやうに認めて書いてゐる……卽ち呉下《ウーか》の茶館に入る者、また聽書の人ならざるなし。況んや費すところ甚だ細にして僅かに只數文。貧富の論なく皆聽くことが出來るからである。彈唱の時。又、上燈に始まるの際。事務冗忙なる者また翛然、往いて聽き得るのだ。その所作文辭をして人心風俗に大害なからしむるならば、君徒尙何をか言はうと欲しようぞ。而も小說諸書……「金瓶梅」「三國志」「西遊記」「紅樓夢」等々……にして美風を傷け良俗を敗らざるの事、未だ嘗て之ありしことなしだ。尤も恨《かな》しむべきものは傳奇小說……「忠義水滸傳」の類……ではあるまいか。本子《もと》處に厭し、偏に唱說するの人、鹽祠裝飾して宛ら往日の模樣を說出し、聽く者をして淫情駘蕩、神志昏迷せしむ。當に此時にあたつて也、縱んば美色當前《びじんがめのまへ》に無くとも、猶將に妄想冥思し得べけむ。猝《にはか》に窮詰し難しである（註）「淫書にちかき「金瓶梅」の如きものを講談化して、美男美女狎猥交接の情景を說出するときは、聽者の眼前に實際の美女はをらずとも、想像力の働きによつて宛然實景を見るが如くに髣髴せしめるとの意である」……乃ち近來の風俗は、日に日に茶館に下るであらう。館主を唱書者は青年子弟を籍誘《さそひだ》して、大衆の前に張揚し以て、蠅頭之《わづかなかね》微利《うけ》を覓《もと》むることを思ふてゐる。彼等年輕《としわか》の男女は、又、茶館に於て一堂に逼處し、眼去眉來……秋波《いろめ》をつかひ……情《じやう》を輸り意《こゝろ》を授けるのである。漠然として心を動かざる能ふ者は、その人なきを斷ずる……男女一堂に雜々と寄合つてモーションの掛合ひをするときに、のほほんとして平氣に構へてゐることの出來る者は斷じてゐない……而して此によつて禍端百出する者、比比皆是である。嗟夫れ、子女にして此の情を樂しまざるもの誰があらう乎。その情を樂しむの勢甚だしければ、便ちその害甚だ深く、その甚だ微なるが故に、その害甚だ鉅いのである。務めて牧民者《せいぢか》たるもの丶之を必ず厳行示禁せらんことを望む。世の父師たる者もまた時に隨じて必ず訓戒し、以て聽者をして是の如き害を受けざらしむるに努めねばならんのだ。或日。說書者は多く因果を談り、淫辭を唱しないと。それは固り善いことだ。然り而して是の如くんば則ち、面白くないと稱して聽きに行く者はなからう。實際に於てさうであるから困るのだ。昔。杭州に李某《りなにがし》といふ者があつた。巧妙な唱書者《かうしやくし》だつたが、然し文書《かうだん》を彈唱《なりものいりで》し、說いて男女交接の淫褻處《にやめん》に至れば、必ずその部分の文詞を抽去《きりさ》り且つ果報《きやうくん》噺を談ることを最も喜んだ、のみならず、口を藉りて多くの人を善に勸導した。それがために、晩年になつて光泰と申す子を生んだが、これが眞に聰俊で、年少くして第に科し仕途に榮歷したのである。また石琢堂いとふ說書者があつた。この人は諸生の頃から古賢の文書を撰寫し、名教……道德教儒教の普及……を扶翼することを以て己の任としてゐた。この人の家に一個の紙庫があり、これに「辟海」といふ名前をつけて、凡そ淫詞艶曲にして人心を壞し、名教を得罪す一切のものを見れば、悉くこの紙庫の中に納めて後、一纏めに燒いた。いかなる珍書でそれがあらうと少しも惜まないのであつたが、一日、「四朝聞見錄」と申す文獻を閱てゐると、そのなかに朱文正公を彈劾した一疏があつた。文公が母に逆《さから》ひ君を欺き、權を竊み黨を樹てたことを痛く誇り文公の閨房《ねや》の中の穢事《わいじ》や、文公と寵妾《めかけ》との淫交極端に過ぎることを如何にも荒唐無稽に書いてあるのだ。小人《つまらぬにんげん》と雖も斷じて爲さゞるところがある。これはひどい。一代の正人を汚蔑するものだ。而も此の文の編者は用意周到にも、後世の讀者が之を信じないであらうといふことを逆知《あらかじめしる》して、文公謝罪之一表なるものを僞作し、それを編入して文公の過罪を實してゐるのである

〔註〕「賓」とは「書經」から出た言葉で、罪を検べて法律に照すこと……因に此の一書は書肆の店頭で閲たのだ。石琢堂はこれを閲《よ》み竟《をは》るに及んで我慢が出來ず、満腔の熱血をもつて「これを全部購つて燒いてしまひたい！と衆を拍いて大呼した、が、奈何《いかんせん》、金がないので殘念に思つて家へ歸つて夫人に此事を話すと、賢なるかな此婦、逹せるかな此婦、仁なるかな此婦、勇なるかな此婦。彼女はつと立つて、煙になるべき金に替へんとて、盆《ぼこ》の中より彼女の金釧を取出し、夫に與へて之を助けたのである。石琢堂はこれによつて、坊中《まちぢう》の書肆《ほんや》といふ書肆を搜し廻り、同じ名題の書物三百四十餘册も見つけて買ひ取り、悉く焚いてしまつた。善因善果。此年説書者《かうしやくし》をやめて仕官し、庚戌には進士と成つた。噫。世の説書者よ。唱するところ文書より淫辭を拙去すれば聽く人なしと謂ふ者は須らく當に這の人を見よ。嘗て「金瓶梅」の世に出るや。文に巧みなる者、これに艶曲を添設し、文に拙なる者もまた山歌《いなかうた》を製ることを、一伙の時興《はやりごと》とした。曲詞不穢ならざるはなくして、必ず淫語あり、無頼の奸徒《やくざもの》は緣つて以て利《かねまうけ》をなし、街坊に彈唱して大衆《ひとぐ》を哄《わら》ひ誘ふた。田夫溅婦、牧豎村童、漁父樵子、坊作傭工と雖も喪心病狂せざるは邪かつた。説書者はまた山歌田謠を茶館にて彈唱し、聽者の歡心を迎へた。試みにその一二を掲げて戒となさう〔解註は譯述者〕

娘《ハハ》罵女《ムスメ》

「死妖精

倆提水爲何去了一早晨

倆靑絲頭髮爲何亂

倆背上黄泥那裏的

倆裙帶子鬆了犯蹺蹊」

女《ムノ》告娘《ハハ》

「路難行

我提不爲水何要一早晨

我青絲頭髮風吹亂

我背上黄泥桶挨的

我裙帶子鬆了肚子餓」

南支那の俗語が多分に混入してゐる……言葉の講釋はしたくないが、辭典にはないだらうと思ふから刷毛ついでに申して置きたい……「女」はムスメ。「娘」はハハである。この小唄で娘《ハハ》といふのは姑《しうと》、女《ムスメ》といふのは嫁《よめ》である。「死妖精」の妖精は fairy(神仙。怪物)ではない。貞操觀念に乏しい淫らな女を罵倒するときの慣用語だ。スベタとでもいふところだらう。「犯蹺蹊」は貞操を破ること、間男《まをとこ》をすることであつて「裙帶子」は褌子《もゝひき》の上から佩くスカートの紐。つまり腰帶だ。「鬆」は緩む、弛けるである。

お姑さんが嫁ごに向つて言つたとサ

「あらまあ此の女は

いつまでかゝつて水を汲むんだらう

おや、頭髮はどうして壞したんだい

背なかの土は何處でつけたんだい

裙帶子《こしをび》がゆるんでゐるよ、惡いことをしただね?」

お嫁さんが姑に向つて言つたとサ

「道路《みち》が惡いんですもの

水汲みに行つたつて、さう早くは歸れませんわ
頭髮は風でこわれたんですよ
背なかの土は手桶のがついたんですよ
裙帶子がゆるんでゐるのは、お腹がすいてゐるからさ。」

といふのである。文字に書いては面白くないけれども、寄席藝人は是にフシをつけて唱ひながら、水汲みに早朝から出掛けて行つた嫁とその情夫とが、薄暗い地べたで△△する有樣を、手眞似、口眞似で演ずるのだから、情景躍如として眼前に迫るものがあるのだ。

「淸明後　立夏前
　媳婦拔秧公種田
脚條　襪　褲　滿秋田
過路客人勿笑咎
阿儂丈夫出門十八年！

などと極めて上品に出來た農民小唄である。「淸明」は三月。「立夏」は四月。「公」は義父。「滿秋田」は稻の苗田に一ぱい取り散らすこと。「脚條」は褲子の紐。「丈夫」は亭主だ。

「三月末の四月前
嫁は秧ぬき　舅は田植へ
脚紐《あしひも》　襪《くつした》　褲《もゝひき》　稻田《いなだ》に取り散らし
でも、笑つちやいけないよ。通りがかりのお方々

わたしの亭主が家出してから十八年になるんだもの！

といふわけだ。亭主が家出してから十八年。孤閨を守り得ない嫁さんが、舅《しうと》と一緒《しよ》に野良仕事に出掛けた。その晝休みに嫁さんが腰から下のものを、すつかり脱いぢまつて、亭主の親父と草を枕に△△したのだが、わたしだつて木や石ぢやないんだから、笑つたり咎めたりするのは無理たんべえと來た。これも文字では面白くない。稻田の畔に於ける珍藝を身ぶり可笑しく演つて見せるところに滑稽味があるのだ。

鄕裏大姐上街來
黃泥巴裡脚花鞋
一踏踏了半邊街
磚頭瓦塊都掀開
隔着裙子雙大腿
朴脣開了春洞梅

「春洞梅」は女陰の洒落だ。

鄕裏《いなか》の姐《あね》ごが市《まち》に來た
脚《あし》は太くて花鞋《くつ》にや泥
廣い通りも一またぎ
石や瓦片《かわらけ》蹴りとばす
裙子《すそ》から見えるは太い腿《もも》
赤いおべちよが口あけた

これなどはまだ愛嬌のある方だ。「光楡哭妻《クワンユウクーチー》」と稱する唄などは、淫猥といはんより寧ろ汚穢だ。これは一人の鰥《をとこやもめ》が、死んだ妻を追想して悲しみ、ありし日の妻との交りの快味を偲びつゝ、いつしか堪えがたい肉慾に迫られて、自瀆を行ふといふ筋のもので、一月から始まり十二月で終る十二齣に作られてゐる。獨身者の多い中流以下の階級の口に噲炙してゐる代物だ。「光楡《クワンユウ》」とは獨身の謎である。

正月裡兒老高跳《チヨンユエリアルラオカウチヤウ》
大街衣裳好熱鬧《ターチイイシヤンハオヱイノー》
阿把喲《アハヨ》　阿把喲《アハヨ》
エルパ　エルパ
チンチルデー

といふのが第一齣で、第二齣は、「二月裡兒」から始まる。獨身者が亡妻と行つた性交を追憶するの念切にして、自瀆を行ふに至る場面の歌詞など、惻々として眞に人に迫り、悲哀を覺へしめ。同情を感ぜしめるが、寄席藝人のなかには、男女お客樣各位の面前に於て、褲子《ももひき》を脫ぎ去り、堂々と「路管《ルウクワン》」の實演をやる不埒者まであるのだから恐れ入るのである。「路管《ルウクワン》」といふのは下層社會でつかふ「手淫」の通語だ。說書者は斯の如き卑猥の山歌川謠を大衆の前に彈唱して惡風を助長し、惡俗を傳宣してゐる。淫辭必ずしも男女交媾秘戲のことに限るもにあらず。苟も目に之を避け、口に之を排ける卑猥の言辭は悉くこれを謂ふのである。拙者は本書「勸懲淫書徵信集」の前半に於て、一狂生が淫曲を造つて妻妾に痛罵された話をした。又、宋時代の某名公が豔歌を作つて馬背より墜落したことも言つた。次に江南の王生査が艶體詩を賦して糞窖《くそつぼ》の中に嵌《はま》り込み、七竅《あな》が糞漬になつて死んだ例も擧げた。淫詞豔曲を能くする士人某が死後に於ける彼の四妾一女が演歌乞食になり下つたといふ事實をも示したが、說書者にして淫猥卑猥の詞曲を彈唱したる應報によつて不幸の死を遂げたる者の話說も決して少くはないのである。北京に林士靑といふ說書者があつた。一日。茶館での說書終つて歸宅の途上、劉氏なる邸の裏を通りかゝると、翠蛾紅臉不勝春といつた風情の美女が邸園で遊んでゐるので、思はず知らず立站つて、竹牆の隙間から覗いた。いつとはなしに駘蕩春情癡心往來し、茫然として家に歸つたが美女のことが忘られず、筆を呵して作曲したのが「窺園の歌」で垣覗きから始まつて美女との密約に進む筋である。餘り見事な出來映へなので、翌日これを茶館で唱つて大いに好評を得たのであつたが、彼の知友の孫進冲だけは之を非難して道つた。「窺園《かきみ》」などといふことは、醇儒《まことのがくしや》の恥るところだ。目窺已《や》まなければ情《いろごころ》が動くし、情《いろごころ》が動いて已《や》まなければ身に染みこむ譌。それは何人《だれ》しも同じことだ。これが漁色《いろあさり》の濫觴《はじまり》だから、窺園《かきのぞき》を讃賞嘆美するやうな歌曲を唱つていけない。」「さうか」と林士靑は道つて語を次いだ「子《きみ》の言ふことが信《まこと》ならば、彼の有名な祝京兆や唐解元などは何うだ。豈僅に窺園のみならん哉。園中に忍び入つて怪しからん行爲に及んだではないか。而も世人は彼等數人の才人を侚んでゐるくらいだぞ。子の言ふことは人をして繩尺《じやうしやく》に拘拘《かうかう》たらしめ、老いて牖下に死《くたばら》しめるといふべきだ。」といつた。紀律や法度になづみ過ぎるといふわけだ。「いや子は能く知らないのだ。祝京兆や唐解元については彼等の眞《しんじつ》を傳へることに世人は失敗してゐるのだ。例の周美人なるものとの事件などに至つては、尤も謬妄に屬することで、果して傳ふるが如きものか何うか。吳中《ウー》の桃花仙館は諸賢聖を崇奉する家ではあるまい。吳《ウー》人は原來《ぐわんらい》義を好むのだ。不端之士《ふたんのし》などを崇奉するやうな筈はない。唐の六如諸才人を論じてゐる世間の書は多く三笑姻緣を以て口實となしてゐるので、根據とするに足らんのだ。古人を學ぶならば學ぶのも可いが學ばなければ學ばずとも可い。古人を學ぶに善しからざれば不可だ。古人を學ぶに善しからずして而も世に附會されしところの古人を學ぶのは大いに不可だ。子よ。愼んで之を思へ」と孫は言つたが、林士靑は呵々大笑して友人の迂愚を嘲つた。其夜中のことだ。林士靑とその情婦……揚といふ唱婦《シャンシー》とは維衾錦張の中にあつて、方《まる》に歡樂の間に在つた。揚氏的魚《いん》口《よ》怏阴。林氏的玉　怒張而殺入。油腔滑調とある。突《たちまち》有人擧刀一揮。バッサリやつつけてしまつた。交媾中の兩人は盜人のために串刺にされてしまつたのである。（この他にも一二例あるが、それは少し冗いから省略したい。この例話を以て「勸止彈唱淫辭」の項は終つてゐるのだ。）「勸燬淫書徵信集」（大尾）

旅枕

五十三次繁昌記

可笑山人

まへがき

東京から大阪まで、空の旅路を辿れば僅か三時間で到着することが出來るやうになつた。超特急で八時間餘。それは餘りにも素晴しい飛躍である。だが、それ故にこそ小さな宿場は往時の跡方もない位にさびれて了つた。

汽車のない頃の東海道――それは今日よりも遙かに愉快な、遙かに樂しい旅路であつたに違ひない。けれども、今となつては、只廣重の浮世繪や、北斎の名畫や、その他江戸時代の古本によつてのみその一部分を知ることしか出來ないのだ。

けれども、ほんとうに裏の裏まで書いた旅日記といふものは殆んどない。その意味に於て、この旅枕五十三次は、充分に讀者の渇を癒すに足るものがあるであらう。

旅のつれづれを慰めるものは、誰が何と言つてもその土地々々の女である。所變れば品變る往時の女の姿こそ、名物の團子やまんぢゆうなどより、ずつとずつと御馳走であらう。先づ出發は江戸の日本橋から……

日本橋

大江戸の中央にして諸方への行程此處より定む。京三條の橋より道のりすべて百二十四里十五丁、驛宿五十三次、是を東海道といふ。

諸侯の交幡、海道にりゝしく、江戸よりは伊勢參宮の代々講、あるひは京上り、大阪見物、大和めぐりなど、また都方よりは、東下りとて、昔よりやごとなき御方も雅樂修行に下り給ふ。その余下り上りの旅客多く、往還の群集大かたならず、驛路の鈴の音かまびすしふして、雲助の長持かたの聲いさまし。

實に旅中の樂しみは、暫く家業の勞を忘れ、日々眼前に見る山水の風景めづらしく、旅舍のもてなしいとあつくして、馬かごに旅の彼れをしらざるも、是みなゆるがぬ御代のいさほし、いとありがたきためしなりけれ。

さて此圖は、いゝかはした娘としばしの別れ、互に名殘りをかこちてもどりをちかい、翌未明に旅よそほひして、出立の所なり。

品川

都路五十三次の初驛にして、東海第一の繁花なり。

旅宿軒場をつらね、家並も壯麗にして東の方を海側と云ひ、各々うしろの方、高どのより一ゑんに海をのぞみ、はるかに安房上總の遠山を見はらし、風景眺望言語につきず俗言にこれを見とほしと云へり。

かたはらには美女をあつめて、宴を催す樂しみ、一時の繁花に千歳を延るこゝちになんありける。

こゝは外の宿場女郎とことかはり、みな江戸前の玉なれば、常に大江戸雅客の遊び所なり。揚代大は拾金又貳朱なり、その他に三百文も四百文もありて、四寸五寸六寸などいへり。是を錢見せといふ。

宿のなかばに橋ありて、是より南を橋向ふととなへ、夫より先を三丁目とて、大にいやしむ、此邊は客をとりては床一廻り寢させておいて、又見せをはりて四五人まではとるなり。

此宿大にはん昌なれば、まはし多し。

川　崎

此宿入口左右に奈良茶店あり。いづれもきれいなり。旅人多くこゝにて酒飯をしたゝむる。

めうと橋、一番村、交合《ツルミ》村、是みな男女交合の縁語なり。

名物よねまんぢゆう。よねとは女をさして云ふ。まんぢゆうとは〇〇の事なり。川柳
　毛まんぢゆう萬民これを賞がんす
浦島ヶ塚、子安に道傳に行、むかし水江のうらしまが子、神奈川沖の海底、龍王の娘乙ひめにみそめられ、ついに龍宮城にいたりける。浦島もこの姫の美しさになつみ、心ならすもこゝにとゞまり、乙姫の新宮に宿りしより、今此所に新宿の名残れり。

戀こがれし事ゆえ、晝夜淫樂にふけり、面白き月日を送りける。

されは浦島の長命不老をこめたる玉手箱といへるをあたへければ、一晝夜に百度犯すと云へども勢萎へず、今女悦丸長命丸と名ある藥は、是より始まる。

此宿のめしもり四百文、茶百出して六百文也。

神　奈　川

此所は船着にして、商人の家軒を並べ、酒肴の家も多く有、はたごやは羽根澤、旅籠、大黒家などきれいなる家多し。

めしもりもことに美しく、至つてにぎはしき土地なり。揚代七百文と五百文とあり、此所はまわしなしなれば、朝まで抱づめ、づめにしやうとまゝなり。

名物龜の子せんべい。瀧のはしわかなやをよしとす。

神奈川の臺、此所には江戸前の茶屋三四軒あり、昔のことはざに、臺にてものを喰ふなと云へる程高料なりし故、この茶屋だけすいびせしか、此頃は昔にかはり、かへつて安料おどろく程なり。

かよひの女もあくぬけたる美しもの多し。しかし是は自由ならねど、あいたいにて　を引くか、口を吸ふかする位、

さきにも氣があれば出來るなり。

料理もいたつて良し。座敷はがけ造りにして一望に海をのぞみ、木牧十二天の森を見はらし風景眺望すぐれてよし。

人穴、此山女體にして中程に有故女陰にひようしたり。

程ケ谷

こゝも飯もりは廻しなしの五百文なり。

新町、ほどがやと續くこの宿は、はたごに着き風呂食事も濟む頃飯もり女來り、自身にすゝむる所ゆえ世話なし。旅人づれのうちに、心おく人かえんりよの人ならば、はやくもおそくもこゝに泊るべし。どの樣なかた人もついかうきになるべし。

境木　たてばにて茶屋なり。

名物ぼたんもち、こゝは武さしさがみの境にて、是より箱根までさがみなり。

此國の女は陰心いたつてふかく、一義を好む事甚だし。こはよく人の知るところにして、人目さえなくば見あたり次第くどくべし。けつして嫌とはいはず、じゆうになつて身をまかせる。

名物　自然生　よしすはりの水茶屋まばらにありて、十七八の娘一人づゝ居るなり。

こゝにて自然生をほりたしと云ふと、娘が、おとりなさるならおしえてあげんと、堤のあなたへともない、野天にて犯させるなり、地者ゆえところゝの如くなる故、之を自然生と云ふ。あたい三百文也。

戸塚

入口に茶屋あり、戸塚臺といふ。

此宿の飯もりも廻しなしにて五百文なり。

こゝの風にて女みなおとなしければ、度數を好むものはかならずこゝえとまるべし、いく度にても身をまかすなり。

男はおもふまゝにたのしみて、とろ〳〵とまどろむ一すいの夢も、なが持かたの聲、助どう馬のいなゝき、鈴の音におどろきさめ、風呂場に顏洗ふうち、はや朝けのぜんをすへ、ゆうべの飯盛女、三四　もともされて、しりのあたりにな　たるものをしまつした手を、ろく〳〵洗ひもせず、飯の給仕におもて伏せなる風ぜいなど、心のうちいとおかしく興あり。

かくてもどりの泊りをやくすなんどもいとたのし。

かげとり立場　こゝも昔は人家なく、出茶屋ありて、旅人を山蔭へ引き入れてはとりかけし故、かげとりといゝ来れり。

その頃は旅人此邊に至れば、その事をおもひ、はや〇〇が立ゆえ、たちばと云しなり。

藤　澤

此宿とりつき右の方に、藤澤山清淨光寺有。遊行寺といふ、小栗の塚あり。

小栗小治郎は馬陰《たい》にしてしかも達者なれば、世に馬術の達者と云へり。

遊女照手をのりふくす、照手は勤のかくをはづし、命もおしまぬ心になりて、小栗の危急をすくいしとぞ。

江の島道　あかゞねの大鳥居有。

大山道　よつやより入。

此宿大いに繁花にて、はたごやも皆きれいなり。飯もりも至つてよし。揚代五百文也。もつとも六月七月大山参詣中江戸の講中多く此宿とまりなれば、山中はつとめ貳朱になる也、又七百文もあり。

馬入川　昔此川端にいんらんのみめよき女一人住みけり。ゆきゝの旅人老若のわかちなく、とぼさせけるが、ついにたんのうしたる事なし。

ある時つなぎし馬、氣さかんなるを見て、しきりに好もしく、此馬にとぼさせけるが、その好き事を忘れず、この馬を夫の如く日夜交はりけるとなり、よつて馬入るの名残れり。

平　塚

此宿の飯盛輩は三百文夜は四百文にて、外廻しある也。

此そとまはしといふは、宿中のはたごや二三軒の旅人を客にとり、先づ宵に来りて床のつとめをすませ、かれこれあつて小便《てうづ》にゆき、すぐにおもてへ出てほかのはたごやへゆき、かねて約束の旅人に又一もくさずけ、またほかへゆきてつとめる也。

すべて廻しにいふ事は、五六人の男に、女がむりにとらへられ、かはり〳〵にとぼされるを、まはりをとられるといふ。

是は女のかたより四五人の男に　てまはる故、まはしをとらせるといふ心にて、只まはしとばかりいふ也。

けわい坂　かまくら時代遊女町なりし所也。曾我兄弟のなじみをかさねしとら少將も此里なり。長者が屋敷跡に、とらが釜と云ふ物あり。祐成は好色《すけべい》故、とらが尻もおかせしにや。

大磯

此宿も飯盛平塚におなじ。宿の左り延大寺にとらが石あり、大磯のとら曾我十郎祐成をしたひその身石となりしとぞ。

此ころある人、大磯のとら名妓のきこえたかければ、一たびあはん事をおもひ、遠きみやこよりはる〴〵と此所まで来りしに、宿のあるじしか〴〵の由を語りければ、かの者大いになげき、石になつても本意をとげんとて、その夜かの石を抱きていねけるに、ふしぎや一心石魂につうじけんわれ目の如き所やはらぎ、おもはずまらすべりこみけるがまことの女を抱いて寝たる心地といさゝかもちがふことなかりしとぞ。

今その所石のおもてに割目の如く残れり。かの者よろこびてかくよめり。

虎とみて石に立つ矢もあるものを
などわが〇《ま》〇《ら》のはいらざるべき

小田原

此所の飯盛廻しなし、七百文也。
名物　ういらう　宿の中ほど右のかた八棟作の居宅なり。
なぞ〳〵合にいふ。
十本のすぼけまらとかけて「小田原のういらう「心はとうちんかう
ういらううりのせりふに曰
まだ〳〵此薬の妙なる事には、只一粒を舌の上にのせる

やいなや、口中すずやかにせい〳〵として、舌の廻る事銭ごまがはだしでにげる　云云

箱　根

温泉　七ヶ所有、七湯めぐりといふ。

芦の湯、氣賀、底倉、宮の下、堂ヶ島、塔の澤、湯本也。

此澄山水の風景よし。

東都の富家娘妻などつれてこゝにとうりうする養生のゆさん湯なり。

温泉いと清く底のちりを見ゆれば、男女一ツに入る事故、男女の急所あざやかに見えすき、男も女も心うごき、深窓に育ちし娘も陰心はつし、みだりがましきこと多しとか。

此宿は飯盛なし。招女を給仕の時に湯殿か便所の通ひ道にてあふた時手をにぎりて
「おめえにちとたのみたい事かあるが、のちにおいらのとこへ來て呉れぬか」といふと
「ヲヤぜうだんばかり」とニツコリ笑ふ時
「これさぜうだんではない、小づかいもやるからきつとだよ」と手をぐつとメて別れるなり。

是は此宿に限らず飯盛なき宿はみな女せうちにて夜中にそつとはい込み、おもうまゝになる也。

一日はたらきねれたる者ゆえ一しほうまし。三百文やるべし。

三　島

都會の地にして商家多く至つてにぎはし。
此宿飯盛女郎五百文なり。いにしへより名高し。小うた惣まくりに
〽富士の白雪やあさひでとける
とけてながれてながれのすへは
みしま女郎しゆの化粧の水　云々
千貫樋《どひ》　いづするがのさかひの川にわたし、伊豆の水を駿河へとりて、田園の料とす。はじめは駿河より銭千貫文を水の料に贈りけるより此名あり。
此宿の女郎を關東の大俗あざなして壹貫樋といふとぞ、是をいかなる事ぞと問ふに、武さしのをのこの水を三島女郎

の膀下の田地へとる故かくいへると、其入用揚代五百旅籠貳百其他おごりかれこれにて、一人前一貫はかゝるなり。さてこそ一貫どひと一時のたはむれに云けるならん。

沼　津

此驛の飯盛女も揚代五百文也。

名物　どぜう　立場にあり。

いが越道中双六ぬまづのだん　平作の言葉にくわし、是も腎薬なればかならず食すべし。

遊女龜鶴の塚　龜鶴山くわんおん寺にあり。宣傳に曰く、此塚に祈れば生がい女郎にふらるゝ事なしと、好色の旅人はかならず立よりて結縁あるべし。

千本松原　時により一人旅の女か、巡禮、伊勢まゐりの娘づれなど、ほどよくくどきおとすとも、さすが往還にてはとぼされもせず、かやうな時は此千本松のかたへつれゆきておこなふべし、此所は晝にても蔭多く、人目にかゝらぬ所なれば、松の根つこを枕にさせて、ゆる〳〵とおもうまゝにとりのめすべし。

分てこの澁夜道にはうまき事まゝ有。

原

此宿は富士を正面に見て絶景無双の地なり。ひざすり毛に

かり高のまらのあたまに似し山は
さてこそ富士のすそつ張《ばり》なり　　故人一九

助兵衛新田　此在所の者はみな淫亂だじやくにして、やゝもすれば此所に來りて、娘は庄屋の小旦那にとらせ、新家のかゝあはとなりのせなアとしのびあひ、まご兵衛後家は大〇〇の腎左にとぼさせ、そこでもこゝでも幾組の男女のよ〇〇聲のたえまなければ、助兵衛新田とは號けぬ。今助平新田とかくは非なり。

男島女島　富士沼のうちにあり。

名物　うなぎ　柏原にあり。富士沼にて漁す。腎薬の第一即座に効能有。

此宿も女郎なし、宿やの女にあいたいして、抱いて寢る事なり。此女取うなぎのきゝめにておもうさまとりのめし喜

悦さすべし。

吉　原

こゝは遊女なり、揚代五百文也。

名は同じけれ江戸の吉原とは雲泥のちがひにて、女の風もいとひなめきたり。

されども旅中の興なれば、かり寝の夢に露のなさけもつれ／＼をなぐさむたよりとならん。

名物　山川白酒　昔この所にむつましきめうとありて、晝夜淫楽にのみあかし暮しけるが、ふうふ和合は家繁昌のもといなれば、此家次第に富榮え、何ふそくなき身とはなりぬ。ふうふある時思ひけるは、和合は家の榮えといふを人々にもおしえんとて、ひるなかそこで作りはじめし酒なりといふ。

富士川　海道第一の急流也。

渡船の小べり甚だたかく、女はのりうつる時、またを十分はだけざればはいりがたき故、此所にて必ず船主さまの開張する也。

蒲　原

此驛もめしもり五百文なり。

淨瑠理姫の塚　むかし矢はぎの宿より牛若丸をしたひ、みちのくに下る時、こゝにいたつてつかれなやみ、つひに此所にて死したりけり。

里人あはれに思ひ、塚をきづき印に松六本を植えたり。ゆえに六本松といふ。

淨瑠理姫戀こがれて死しけるおもひかぎりなくかなしくつらきより、ちかひて来の世をも戀するものをまもりみちびかんとなり、故にけそうするものゝ此塚に祈れば、かならずしるしありと云傳ふ。

名物　ひごずいき　女悦の具。

この邊の名物にして、つねの芋がらとことかはり、その色白くすべ／＼としてやはらかく、至つて美しくさらしたるものなり。

まきかたは、かしらよりかけ、あやをとりて根元にてとめる。

由井

此宿の飯盛五百文なり。

さつた山　さつた峠をこへて西倉澤の茶屋海の岸にのぞみてがけづくりなれば、一圓に海づらうちひらけ、富士の高根あざやかにして三保の松原を見はらし、東海第一のながめなり。なぎさには賤の女のあはびとるさまなどいと興ありて、風景他にならびなき名勝の地なり。

川柳に

あはびとりなまこのくゞる心よさ

名物　さゞゐのつぼ焼　おくのかたより露ことことゝいでて、あぢいたつてよし。

貝づくし由比ヶ濱

「かり寝に結ぶ妹背貝　ちかたの岩をまくら貝　君に添ひふしとこぶしの　こぶしに似たるたまくきを　入れてうれしきひめ貝の　おもふ所をつきひ貝「きもはやすでにゆきあひの　ゆひが汀によせる波の　音にまがへるまし水は　うきなとともにやながすらん　うきなとともにやながすらん。

興津

由井興津の邊山水の風景よし。

名産　興津鯛　鮎　興津海苔

女體の森　辨才天の祠あり、男女縁むすびの願をかくる、又縁遠き女、あるひは男にかつへし娘など、近道よりこの神前にもうづ、もつとも人目をしのびひとりひそかに參る事なれば、旅人も此所にまいり、折よく見あたらば、あたりかまはずいどみかゝるべし。されども多分は緣遠の女なる故、悪女多かるべけれど、見めよりといへるたとへのとほり、上物はかへつて不女に多くあるものなり。

ことに男にかつへゐる事ゆえ、たいがいは承知して自由になるなり。

此宿飯盛は五百文と三百文也。

江尻

此宿むかしは野良《かげま》ありしとぞ。

よつて江尻の名あり。その後男色すたれて、若衆の尻の仕舞、久能あるひは清見寺などへちごにかゝへられしと云。今此所にあるちご橋はその頃の名なり。

今はめしもりばかりにて、あげ代五百文と三百文とあり。

羽衣の松　三保の松原にあり。

むかし天人あまくだりて、此松へ羽衣をかけおきしを、漁夫ひろひとりてかへさず、是がほしくばしたがゐ給へとくどきかければ、天人ぜひなく承知して、異香かんばしき前ひきはだけじゆうになる。

府中

此宿は大に繁花の地にして、家並もびゞしく商家軒をならべて、名物の籠細工桑細工の見世多し。

駿河二丁町　是は名高き廓にて、宿中左りのかた海道より少し入て大門になり。こゝに無切手女人不入と書し高札を建たり。大門を入り右のかたへ二丁、阿部川町軒を並べ、格子籬《かうしどがき》に暖簾《のれん》をかけたる見世付、曠々として江戸の吉原のかゝりにおなじ。

揚代金壹歩と貳朱とあり、すべての事吉原のもやうに大畧かわらず。

宿々のめしもりとは又かくべつにて、けんしきもありて廓の作方もたゞしく、遊女も皆おとなしき風にて、客を大切に手あてよく、宵も夜なかも、明がたも、心よくもてなす也。その余のかずは出精次第いかやうにも應ずるなり。

鞠子

名物　とろゝ汁　これも腎藥なればかならず喰ふべし。是は竹の筒のやうなるものにたくわへ持たき事也。此宿には飯盛女なければ、先の宿まで持ゆきてためし見るべし、なき○○る事きゝめう／＼なり。
うつのや峠　名物十團子　是はりんの玉のかはりに用ひて見たりしが、かたきはとつくし、やはらかきはとろけて甚だわろし、用ゆべからず。

岡部

此宿の飯盛女はいとひなめきたれども、そだちおとなしく素人めきて殊勝なり。

たゞ身だしなみ悪しくて、ひなたくさきもの多く、新造にも小便くさき者多けれど、さながら地もの丶ごとくなれば一夜の妻として抱いて寝るにはかへつてうまみある也。揚代は五百文。

この土地の女の氣持よきことは、なんでもかでも客の言ひなり放題になりて、いやらしき顔を見せず、終夜責めつゞけられてもへきえきするいろ見せざれば、客脚のたゆるときなし。朝だち飯の給仕なども仕極りちぎにて、年のゆかぬ女などはいと恥かしきさまにて、ふかくなぶりて遊ぶも旅中の一興なり。

藤　枝

此宿は鮮魚多し。こゝも飯盛五百文也。

此宿の先大陰《おほき》橋《はし》より左りのかたに、こくうぞう山あり、中古は十三まゐりといふ事ありて、近道の娘十三の年、男にあわぬ先かならずこゝにまうづる事にて、此頃此海道に十三まゐりの宿二軒ありて、新開屋と云ひしとぞ。もどりにもこゝに泊りて、此夜此宿に宿りたる上り下りの旅人に、あらをさゝげる事ならいにて、その相手の貴賤により、其娘の果福をさだむる事とぞ。

又相手なく殘りたるは、國へもどりても縁遠しとて甚だ心にかくる事りといへり。

されどもかつへたる旅人は、いくたびとなくむしかへすもあり、またけがさせるもまゝありければ、此事いかにへんどのならはせなりとて、あまりみだり成事とて停止せられしとて今はなし。

只南あらやの名のみのこれり。

嶋　田

此宿の飯盛も五百文也。

折により川どめなどならば、となり近き座敷に女娘を連れたる客あらばばやく心安くなり、とうりゆうのたいくつなどかたり合ひ、酒ごとにて近しくなり、娘にでも年増にでも小あたりして、地色をかせぐべし。

女も道中にあるうらは心いき別になり、旅の恥はかきすてのやうに心得、ほんの出來心からいたづらなる遊びに耽ることまゝあり。たとへ亭主のある女にても、他國者と屋根を同じうせば、つい心もゆるみて、男の肌のことなれる匂にあこがれ、半ばめづらしきまゝに操を破ることまゝある習ひなり。かくて夢うつゝともならば、賣女などゝは又さまかはりたるもてなしにて、ありがたきことなり。

金　谷

此宿飯盛嶋田に同じ。川留の心得また同じ。

菊川　名物　なめしでんがく　この淺菊の名所なり。さかりの時ならば花をつみたる上一義の時用べし。用ひ方――菊の花びらをつみて、酒いたくにつけ置、一つまみをざつとしぼり出し、和合の前にその露をしぼり出して用ふべし。その効めあらたかにして、そのよきことは忘れかねるなり。これ手製女悦丸の第一なり。

小夜の中山　名物あめの餅　此の茶屋女はみめよき新造、うつくしくけはひて旅人を呼びかけ、あめ餅を賣るをなりはひとせるも、口說きやうにては御意のまゝに從ふべし。

夜泣石　附淺にこの名の名石あり。昔、このあたりに住める夜鷹のたぐひ、夜々出でゝ旅人を咬へては泣きしものを人々石の泣きけるとあやまちしなり。

（前半終）

随想

外道曼華

一川柳出鱈目解説の巻

妙竹林齋

外道曼華とは何の考へもなく、ふいと頭に浮んだまゝの題をつけたのである。

外道と云ふ文字と曼華といふ文字は、その組合せからして甚だトンチンカンなもので、杵と臼、銚子と盃、男と女てな工合にうまい組合せではない。

文字の變態的野合であるかも知れぬ。

それから、ものは序といふから、斷はりついでにもう一つ斷はつてをくが、この愚にもつかない虱のやうな存在の妙竹林齋の名前を利用して、江戸の隅つこのインチキ・エロ本屋がインチキを働いたさうぢやが、俺《わし》は絶對に洛成館以外の場所へは妙竹林齋の名をもつて執筆しない。

いかに俺《わし》が尻好きと雖、詐欺の尻まではよう喰はん。

小人閑居して不善を爲す——の類ひで、いづれは已の堀つた穴に落こむであらうが、こゝで事こまかに辯明するのは大人氣ないからこれ以上言はぬ。

さて、外道曼華は、愚問愚答の巻、奇人奇行の巻といふ順序で書く筈であつたが、夏の暑さねにあてられて、研究する餘裕がなかつたから、豫定を變更して川柳の巻から執筆することにした。

川柳も單に句を並べたゞけのものなら、末摘花だつて十種類近くも出てゐるが、奇拔な解說を加へたものは皆無と云つてもいゝ。

本篇はどれから拔萃したといふことを明かにしないで、古いもの、新しいもの、自作のバレ句などに、口から出まかせのヨタ解說を加へて行く。時には、作者の意企など構はずわざと見當外れなごたくを並べるかも知れないが、そのために却つて面白くなれば、俺《おれ》の念願は叶うたことになる。

1　娘の部

先づ誰でもが好きさうな「娘」を題材にしたものゝうちから拾つてみると、古いもので代表的なものは

十六で娘は道具揃ひなり

（解說）お下げの髮が束髮に變り、桃割れに結へば更にいぢらしく島田に結つてもさう不自然な感じのしない見るからにすが〴〵しい年輩である。肩あげもいつしかとれて、ムッチリと丸くふくらんで來た腰の肉附から、すんなりと豐かにのびたふくらはぎ、それから、もつと怪しからぬ所にまで種々樣々なる空想をめぐらして「チエッ！あいつを一番先にものにするのは何處のどいつだ」なんて考へるのが、十六時代の娘なのである。

あたり見廻し蕾のある所娘あけ

（解說）現代ではかういふ例はたまにしかない。矢張り江戸時代の娘の姿だ。見てはならないもの、見れば恐いもの、それでゐて見なければやつぱり氣がすまないのが、色氣づいて來た娘たちの相共通した心もちである。ボウッと眞紅に頰をそめてゐる癖に、眼ざしはさ

ながら或る一點に釘付にでもされたやうな娘の姿が眼に見えるではないか。

それだけは勘忍してと娘泣き

（解說）彼女は自分を愛してゐると言つた。自分も彼女を愛してゐる。抱擁も、接吻も、彼女は喜んで受け容れたではないか。重大なる決意！非常時！俄然、彼女は實に馬占山の如く寢返りを打つのである。

處女なればこそ燒芋屋の角にたち

（解說）「おぢさん！暖かいホカホカしたお芋ある？」なんと無邪氣な女學生！一寸容易に言へない言葉である。きいてゐても自から頭の下る清純さである。生理的に人體が要求するお芋を、かくの如く正々堂々と處理する藝當は、あゝ、處女なればこそ。アーメン。

むすめの股へ結納の錠がおり

（解說）「お宅のお孃さん、いよいよお目出度が近いんですつてネ」「いえ、まだ先方は在學中なので、一年先か二年先かわからないので御座ゐますけど、でもねえ、變な虫でもつくと困りますから……」

浮氣娘はあれもいゝこれもいゝ

（解說）妾しほんとうに困つちやつたワ。だつてAさまはお金はあるけどシークなところがないでせう。Bさまはシークでモダンだけれどお金がないし、Cさまはお金があつて人は良いけれど、いはゆる男性的イットがなくて、あの方《はう》の氣力がまるでゼロらしいでせう。こゝに於て——うぬぼれ娘ありやあ否これやあ否——といふ末摘花の名句に環元するのである。

はらんだときゝ一人迯げ二人迯げ

（解說）都會の娘には殆んど稀であるが、娘宿とか稱して、若い女子の合宿するところが、今日でもまだ山間僻地に行くと澤山殘つてゐる。田舍の娘が二人以上の戀人を持つ例は決して少くない。甚だしい娘になると五六人の男を手玉にとつてゐる淫奔娘がある。かくして、因果應報、蒔いた種が芽生えた時、「俺のではない。」「いや俺でもない。」「俺も關係はしたが、もうずつと前のことだ」てなことになるのである。だから

多くの中でこなさんの子を孕み

と川柳子はちやんと看破してゐる。

さて、同じ娘ではあつても、深窓に姫百合の如く育つ女と、いはゆるマドモワゼルといふかな――同じ深窓でも、江戸時代の御殿女中、同じ女中でも中流家庭の女中、その他いろ／＼な職業婦人の獨身者、これみないづれも娘であることに萬々相違はないが、川柳子の見る眼、讀む者の味はひは、實に千差萬別、あたかも走馬燈の如くいとも眼まぐるしく廻展する。

お腰もとおかぶとでならいやといひ

（解說）おかぶとゝは、御存知の通り張形のうちでも、とくにいかめしい恰好をした秘具であつたらしい。鎧兜で身をかためた人間と角力をとるやうなもので、對手は殆んど不死身に近い頑丈さだから、よく／＼工合が惡かつたのであらう。昔は罪なことをする人間があつたものサ。

御殿ものいつそ氣のへる程に押し

（解說）なにしろ若い身空での禁慾生活である。たまに宿下りなどの絶好のチャンスを摑んだ時、好きな男と樂しい添寢の夢でも結べば、この句の如くなるも蓋し當然の理である。

下女に關する句はこれ又すこぶる多い。我々が全く想像もつかないやうな方面にまで、川柳子の奇想は到る所に浸透して行つたのだから、誘惑の極めて多い下女の性的生活を見逃さう筈がないのである。

ものおもひ下女おやわんに汁をもり

（解說）殊更に平凡に、句のまゝに解釋した方が至極無難であらう。それから先は、難かしい句でないだけに

自由に想像を飛躍させたがいゝ。或ひは、お茶椀に汁をもり――と言つた方がもつと適切かも知れない。

外をふせぐとめしたきに手をつける

（解説）「ねえ、あなた。月に一度か二度ぐらゐ家をあけたつて、それあ男ですもの、そんなこと別に妾し、あれこれ言ひたくありませんわ。この頃のあなたときたらあんまりひどいんですもの。考へてごらんなさいな、今週になつてからだつて……」「ええい、八釜しいやい。遅くなるのは仕事の都合だ。そんなにグズぐ云ふんだつたらお前なんかと一緒に寝てやるものか」と、下女のふとんにもぐりこんで「ザマァ見やあかれ！」

はつたこと下女が寝言でバレるなり

（解説）悪さかんにして天に勝ち天定まつて人に勝つ。下女と通じたこと、よもやお釋迦さまでも御存知あるまいと思つたに、隣りの部屋で今まで高鼾で寝てゐた下女、なにやら口のうちでムニャムニャと喋舌つてゐたが、やがて音吐朗々たる囈言と變じて「あれ、いけませんわ。どうぞ旦那さま御冗談はお止し遊ばせ。奥様にお悪う御座ゐますわ。あれ旦那さま。御止し遊ばせ。まアどうしませう」この寝言を聴くや否や、彼の妻は俄然憤然、内面如夜叉の角をおつ立て、夫の耳朶をキリキリシャンと引きしやくり「あなた。あなたはまア、えゝつ、あなたつたら……」と修羅の巷と化すのである。

お前もお前だよと下女いびられる

（解説）なにも自分の方から頼んで犯して貰つたわけでもないのに、責任はすべて自分にあるやうに云はれるが「だつて奥さま……」と辯解も出來ず。

後家の下女納所の部屋で珠數を切り

數多い下女の句のなかでも、その意企に於て、辛辣さに於て、この句など傑作の部であらう。

2　花嫁、女房、嬶の部

さて、さうさういつ迄も下女にばかりかまつてもゐられない。花嫁、女房なんて肝じん要の存在を無視しては、妻のろ黨に對して申わけがない。だが、その前に、新世帯といふものゝ概念をしつかと頭に入れてをいた方が何かと便利であらう。いや、別に覺えたつて何等金儲けの豫備知識にはならぬから、眼から鼻へでも突抜けさせた方がいゝかも知れぬ。

新《あら》世帯きちり〳〵と夜をふかす

（解說）あまり惡く解釋することは卑劣であり、たゞ棒讀みに讀んで了ふのは間抜けてゐる。時間にはちやんとハズが歸宅して、一定の時間にはちやんと電燈が消える。隣り近所の馬鹿話しや、ラヂオや蓄音器など我れ背んぜすの有樣なのである。然しその割に新郎新婦とも眠つてはゐない。だから

新世帯油のいらぬ夜なべ也

といふのがある。

新世帯嫁は碁仇にらみつけ

（解說）時刻すでに夜なかの九ツ時に近づいてゐるのに花嫁のことなんかまるで石の如くに默殺し、意地の惡い新夫の友だちはなか〳〵歸らうとしない。「まだ十二時にはならんナ。もう一番やつてこれでお終ひにしやう！」と、實に巖石の如く落着いてゐるのである。後に仕事のつかへてゐる花嫁は、甚だ面白くもないと云つた顔附で、アーアとだるさうなあくびをしては、碁仇をヂロリと睨む。

新世帯夜な夜な簞笥じやまになり

（解說）これは言ふまでもなく長屋住居の貧乏人の家庭である。江戸小噺に、隣のお神が若い嫁に向ひ「ゆふべの地震はひどう御座ゐましたネ」嫁プーンと膨れる――といふのがある。單に寢床をのべるのに邪魔くさいばかりでなく、ガタピシと音がするのが、實に氣の

へる程いとほしい。

ところで、川柳子はいつたい女房といふものをどんなに見たか？俺が他の如何なる文學よりも、亦いかなる性愛秘戯に關する文献よりも、遙かに遙かに川柳を愛する理由は實にその直情、その觀察の辛辣さ、胸のすく啖呵の切れ味などにあるのである。左翼とファッショと、硬派の不良少年に何となく心惹かれる俺の氣持は、同じやうな心もちから川柳の持つ云ひ知れない妙味にひきずられる。

新らしいうち女房は沖の石

（解説）實に意味深長でよく眞相をうがつてゐる。沖の石とは百人一首の中の「人こそ知らぬかはく間もなし」をもぢつたものである。なにがかはく間がないのだ？など〻訊かれると全く挨拶に困るが、新らしい女房の「潮干に見えぬ沖の石」は、寄せては返す仇波に、全くかはく間がないのであらう。それを眞書するかのやうに

新女房聾ゐねむつてなぶられる

（解説）舅、姑のゐない花嫁ほど幸福なものはない。花嫁の艶嬌姿は、浮世繪など〻ちがつて生きてゐるだけに、彼女の新夫にとつては心顫へる程しほらしい存在であるべき筈だ。疲れてゐれば疲れてゐるで生々しい昨夜の記憶を蘇返らせ、ぢつとそのま〻にしてをくのが勿體ないやうな意地汚なさが出て來るのである。だから矢つぱり沖の石だ。

花嫁は　あげるにまでしんしやくし
その當座はづかしさうに嫁よがり

（解説）閨房に於ける花嫁のつ〻ましさ。それは當然のことで、來た晩から千變萬化虚々實々の秘術を盡されたのでは、いかな間抜けでも大抵對手の素情を窺知することが出來る。けれども今日では、わざとつ〻ましさうな恰好だけ見せる花嫁だつて可なり多いに違ひない。油斷もすきもならぬ處女がウヂャ／＼してゐるん

だから――。

だが、花嫁、花婿の間は、はげしいなかにもつゝましい點があるが、少し古びれてくると、川柳子の調子は俄然その態度が變つてくる、從つて俺《わし》の解說も調子を變へなけあ嘘だ。

夕べもてたを女房によりにされ

（解說）「ちよいとお前さん。禿げ頭のいゝ年して昨夜《ゆふべ》はどこで寢た。まあいゝからこちらにお向きつてば、ゆふべ一晩中妾しはまんじりともしなかつたんだよ！ほんとに仕樣もないこの助平爺めは――まァ如何してくれやう。――と、しつぺい返しのつもりで、當分出稼ぎが出來ない位へトヘトにされて了ふのである。が然し、女房の心理狀態といふ奴は實に變なもので、少し機嫌のいゝ時など

このやうにしゐはすまいと女房いひ

とある如く實に魂身一擲の犧牲的大精神を發揮する。

と云つて亭主たるもゆあんまり己惚れてはいけない。

七日ばかりがなんだと女房いひ

（解說）これは絕倫の亭主に對する女房の肘鐵の偉力である。しびれを切らして日數まで勘定し、短刀直入的に肉迫したのはいゝが、遂に堅壘を攻め落すことが出來ないで擊退された形である。

貞女一物の大小を知らず

（解說）風刺の極致である。せん柳でなくてはかくの如く簡單に、かくの如く要領を摑んだ表現は、他の文學の如何なる型式を以てしても到底活寫し得ないであらう。うはぞり、へうたん、なかぶと、たうがらし、ゐちぜん――と一々女房が知つてゐた日には飛んでもないことになるが、兎に角着意はすばらしい。

川といふ字に寢て女房こまるなり

（解說）晴れて夫婦となつた上、可愛いやゝ子をまん中

に、川といふ字に寢てみたい――と云ふ、浮氣稼業の女にさもあてつけがましい名句ではある。すかしてもすかしても眠らない赤ン坊を眞中にして、女房も亭主もよけいな邪魔だてに弱りきつてゐるのだ。子は鎹といふが、鎹どころか、かうなるとしんばり棒だ。

出來ずともいゝといひいひこしらへる

（解說）「まあ、多ぜいお坊ちやまやお孃ちやまがおありでお樂しみですわねえ。失禮ですけれど御幾人？」ときかれて「いえ、もうあんまり澤山で欲しくないのでござすワ。十三を頭に六男六女で、いまお腹にゐるのが十三人目で御座ゐます。でもこればかりはねえ。――」

してみるとやつぱり拵へたくはないが、やめられはしないのである。

3　後家、お妾の部

二十《はたち》歳後家は通しても、三十後家は通せぬといふて、昔から後家探しといふ奴はなかなか絶へない。水の低きに流れるが如く、淺間しい人間の煩惱は、げにや煙の如くどんな所へでも流れて行く。諸行　情である。

後家のことを當節は未亡人といふが、兎角問題を起し易いことは、大方の諸君もとくと御承知の筈である。男が惡いか、未亡人が惡いかは、その時々によつて違ふが、川柳にはこんなのがある。

口說きいゝやうに若後家とりまわし

（解說）對手がなにかと世話をやいてくれる男だと、つい言はなくともいゝお愛想を言つたり、わびしさを訴へたり、頭が痛いとか、夜ねむれないとかいふやうなこと迄いひ出すので、男の方でも得たりかしこしと、「どうせ短かい人生ですからぬ。あまりくよくよしたり、堅いことばかり云つてゐてもつまりませんよ。ほんとうに奧さまなど、その若さとお美くしさで、かうしてゐられるのは――」てなことから毒牙を出し始める。

何やつのしわざか後家を高まくら

（解説）機先を制せられた男の鬱憤である。鳶に油揚を浚はれたかたちで、思はず知らず口に出たムカッ腹の爆發！

目をくぼませて後家の男にげ

（解説）いかに猛烈であつたかゞ、遺憾なく發揮されてゐる。——後家の供くつてゆすつて酒を呑——と、甚だ結構な身分ではあるが、「あゝ凄くちやあねえ、とても體がつゞきませんや」

命日も忘れて後家は情夫《いろ》を呼び

（解説）年增女のやるせない慾望は、過ぎたことは過ぎたことである。盲目の戀には命日も精進もあつたものではない、地獄では亭主が大きなクシャミでもしてゐることであらう。

宵の鐘後家には諸行無情なり

（解説）つまらないつまらないで日が暮れて、それが入合の鐘の音を聽くと、更に一段と募つて來る。——氣がきかぬ永い日だのと新世帶——の遠き昔が忍ばれて冷たい閨《ねや》もなげかはしい。殊に

大きかつたで後家あきらめがわるく

といふに至つては、川柳子の意地の惡さは全く底が知れない。

今度は妾だ。お圍ひ者とも云ひ二號とも云ふ。一夫多妻は怪しからぬなどゝ、負け惜みの減らず口を叩かないで、甲斐性のある人間は二人で三人でも持つがいゝ。偉い人は皆實行してゐるので、妾を持つことは若返りの秘訣ださうな。只用心しないと

御妾はくはへて引くがかくしげい

とある如く、自分だけに首つたけ惚れてゐるなど丶考へてゐたら、うまい汁だけは結構あかの他人に吸はれてゐるかも知れぬ。くはへて引くかくしげいなんて、甚だ物騒な藝だが、されぱと云つて、妾の腰巾着になつてゐたのでは、ほんものが何をしだすか分らないし

わざはひと幸イの門めかけもち

とはよくよく道理に叶うてゐる。幸ィの門とは云ふまでもなく幸ィの門である。だが、自分が入る時にこそ幸ィの門だが、他人が勝手に通行すればわざはひの門に違いない。已の家庭まで不和にする門、よけいな費用のかゝる門。なんにしてもお妾の門は複雑である。

屁をひつて妾は下女に一歩やり

（解説）あらまあ嫌だねえ、この子は！旦那さまの前で何です失禮な——と一應責任を下女になすりつけてをいて、あとからそつと詫びを言ふのも、要するに圍はれ者の旦那操縦術の一つである。

泣きめかけかゝへてはかりごとにあい

（解説）女に泣かれると、いついかなる場合に於ても、すぐに夢中になつて多々益々女の御機嫌をとる男がある。そしてまんまとしぼられて、何のことはない、間夫に財布の底をはたいて小使ひまでくれてやるのである。

禿は留守ゆつくりしなと妾い丶

（解説）解けつほぐれつお妾と情夫のたてひきである。氣の弱い浮腰の男を勵ましつゝ驟雨將に至らんとして部屋の中暗しだ。禿はどこかでクシヤミでもしてゐるやう。

最後に

めかけのはゆすり下女のはねだる也

で妾の部を終る。

4　姑、その他

女も姑と呼ばれる身分になれば、もうたいてい一通りのことは慰み盡して來て、こと畏くも、御色氣に關することなら、馬耳東風とうけ流してよさそうなものである。

ところが實際はなか〳〵さうはゆかぬ。凄いのになると娘の婿を寢取るやうな强豪だつて、往々にしてあり得るのだ。色道不可解といふのはこの邊の消息を物語るものであらう。

姑の嫁いぢめは、世界各國の傳統的精神で、かういふ問題こそ爲政者はもう少し何等か方法を講じたらよさそうなものに、この激しい對立はいつの世いつの時代でも對立のまゝ放任されてゐる。姑とはいつたいどんなものか。これも矢つぱり川柳子の見方がいちばん面白い。

なぜじんきよさせたと姑よめをにぢ

（解說）横車もこゝ迄押すと痛快である。何でも彼でもその罪を嫁になすりつけねば氣のすまない姑の面目躍如たるものがあるではないか。じんきよは亭主の房事過度から來たものであるにも拘はらず、そして又、姑自身には息子のじんきよなど何等關係がないのにも拘はらず、さもさも女房の方からけしかけたやうに見なければ承知が出來ない醜い嫉妬心を、姑と云ふものはみんな申し合せたやうにもつてゐるのだ。

産まなければ産まないと姑いひ

（解說）このあべこべに、毎年産みつゞけでもしやうものならそれこそ大變である。仲のいゝ所を見せつけられても、仲の惡いところを見せつけられても、どうして嫁といふものはかうまで憎い存在なのだらう。

今日は庚申だと姑いらぬ世話

庚申の日に孕んだ子供は毒氣が多いとか、ろくでもない子が出來るといふ變な迷信をたてに、今日だけは別々に寢た方がいゝぜと云はぬばかりのおせつかい。

身に覺えないやうなこと姑いひ

（解說）若い夫婦のイチャイチャするのが迚も我慢できず、嫁に向つて、やれ寢ざまが惡いとか、晝寢をしないやうにとか、自分の若い時はさも呻き聲一つ出さないで行儀よく寢て來たやうなことをいふ。

5　藝妓、娼妓の部

どんな場合にも悲觀しない川柳子は、茶屋青樓などに於ても、その持前の樂天ぶりを發揮する。かうしたバレ句によつて淫心を催すやうな人間は、それはもう何處に詰めこんでをいても所詮救ひがたい人間である。なぜならば、川柳は笑ひの最高の藝術と稱しても敢て過言ではないと思ふから——。

江戸時代の厖暢な廓言葉も、それが一たび川柳子の耳に入ると、實に驚くべき正確さで、ピントにあつた名句となる。その敏感な感受性と、少しの濁心もない清朗さは、これを叱るべき何ものゝ理由もあるまい。

誰にもかうするとはおもひなんすなよ

（解說）酒落を解する者が女から好かれるやうに、好かれたまゝを何の屈托もなくぶちまけたのがこの句である。と同時に、それは又傾城のまことなるものを、實に愛すべき稚氣を以て風刺し、女からモミクチャにされる程もてたのに、尙ほ且つこれだけ風刺する餘裕がある點は偉いではないか。誰にでもかうするんだと思ふべきである。そればかりでなく、誰もかうされるのだと思ふべきである。——何だい、そのかうするつてのは？　帶を解いたつていふのか？裸かになつたといふのか？それとも石が流れて木の葉が沈む恰好にでもなつたといふのか？——などゝ質問するのは野暮である。

うんといひなせんとつめりんすによ

（解說）うんと云はなきあ抓つちやふワ——と現代語に譯せばたゞそれだけである。何でもないやうな文句で

ある。たゞ何を、うんと承知しなければならないのか
それがわからない。わかつた人は手をあげろ。答『ハイッ！男が下になれと云はれたのであります。』

よくぬくひ寢なんしたかと床へ來る

（解說）折角心地よい疲れで眠らうとしてゐたのに、この一言は、寒水三斗をぶつかけられたやうにいゝザマだ。いつたい對手は親切なのか、いけ圖々しいのか、人をバカにしてゐるのか――

よいこしをしてけいせいの三味《しやみ》をかひ

（解說）琴を彈くといふのは、女の自瀆を意味するやうに、しやみをかふとは、云ふ迄もなくあれである。そんならバチはへのこかなどゝ言はれても困るが――

大一座下戶は女郎をあらすなり

（解說）今日でこそ廓で酒盛などする例は殆んどないが兎角、下戶といふ奴は、醉つた醉つたと云つて、早く女と寢ることばかり考へる。今も昔も同じである。

三味線の下手はころぶが上手なり

（解說）俗にみずてんといふ。技の下手を意味するのではなく、よくころぶと解すべきである。

まだまだ女に關するバレ句は數へ切れないほどあるが、もういゝ加減に打ち切つて、次は野郎の方を槍玉にあげやう。どうせ、川柳子から見れば、男も女もみなロクな奴はないのであつて、十把ひとからげに煩惱の犬なのである。又それでいゝのだ。身分が高いからと言つて、尻の穴が白いなどゝは誰も思はんのである。

思はぬ証據には、對手が大名だつて僧侶だつて、川柳子は少しも遠慮會釋をしない。

大名は四五寸よごし風呂をたて

と、その贅澤ぶりを叩きつけてゐる。それが又晝夜の區別なく「誰かある。風呂の用意をせい！」と鶴の一

聲が、いつなん時あるかも分らないのだ。おまけに、熱くもぬるくもなく、沸かすまで待つてくれとも言へないのだから、大名の三助ばかりはどんなにか氣苦勞なことであつたらう。灼熱の氣慨は更に錐劒鋭く、僧侶に對してまで厘毛の假借を許さない。

何宗か知らず和尚がひなを買ひ

と、遊女買ひを皮肉り、又

檀家にもあらずころびに参るなり

と、袈裟切に浴びせかけるところ、天心無念流の武藝の達人にも等しい。

若後家をすゝめて和尚法に入れし

(解説) ありがたいお説教がいつのまにか有難い口説に變り、説法變じて遂に技法となる。かくて遂に

念佛で極樂往生する氣なり

と、極めて象徴的なヨタが飛ぶのである。かるが故に普通町家の番頭、手代、世間一般の亭主などに對しては、口から出まかせ、言ひなり放題に吹きまくつてゐる。可愛想なのは

ばか手代むすめをあてにつとめてる

などで、安い給料の年期奉公もいとはず、何とかして目前の花の枝を折りとる日を、夢の如く待ちかまへてゐるバカさ加減を皮肉つたもの。

けれども、馬鹿亭主に對する罵倒はこんな生優しいものではない。二つ三つ例をあげると

入婿は間男までにばかにされ

(解説) つまり、女房が間男と酒をのんでゐるのに、從弟とか、小父さんだとか、うまく誤魔かされて、酒のカンまでしてやり「もう少しあつくしてくンな」ときめつけられ「いやどうもすみません。」

入婿のじんきよは餘り律義過ぎ

（解說）小糠三合あれば養子に行くなといふが、ことこゝに至つては慘めとも愚かとも言ひやうがない。はち切れさうな女房の慾望の云ふがまゝになつて、まるで借りて來た猫みたいになつてゐたばかりに、倅はお役に立ゝなくなつた。いやならいやと。たまに斷はつてゐたらさうもならなかつたらうに——てもおとなしいお婿さんだ。

間男を麥わら笛でくらわせる

（解說）みすみす間男に女房を寢取られてゐても、まともには太刀打できない弱い男の軟弱外交をけなしたもの。丸太ン棒でもふりかぶつて行くかと思ひの外。麥わら笛で對手が驚いて逃げるまで待つてゐるのだ。さりとはあまり情けない。

間男を切れろと亭主ほれてゐる

（解說）軟弱外交のもう一つの形式だ。うぬ！太え女《あま》つちよ野郎！かうしてくれるから覺えてゐろ——と、髮をつかんで捻ぢ伏せやうとせず「どうか頼むからあいつのことは諦めてくれ。昔のやうな氣になつてくれ。ナア、かうして俺とお前との間には子供まであるんだ。たまにあいつと芝居ぐらゐ見に行つたて、それ位のことあ我慢するが……」と、どこ迄下手に出るのか女房の方で呆れて了ふバカ亭主。だが中には勇ましいのもあつて

間男と亭主ぬきみとぬきみなり

（解說）どえらい喧嘩だ。斬るか斬られるか、突くか突かれるか、見てゐる女房きもを冷して「どちらも一寸待つてくれ」と、着物を着て了ふ。そして二人伊達男お互ひに「チエツ！馬鹿野郎！」

らく書無用はまをこが出てはり

（解説）てめえのことをラク書されてゐるとも知らず、てめえが人に面を晒し乍ら帖りつけてゐるのだから、いゝ證據だとばかり見物人が感心する。

間男はするなと親父土手であひ

（解説）極道親父と放蕩息子とが、一人の女郎に張り合つて、サテ吉原土手でちよんの間歸りの親父とばつたり出會はし、息子の方で何と切り出さうかと思つてゐたら、意外や親父が戀仇。――これぞまさしく、親父よろこべ伜がお役に立つたぞへ――だ。

さて最後に

とつさんが留守かゝさまが來なさいと

と、亭主もこゝまでバカにされたら、もうたいてい不服面でもあるまい。

今回はこれ位にしておかう。

支那民謠集

千葉　脩

民謠は飯の代りにはならないかも知れぬ。しかし、地方の貧しい農民たちにとつては、自由に、朗らかに、何の屈託もなく歌を唄ふといふことは、彼等に與へられた僅《た》つた一つの娯樂なのだ。

日本でも、今の農民たちは唄どころではない。金のかゝらない歌を唄ふことさへも彼等の口から奪はれやうとしてゐるのだ。

近代的な都會の唄が農村に浸入すると、農村の唄までがひどくジャヅ化して了つて、あの牧歌的な閑かな色彩が次第に田舍から消え去つて行く。

けれども、われ〳〵はいつ迄もさうした色彩だけは殘しておきたい。

こゝに支那の民謠を集めて飜譯しやうとするのも、別に文學的な貢献とか、民俗藝術の昂揚とかいふだいそれた考へからではなく、民謠といふものゝつながりが、土地を異にし、風俗を異にしてゐても、どこか一脈相通じてゐることを示したいからに外ならぬ。

一と口に支那の民謠と言つても、あの廣大な四百餘州の民謠を隅から隅まで探るといふといふやうなことは、それこそ大海に山を築くやうな空しい努力で、たゞ、昔から比較的有名で、今日尙ほ人口に膾炙されたものゝみを少しばかり並べて見やう。

民謠と云へば何處の國でも情歌が多い。そしてこの情歌も奥地に行くほどキワどいものが多く、支那でも民謠と云へば四川情歌が最も多くの人の口の端にのぼる。

はじめは穏やかで上品なものから撰び、だんだんさがつてゆくことにしやう。

隔　河

河を隔てゝ――といふ、わが國でもいろんな小唄端唄があるが、それと同じやうなものである。

（一）

月兒出來滿天遊
一對金鷄占風頭
半夜聽見金鷄叫
想起哥々眠淚流

月はみそらに冴え渡り
雌と雄との金鷄が
風のゆくてを指してゐる
その鷄の鳴く聲に
娘もいつか淚ぐみ
郎《をとこ》をしたふて啜り泣く

ロマンチックな、餘りにもロマンチックな年若い少女のあこがれである。天氣豫報臺上にある一對の金鷄を眺めて自分一人のわびしさに淚ぐむ若い少女のセンチメント。

（二）

遠處唱歌沒有離
近處唱歌離一身
願郎爲水妹爲土
和來揑做一個人

遠くで歌ふも心は一つ

近くで歌ふも身は二つ
もしも貴方が水なり
妾が土となるならば
土と水とを捏ね合せ
一人の人になりませう

心から肉へと動いて來たあこがれである。知つてゐるやうな、知らないやうな、恐いやうな、樂しいやうな、何が何だか、はつきりわからないけれど、女になりかけた頃のもの悩ましいもの思ひ——

ところが、娘の心と同じやうに、若い男は若い男で

那個妹兒隔個灣
隔來隔去隔壁頭
隔個壁頭都嫌遠
祇想同床共枕頭

河を隔てゝあの娘《こ》の住ひ
壁の彼方に往來《ゆきゝ》する
かいま見るさへ叶はぬか
隔つる壁の憎らしさ
思ひ焦がれて同じ床
二つ枕はいつの日ぞ

矢張り男の方はピントのむけ方、つまり狙ひどころがハツキリしてゐる。河を隔てゝ——と云つても、單に河と解釋のみしないで、なにものかのさへぎりの意味も含まれてゐるのだ。

（三）

天上起雲又起雲
妹兒起心又起心
天上起雲要下雨
妹兒起心丢我們

雲が出た出た天に出た
娘に色氣が付いたぞえ
天に雲出りや雨が降る

娘色づきやたゞをかぬ

河を隔てゝはまだほかに澤山あるが、あまり興味のうすいものは省畧した。愉快なのは「清早起來」といふ唄で、日本語に飜譯すれば「早く起きたら御出で」とでも云ふのであらう。

清早起來

（一）

清早起來去下河
兩個青蛙脚對脚
叫聲嫂々嫋快看
好像昨晩嫋兩個

早く起きたら河下においで
二匹の蛙が重なつて
とても嬉しさうにないてゐる
どうだよく見ろお前も夕べ
あれにそつくり似てゐたろ

（二）

清早起來去放牛
牛兒栓在廟裏頭
脱了褲子耍把戯
嫋我有事在心頭

朝は早うから牧場に行けあれ
牛はお堂の垣根につなぎ
お褲子《こし》はづしてたはむれて
わしとお前は夢我夢中

月兒落西下

かなり徹底した俗歌である。これは主として巴州地方の流行歌で、今でも若い男女間には旺んに愛誦されてゐる。

月兒落西下
思想小寃家

寃家不來我家
心巾亂如麻

灯ともし頃となりぬれば
戀しき君ぞしのばれる
されど來らずわが家に
亂るゝ心何とせう

（二）

月兒出東方
思想秦中郎
秦郎打仗受了傷
閨內望斷腸

月が東にのぼるころ
ひそかに君をしたふるも
秦郎《ぎみ》はいくさに傷つきぬ
ねやの淋しさ何とせう

甘いも辛いも知り盡した女が、途巾から餘儀なく空閨を守る淋しさを唄つたもので、閨內望斷腸など云ふ文句は、明らかにその事實を物語るものである。

嬌十八郎十八

嬌十八來郎十八
兩來都是細娃家
兩來都是娃々耍
兩來同齊當爹媽

娘十八男も十八
二人そろつた雄雛と雌雛
二人そろつた愛嬌ものよ
やがて二人は父と母

（二）

嬌有心來儂有心
二人有心進麻林
麻葉落在臉而上

麻葉合人人合人
むすめ好きなら男も好きよ
好いた同志が麻畑
顔に麻の葉ホロ〳〵散るよ
麻の葉と人人と人

まことに農民にふさはしい牧歌的情景である。ホロ〳〵と散る麻の葉がいつの間にかつみかさなつて、やさしく、柔かく彼等を包んでゐる自然の景が、彼方の小山に見えるやうではないか。

又、濾縣地方で唄はれてゐる「月出東方日已西」といふ民謠は、早くから結婚する支那人の風習がハッキリと織込まれてゐる。しかもそれは往々にしていろ〳〵な喜悲劇を產み出すのであるが、次の唄などは、その事實を明かに立證するものとして興味が深い。

月亮灣々兩頭尖
雙脚挑郎自眠
可恨爺娘婚配少
活人睡在死人邊

これなどは、もう飜譯しない方がいゝと思ふくらゐである。

若い女が年とつた夫に嫁いで、それとなくうながしても男は只すや〳〵と眠つてばかりゐるので、こんなことなら死人と同衾したのも同じだと云つて、身の不幸を喞つのである。

强ひて飜譯すると

月は二人のねやに照る
脚でこついていどんでみても
ぬしはすや〳〵ねるばかり
こんな爺さんお役にたゝぬ
若い姿しにやうらめしい
人形抱《いだ》いてねたやうな

婆婆之言太無理
自己肚飽哪知別人饑
若等兒夫年長大
月出東方日已西

これは、先のと反對に、夫がまだ自分と同年輩の少年に嫁いだ少女の嘆きである。

年はほゞ同じではあるが、女の方は男よりずつと先に役に立つと見えて、こんな小賢しいことを言つてゐる。

（婆婆とは日本で姑といふ意味に解した方が最も適切である。）

姑《かか》さんそれは御無理です
あなたは飽くほど喰べたとて
わたしは饑ゑてゐますもの
こんな小さな主さんが
大きくなるのを待つてたら
わたしも婆さんになるでせう

月が東に出て日が已に西に沒す――と云ふのは、かんじんの時にはもうだめになつて了ふといふ極めて象徵的な字句である。

ひろびろとした曠野の彼方、のどかな河面に臨んだ村々そこで唄はれるこれらの民謠は、いかにも農村にふさはしい情歌といへやう。

西康情歌

同じ四川情歌のうちでも、この西康情歌は最も古くから唄はれ、多くの男女が山上の草叢に座して樂しく合唱したのであると傳へられてゐる。

雄大な牧場を背景にして、美しく咲き亂れる戀の花は、條々たる韻を含むで、われわれも亦この原始的情景に魅惑される。

豔陽天氣好風光
奴與情哥洗衣裳
情哥與奴話家鄉

倆若同我回家轉
儼然一對好鴛鴦
雙飛雙宿情義廣
兩人地久共天長

妹同情哥趕綿羊
閒坐草地訴哀腸
雖然不是眞夫婦
一度野合情更長
倆情長來我情長
送倆幾隻好肥羊
郎吃羊乳把郎壯
從今記奴莫要忘

大陽西下鬧晩鴉
手牽牛羊轉回家
路遇情哥相問話
明日清來吃盃茶
不吃煙來不吃茶
要與吾妹共一榻
日來月往情不假
來年定然生一娃

見らるゝ通り、この唄は純情な戀人同志の希望に滿ちた生活を唄つたので、下手に飜譯するよりも却つてこのまゝ熟讀されむことを希望する。

奥地に行くほど歌詞が露骨であることは前にも一言したが、松潘地方の農歌は、同じ民謠でも日本の猥歌と同じである。

毎年一月から二月にかけて、松潘地方に於ては、此の種の唄がそちらの野原、こちらの山谷から聽えて來る。同地方ではこれを山唄と稱してゐるが、その理由は松潘地方には殆んど水田といふものはなく、農民の仕事は殆んど山上でなされる。

從つて、次のやうな唄は同地方の人々には、殆んど誰彼の區別なく大きな聲で唄はれてゐるが、それは農民の區域内に限られてゐる。

松潘農歌

大河漲水洗枕頭
兩股眼涙順水流
倆有難心訴給我
耍個獅子滾繡球

大河漲水起波浪
波浪頭上修磨坊
磨坊修起沒中粱
賢妹推磨沒心腸
手拿毛帚團々掃
瞟眼瞟眼看小郞

最後に、支那情歌のうちでも最も有名な、掛枝兒を紹介しやう。

掛枝兒は支那の口語體に作られた歌謠の一種で、七言絕句とか五言律詩と言ふ様な型式を無視した歌曲である。それだけに一面には漢詩に見る様な重苦しい所がなく、如何にも自由に、また卒直に感情が吐露されてゐて、比較的に藝術的香りの高いものである。

この歌集の作者は、明の崇禎時代に、江蘇省吳縣に生れた馮猶龍氏の作だと言はれてゐる。氏は一度壽寧縣知縣に擧げられたこともあるが、性來放蕩不覊で、著す所の作品も萬事記、雙雄記等今日も世間に流布されてゐるもの、或は如量江記、一捧雪、牡丹亭（改名風流夢）等十數種あり、この他他人の作品を訂正して上梓せるもの、里憨齊傳奇、增加手妖傳、及び小說、情史、警世通言、喩世明言等幾多の作品がある。

此の掛枝兒は馮氏の作と言ふも、實は當時（明時代）民間に流行せる歌曲で、馮氏は單にこれを捜集し、或は所々に修正を加へ潤色したるに過ぎないとも言はれてゐる。

掛枝兒の原本は散逸して今は覓めることが出來ない。此處に揭げだ數種の歌は、浮白主人の選本から取つたものでこれだけで原本の面白と瞻仰することは出來ない。

調情

(一)

嬌滴々玉人我十分在意
恨不得一碗水呑儞到肚裏
日々想、日々捱
終須不濟
大着坦上前親個嘴
謝天謝地
他也不推辭
早知儞不推辭也
何待今日方如此

その麗はしきみすがたに
わたしの心はくるへども
恨みはそなたを一碗の
水を呑むごとわが腹に
呑むによしなき悲しさよ
日々にいやますこの想ひ
あこがれ日々につのれども
どうにもならぬもどかしさ
或日遮二無二抱き付き
あなたにくちづけ求めたら
あゝありがたやうれしやな
あなたはそれをうけいれた
早くにそれと知つてたら
どうして今日まで待ちませう

(二)

俏寃家扯奴在牕兒外
一口兒咬住粉香腮
雙手就解香羅帶
哥々等一等
只怕有人來
再一會無人也
褲帶兒隨儞解

戀人は妾をとらへて牕の外にゐます
妾しの腮に咬みつくやうにして
兩手で帶を解かうとします
そこで妾しはいひました
あなた一寸お待ちなさい
人が見るかも知れませぬ
もう一度見て誰もゐなかつたら
帶はあなたに委せませう

裹脚

裹脚兒、自幼的被倆纏上
行雙々
坐雙々
到晩同床
白日裏一步兒何曾鬆放
爲倆身子兒俏瘦了
爲倆行步好郎當
爲倆絆住了我的跟兒也
只得隨倆同來往

裹脚《てんそく》兒は、幼時より貴方に纏足せられた
行くにも二人づれで
坐るにも二人づれで
晩になれば同じ床
眞晝間一步も曾て一人出かけたことはない
貴方のために身子兒《からだ》は瘦せた
貴のためにあづけた私の行步
貴方のため絆りついた私の跟
只々貴方に隨つてのみ行來することが出來る。

雞

五更雞
叫得我心慌撩亂
枕兒邊說幾句離別言
一聲聲只怨着欽天監

偏倣閏年並閏月
何不閏下了一更天
日兒裏能長也
夜兒裏這麼樣短

五更の雞が鳴いた。
我心はおそれ亂れる
枕邊に交す幾多誰別の言

一聲の聲、只怨めしきかな天よ
汝は閏年並に閏月を作つたに
何故に一更の天を閏《うるう》にしては吳れぬぞ
日は長きに
夜は何ぞ斯くも短きぞ

多情多恨の詩人には、まだ多くの作があるが、何れ又他の民謠と共に機會を見て發表し度い。

はつもの漫談

堀　遲

口開け

このあいだも氣の合つたインテリ友だち二人とボクと三人で、郊外のある料理屋に行つたところ、そこの女將が

「ねえOさん、今夜は菰かぶりの口開けだから、前の勘定を何とかして來れる。何とかして呉れゝば口を切るし、でなかつたら、良人《うち》でも縁喜が悪いつて云つてゐますから——いえ、全部でなくつたていゝのよ！いくらかでも入れて下さればね。」

凡そ借金といふものゝ前に對しては、實に仁王さんみたいに腹の坐つてゐるO君は

「あゝ入れてやるよ。入れてやるからもつておいでよ」

「ぢやあ先に入れて頂戴」

「うるさいな、入れてくれ入れてくれつて」

「だからさ、あんたが早く入れて呉れゝばいゝのよゥ」

「ようし」とO君はたち上つた。だが諸君アワてちやあいけない。O君はおもむろに懐中からガマ口をあけて十圓紙幣をポンと抛り出した。すると又もや女將が

「もつと入れて頂戴よう！」

「なにをつ！」と今度はO君が前をまくつた。諸君、これ

も亦アワてちやあいけない。着物の裾端を一寸折つて、Ｏ君はたゞ哥《あん》ちやんらしいところを見せた丈である。

かくして漸く、菰かぶりのはつものは、コトコトと銚子に注がれたのであるが、兎にかくおはつを召上るといふことは、對手が縁喜ものなら、召上る方も意地なのである。

そしてそれはなか〳〵容易なことではない。

はしり

先を爭つておはつをいたゞくといふことは、江戸前氣風として東京人は尊重する。

秋刀魚《さんま》のはしりは嬶を質に入れても喰はなけあ――といふのが江戸つ兒である。はつものを喰ふためには、古びれた女房の一晩や二晩、ゐなくたつていゝといふ心構へでもある。

ところが、はつものといふ奴は、多くは金持のみの口にこそはいれ、貧乏人の口には容易にはいらない。

なにしろおはつは高いのだ。タコの好きな里芋だつて一貫目が何圓、筍だつて同じこと、サツマ芋でさへはしりといふ奴は貧乏人の口には不向な代物だ。

松茸の出始めなどゝ來たら、それこそ唐辛子みたいなのが一本一圓もする。上流の家庭でなくては味はへない代物である。こいつがボツカリとお椀の底で熱いつゆの中に浸つてゐるのも乙なものだが、もしそれお椀をかゝへた當人が年頃のお孃さんで、そして又世の中にそれと似たやうなものがあることを、ほのかに心づいてゐる可愛らしい口から

「あらお母さま、まあ嬉しい。もう松茸が出たのネ。なんていゝ匂ひでせう。なんておいしい初松茸でせう。こんなおいしいものがこんなに小ちやくては惜しいわねえ。もつと大きかつたらいゝのに」などゝ洒々《しやあく》と贊嘆これ久しうする場合に、母《マダム》の頬ぺたはボウッと赭くなるであらう。

兎にかく女にとつては苦手である。うまいと云つても變だし、うまくないといふのも變だし、「松茸狩に行き度いワ」などいふと更に變だし、いかにおはつでもこればかりはだまつて喰つて、喰つた後までだまつてゐなければならない。厄介至極な代物である。

さうかと云つて遁ればせに安松茸を喰つたお神が「こんなに傘のひらかない、小ちやいやつが喰べたかつたわねえ」と云つてみたにしろ、亭主の耳にはあまり氣持よくは響かない。なにしろ發禁ものである。だが、こやつはひとりでにニョキ〳〵と出て來やあがるのだから、どこ迄も始末が惡い。けれども松茸に云はすと「何云つてやがンでい。自力更生だ」

食物に於てもはつものが珍重されると同じやうに、別な方でも——別な方と云つたところが二つしかないのだが——おはつを珍重する精神は、古今東西その軌を一にしてゐる。

結婚に於ても處女が尊ばれる理由は、要するにそれがはつものであるからだ。

「結婚に際して處女でなけあいゝの惡いのと云ふ奴は神經過敏な奴のいふことだ。さうならいつたい男で結婚するまで童貞を守る奴が幾人あるかね。」

いつも口癖のやうに斯う言つてゐた男が、三十幾歳かの時結婚した。對手は二十八歳の處女と稱してゐたが、結婚初夜の息詰るやうな幸福にたんのうした後、男は對手がどうも處女らしくなかつたので

「お前は今迄に戀人を持つたことがあるかい?」と訊ねた

花嫁は昂奮と、恐怖と、不安とがまだ充分に醒め切らないうちに、甚だ以て面白くない質問を浴びせられたので

「いゝえ」と眞赧になつて低い聲で答へた。

「いや、あつたのならあつたでも構はないからほんとうのことを言つてくれ、」

「でも、ほんとうにありませんでした。」

「二十八歳まで一度の戀の經驗もないことはないだらう」

花嫁はあまり執拗いのでうんざりした。

「だまつてゐるところを見ると覺えがあるんだらう」

「………」

「覺えがあつたて構はないと言つてゐるぢやあないか。三十歳近くなつてゐれば知つてゐるのが當りまへなのだ。だからハッキリ云つてくれ。」

その爲に妻はその翌日逃げ出した。立派に處女であつた

ものを、どうでもいゝと言ひ乍ら疑ぐり過ぎて逃がしたのである。

それほど、はつものに對する人間の執着は强いのだ。

初夜權

初夜權とはどんなものか？又、どんなものであつたかに就ては、大抵の學者は實に廻りくどいことを云つてゐるが又、廻りくどく云はなければ說明の出來ないのが學者なのであるが、われわれみたいな無智文盲の徒に云はすれば、結婚せんとする處女に、一番槍を突きつける權利、卽ち權力でおはつを頂戴することを初夜權と見なすのである。どんな顏附をしてその權利を實行したかは知らないが、たいして儼めしい面をして實行したわけではあるまい。權力でものごとを決するといふことは、初夜權みたいな場合にはいかにうまく愚民どもを欺すかといふことである。ヨーロッパの中世時代に、貴族と僧呂とがまるでカマボコと板みたいに喰ついてゐたのも、色食二道を滿喫するためにあゝまで仲よくしてゐたのだ。

明けても暮れても初夜權である。

神の御名に於て割禮を施して貰ふのだし、夫婦永遠の平和、子孫繁榮のためなどいふ名目で、痛くても苦しくてもこれ皆神の試練だと思つて滿足してゐたのだから、亭主になる男こそいゝ面の皮だが、別に惡い顏もせず、まるで汚いものを洗ひ落して貰つたやうに感謝してゐたといふのだから、紅毛の毛唐人めらは、祖先がどうの、姦通が罪惡だのと、大きな口の利けた義理あひではないのである。まだそれどころか、新婦の急所に胴がへしを喰つて、お禮金までタンマリ出したといふに至つては、こんなうまい商賣またとあるまい。

獻納

初夜權において、誰が何と言つても旨い汁を吸つたのは文明先進國では僧侶、未開國では猶長さまである。

今日ではもうあり得ないが、昔トルコの田舍などでは、僧侶は村から村、街から街を巡回して、結婚する家があればいけ圖々しくもノソリ〳〵と上りこんで行き、タラ腹御馳走を喰つた上で、新婦から神に捧げものをさせたのである。神に捧げものといふと頗る體裁がいゝが、實は僧侶の股間に鎭座ましますのであつて、一族朋黨拜跪して神の惠みを謝すといふのだから、反宗教鬪爭同盟などいふものがその當時あつたら、さぞかし面白い鬪爭が見られたであらうに。——これなら如何なる戒律があつて獨身を强ひられやうと、我慢はいかやうにでも出來る。

いや、初夜權だけではなく、旣に結婚してゐる婦人にでも、月に何回かづゝ神への獻納日があつた位だから、窮すれば通ずるといふ人間の大理想は、どこへでも當嵌めることが出來る。

佛に歸依するといふことも、神に從ふといふことも、つゞまる所は人間は所有慾から離れろといふことである。所有慾から離れろといふことは裸かになれといふことである。裸かになつてもまだ身についてゐるものがあつたら、それは神や佛に捧げるべきである。

なる程、道理にはチャンと合つてゐるのである。稱して物心一如の境地といふ。

恥辱

さうかと思ふと、未開國の土人は、さすが土人だけにいぢらしい心をもつてゐた。

ポリネシア群島などいふところでは、今でも人肉を食する人種がゐて、若い威勢のいゝ哥《あん》ちやんたちは、自分の家に骸骨をズラリと並べて、その數の多いもの程尊敬されるといふ位だから、年頃になつても娘が處女で無傷だといふことは、彼女の兩親にとつては頭痛の種なのである。

娘のうちですら人が對手にしない位なら、結婚したつて無論亭主は對手にしてくれまい。なんて情けない娘をもつたものであらう。

どうです、そこらのモガさんたち！マドモワゼルたち！一つポリネシア島へでも出かけて行つては？

愈々結婚ときまると、新夫の友人がよつて集つておはつを頂くのださうであるが、娘が目をまはして打倒れる位多くの男が對手にすれば、それが何よりも名譽であり、その人數が少いほど不名譽であるといふ。

かういふ國でエロ出版でもやれば、すぐに猶長の次席ぐらゐにはなれると思ふが、誰か行く者はないかナ。

試嘗

大きい聲では言へないが、日本にだつて初夜權に該當する事實は澤山あつた。

試嘗とは甚だうがつた文字を用ひたもので、これはお初穂を頂く農作物の方から用ひた言葉を、たま〳〵この方面に適用したものであらう。

岩見重太郎が奥州の何とか山で、六尺に餘る狒々退治をやつたといふのも、あれは嘘である。

年に一人づゝいたいけな處女を傷つけて、散々なぐさみものにした上、飽いて了ふと娼婦か酌婦に賣り飛ばした狒々みたいな惡神官を征伐したので、誰も見たものはないのだから、自分の腕自慢を吹聽するのには好個の珍材料であつたのだ。

狒々が白紙に文字を書いて、めぼしい女のうちへ白羽の矢を立てるなんてことは、常識から考へたつて嘘八百だ。

或ひは重太郎は、いゝ氣持になつて法羅を吹いて、娘をうつとりさせ乍ら、その晩自分でうまいことをやつたかも知れぬ。

仲人

この頃でこそ娘の結婚に對して、行つた晩の閨房《ねや》のなかのことなど考へる母親は少からうし、又、娘の方だつてだいたいの見當どころか、もう既に屢々試驗ずみのものが多いからいゝやうなものゝ、封建時代の良家の母親は、そのことに就ては、實に身が痩せる程心配したものであるといふ。だらしのない眞似はしないであらうか。狂人みたいになりはしなだらうか。大怪我でもするやうなことはあるまいか。ビツクリして新夫の額でも蹴飛はすやうなことはあるまいか。慮外な眞以を遊ばすなとばかり、豫て教へてをいた靜流《しづか》の薙刀でも振廻すやうな亂暴な眞似はすまいかとネ。

さりとて、手許に招いて、一伍一什を逐一物語つて聽かせるなどといふことは、それこそ氣がひけて、おかしくて恥しくて云へたものではないのである。

仲人の試嘗は、實にかうした懸念を一掃するための役目をも多分に含んでゐたので、今日でも新婦のお初穂を、婿より仲人がお先に頂戴する慣習の殘つた土地があるのである。又、さうでない迄も、初床の指南役は、たいてい仲人が仰せつかつたものなのである。だから川柳に「〇〇のやうにして仲人床をとり」とあるのは、この事實はハッキリと物語つてゐる。

新婦の鏡臺にそうつと母親が秘畫を忍ばせてをくなどいふのは、これはあつたにしてもほんの一部分で、一般的ではなかつたらしい。

唄初

中國地方では極く最近まで唄初《うたひぞめ》と云つて、舊正月の五日に毎年青年の新年宴會が催された。これは、小學校又は高等小學校を卒業した滿十五歳以上のものが青年團への入團式であると共に、乙女の試嘗式でもあつた。

夜をあかして飲むその夜の會合に、必ず七八人の娘が酌婦として青年たちから要求され、これが幹部の相談によつて、まだ一度もお酌に出たことのない乙女に白羽の矢が立てられる。その使者には、新しく入つた青年が立つことになつてゐて、若しその娘なり、その兩親がこれを拒絶した場合は、彼女は他の娘と交際することも禁ぜられ、これを「はね者」と稱して、孤立させて了ひ、一切の集會の席はもちろん、たとへその家に火事があつたからとて水一抔汲んでやつてはならぬといふ、規則までがもうけられてあつた。

お酌に出すといふことは、或る意味に於てそれは人身御供に等しいものであり、娘の貞操は誰かによつて奪はれるものと覺悟してゐなければならなかつた。

つまり、誰かゞ彼女を口説き、女は自分の好きな男といつの間にか雲隠れして了ふのである。かくして「天國に結ぶ戀」は、青天上の草枕である場合もあらうし、牛小屋の藁の上であるかも知れないし、娘の家の長屋《ながや》（主家と別の家）であるかも分らないが、兎にかく、樂しい試嘗が行はれるのであつて、女のことを一般には「なじみ」とも云ひ

「げんさい」とも呼ぶ。

はつみせ

何とかしてはつものを喰ひたい男が、雨の降る夜も風の夜も、一年三百六十五日を一夜もかゝさず廓街をふらついてゐた。そして、毎夜の如く看板を眺めて歩くのである。

すると、スタイルだけはすつかりモダンになつた妓夫太郎君が、アクセントだけは依然として舊態一日の如く

「どうです旦那！いちばん向ふの端の妓《こ》はいゝ妓でせう。まだ今日出たばかりの皮切です。しかもあんたがイの一番でさァ。運のいゝとこへぶつつかたのですから、一つ遊んでつてやつて下さい。ねえ旦那。まだなんにも知れぬ未通《おぼこ》女《むすめ》ですし、レコはないし、いまのうち可愛がつてをいてやればどうにでもなりますよ。右へ向けと云へば右、左へ向けと云へば左ね。氣立はいゝし、すなほであるし、嘘だと思ふなら一時間だつて結構ですから、まア試してやつてごらんなさい」

大願成就、得たりや應とばかり、彼氏はつんのめるやうにして、足のさばきもいと輕く、梯子段をかけ上つたのである。

本部屋？もちろんＯＫである。財布をさかさまにふつて四タク賃にとつてをいたたつた一つの五十錢玉まで、ズボンのポケットからひねくり出して、ボンと威勢よく一世一代の氣前のいゝところを見せたのである。

はつみせ、處女、はつみせ、處女、初夜權、はつみせ、先陣、一番槍——金がかゝるので水揚といふものを知らない彼氏は、まるで初戀の女と初めて接吻でもする時のやうに、頭の中が半分からつぽになる程ボーッとしてゐた。膝頭が妙にガッガッする程異常に緊張した氣持で、今や遲しと彼女の床入を待つたのである。大願成就、南無觀世音菩薩、八百萬神、エロスの神、弓矢八幡御照覽あれ——てなわけで、乞食が蟇口でも拾つたやうに、崩すまいとしても又しては双頰がヘナ〳〵と崩れて、快心の笑を漏らさずにゐられなかつたのである。

かくして、彼女の練絹のやうな眞白い太り肥《じし》が彼の皮膚にとろけるやうな觸感を與へた時、彼氏心から一刻千金の

覇權を摑んだやうな、棒高飛で十間も飛びこしたやうな氣持にさへなつた。

けれども、ものゝ十分と經たないうちに彼氏は千仭の溪底へ突落されたやうな愁傷がヒシ〳〵と骨の髓にまでこたへたのである。みかけ倒しと云はふか、羊頭狗肉と云はふか、內面如夜叉と云はふか、はつみせの女といふのが、講譯師の云ひ草ではないが、右を突けば左りに避け、左を突けば右に避け、ボタンに唐獅子竹に虎、阿修羅の如き勢ひであばれてみても、蝶に菜種か柳に風か、豆腐に鎹、糠に釘、いやはや處々實々にあしらはれたのである。彼氏すつかり腐つて、いろいろ訊いてみたところが、はつみせはつみせだけれど、二度のうき勤めだと女は答へた。

みづあげ

水揚とは、船の積荷を陸へ揚げることだらうなんて考へる人は、唐辛子とはピリツとする植物、提灯とはローソクであかりをつける紙袋、胴がへしとは柔道の業だらう位にしか解釋出來ない人間で、水揚とはそんな生やさしいものではないのである。

學者らしくいふと、水揚とは、黃金の偉力によりて對手の自由意志を尊重することなく、特定の女性の處女性を褫奪することなのである。

無學者流にいふと、まだ一本にならない若いお酌を、高い金を出して一緒に寢て、そして對手に不平面や顰めつ面をさせず、なにもかも因果と諦めさせて新しき門を叩き割ることなのである。

「さうなら金を拂つた强姦かい？」といふいアワテ者もゐるか知れないが、まアまアそれに近い行ひとも云へやう。

同じはつものの喰ひでもこれは貧乏人には甚だ緣が遠い。緣が遠いといふよりも、望み得ざることだ。

ある造船所の社長さんは、新橋の半玉にみづあげ料一萬圓出したといふし、ある有名な文士は、稼いだ原稿料の三分の一を水揚料になげ出したといふ。（但し三流どこの花柳街で）

一宵千金の價といふのは、こんなところから生れ出たのではないだろうか。なにしろ、金さへ出せば、蛇が蛙を呑むやうな藝當をやるんだから、多分に殘虐性のある人間でないと出來ないが、みづあげといふやつは、多く老人達の獨占物で、二番水揚、三番水揚と、いろ〳〵あるといふが悲しいかなこればかりは筆者にその經驗がない。

「同じみづあげされるなら、あんたみたいな人にみづあげして貰へばよかつた」と、一再ならず泣きすがられたことがあるんだから、エヘン、ボクは水揚改革論者の急先鋒なのである。卽ち、一本になるためのスタートが水揚だとすれば、そのスタートだけはお酌の好きな人に直接交渉させて無料――無料でない迄も普通の玉代とし、第二回以後をうまくごまかして、絞られるだけふんだくつてやれば、水揚された女は生涯重苦しい憂鬱に惱まされなくても濟むであらう。

口惜しくて口惜しくて諦められない烙印を刻みつけることは、その理由、その方法の如何を問はず、それは改められた方がいゝと思ふ。はつものが産み出す人類最大悲劇の一つとして、斷然ボクは改革を要求する。

はつものの公平なる分配案として、今に半玉から神さまみたいに崇められるであらう。

阿片室のはつもの

金があつたら一度やつてみたいと思ふが、支那人の富豪は、懇意な人を招待する時にはずゐぶん思ひ切つた御馳走をするといふことだ。日本にだつて某公爵さまは三千圓とかの鍋で牛のスキヤキを喰はせるといふが、そんなものは足元にも及ばない。

李芳景（假名）と云へば、南支那でも屈指の財閥だが、彼氏がある日最も親しい朝野知名の士を五十人近く招待した。

御馳走の皿數はどの位あつたか知らないが、かの遊仙窟に出て來る博陵王の苗裔、崔女郎十娘が文成と寢る前に出した御馳走だつて、さまざまの美酒に、鯔條、鳳脯、鹿尾鹿舌、雁の醉漬、アザラシの漬物、鶉の羹、牛羊肉のたゝき、熊の掌、兎のモヽ、雉子の尾肉、狼の唇などが、大蒜苔葱、薤葱、蘭葱、興渠など五辛の調合によつて料理されたといふ位だから、今日ではそれ以上の御馳走が運はれたに違ひない。五目飯やシュウマイなんか喰つてゐるボクたちにはまるで見當もつかぬ。しかし、これ位の御馳走にしても、喰ふだけなら知れたものだ。酒を呑んで食事を採つた位なら、なにもこんなことを諸君に知らす必要はないのである。だが、これからが御馳走なのだ。

食事の後一同は休憩室に集まつた。結構麗美を極めたその部屋には、五彩に色どられた龍鬚草の蓙、銀緞絲邊の毛氈、象牙の床、緋綾帖鷹の褥・馬瑙眞珠入の燦然たる器具黄金のシャンデリア、黄金のストーブ——と云つた工合に至れり盡せりの部屋の中で、ダイヤ、プラチナをちりばめたる阿片吸入器がヅラリとそこに投げ出された。ストーブの火は赭々と燃え、壁に背をもたせて身に一絲も纒はざる娟姸紛菀たる十七八の美女が、來客の人數と同じだけ揃ひ雪をも欺むく白蠟の如き兩脚を伸ばして、宛然百花の開いたやうに圓陣をつくつてゐるのだ。

これには流石朝野の名士も度膽を拔かれたがさりげなき面持で、思ひ思ひに阿片を喫しはじめ、恍惚三昧に陶醉した。

部屋の中はカッカッと蒸し返し、口中には糊い唾液がたまつて來る。その唾がペッペッと飛ぶのが、卽ちそこに居並んだ若い女たち股倉で、つまり彼女たちは煙草の吐月峰《はいふき》がはりに並べられたのである。いや、たゞに吐月峰代りではなく、李芳景氏は莫大な身代金を拂つてこれらの娘々を買ひ求め、お好み次第にその夜の來客に寄贈し、ピンからキリまで、萬事解決の素晴しい招待をやつたわけである。はつもの提供の最たるものだ。

これ位の招待をすれば・招待された方でも滿更惡くないと思ふから、金があればやつてみたいと云つたのはその爲である。どうです、誰方か招待でもして吳れる方はありませんか。

さて、はつもの喰ひの方は、以上で一段落をつけるが、男がはつものを狙ふので、女の方でも、はつものらしく見せることにはなか／＼の苦辛するが、その苦辛と、はつもの試驗の古い珍商賣を紹介してこの稿を終らう。

處女と鳩の血

外國では、結婚する迄がなか／＼堅く、結婚すればダラシがくなるといふが、結婚する迄だつて可なりダラシのないことは、日本に勝るとも劣りはしない。

フランスのセーヌ河に流される嬰兒の死體は、その數實に夥しいものがあるときいただけでも、若い男女の風紀を想像するに難くないが、それでも、いざ結婚となると矢張り處女が尊ばれ、處女でない處女が、處女らしく裝つて結婚するためには、鳩の血を小魚の肝袋にしぼりこんで、それを結婚初夜の晩に、膣内の底深く挿入しておくのださうな。そればかりでなく、愈々婚禮が決定すると、女は二十日も一ヶ月も前から明礬水で日夜膣の洗滌をやつて、ゆるんだ筋肉を緊縮させることに腐心し、薔薇水と交互に用ゐて、馥郁たる匂ひまで泌みこませておくと云ふのだから、かういふトリツクにかゝつたのでは、たいてい騙されて了ふ。と云つて、まさかレントゲンの準備まで結婚當夜の一戰に備へるといふわけにもゆくまいし。

江戸時代の處女鑑定業

はつもの賞玩の氣風は、なにも現代人の惡癖ではないので、封建時代の公卿諸大名は今日の金滿家よりもつと甚だしかつた。だから、京都萬里小路に堂々と通女未通女鑑定業の看板を出して、しこたま儲けた婆さんがある。「艶道智恵海」にはその詳細が出てゐるが、この珍商賣なか／＼の大當りで、公卿、大名たちの使者が、よき未通女があつたら周旋方を頼むと、門前市をなしたといふから、この道ばかりは濱の眞砂と同じである。

つまり、侍女として住みこみたい女、お腰元として奉公したい女ば、身許を充分に調べておくと同時に、身だしなみまで一應檢査しておきたいといふ理由のもとに、この婆さんどうしても必要になつて來るのであつた。

「ほんまに男の方とおつきあひしたことないどすか」とばかり試驗にとりかゝるのだが、その方法は桐火鉢に灰かきならせ、その上に靜かに女を跨がらせるのである。むろん着物まで引まくる必要はなかつたが、今日でいふズロースなんてものを穿いてゐてはいけない。灰の上での御開張なのだ。

女が恥しがるので、部屋も別室だし、顔も手拭ひで隠すこと勿論。かくして、息をころして跨がつてゐる女の鼻の穴に、婆さんは観世撚りをチクリと突刺すのである。この時發するクシヤミによつて、もう試験は終るのであるが、あとで火鉢を調べてみて、灰がもとのまゝ綺麗であればよし、吹き飛ばしたやうに亂れでもしてゐたら、立派に通女になつて、急所は既に何者かにいたづらされてゐることを鑑定したのだといふ。

かくして、婆さん一代に巨額の富を積んだが、萬延元年八月、七十六歳を一期として往生を遂げたが、この商賣は一代限りで止めさせたといふ。その理由は、もつと勝れた鑑定法が出來るに違ひないからと遺言したさうだが、達眼達識の女といへやう。

珍らしい商賣もあればあつたものだ。　（終）

艶笑倒澆蠟燭

黒田英介

秘戯姿態の一つに「茶〇」と云ふのがある。陽天陰地の大原則を破つて、陰天陽地となつた場合を云ふことを「茶〇」とはうまく云つたものだと思ひ度いのたが、實は茶を挽くための「茶〇」を見て居ないと、ピンと來ないやうである。大體都會に育つた二十世紀の青年では、見る處か、どんなものかを聞いたこともない筈だ。それに「茶〇」つてどんな形のものですか？と、のう〳〵と聞かれたものでもないからである。そこへ行くと「茶〇」に相應する漢語「倒澆蠟燭」の方が判りがいゝ。愛經の國印度ではプルシヤイタ、ラテン語で云ふと、コイツス・インベルズスださうである。奇を好む人間のことだから、平凡な事にあきると何か變つた事を求めやうとする。この「茶〇」にした處が御他分に洩れぬ「好奇心」の「發露」だ。從つて何處の國へ行つても、多少程度の差こそあれ、この姿態が採用されて居る事勿論である。

殊に古代ローマ人の間では左程珍らしいことではなかつたらしく、例へば、古代の生活樣式を今日にまで遺したポムペイの遺跡の中には、至る所で「秘戯壁畫」が發見されるが、その中には「茶〇」式のが珍らしくない位であるし、(Haus der Vettier, Casa del Ristra.te. Lupanar) 燭臺のレリーフなんかにも、この式のものが甚だ多いやうだ。又ローマ戀態詩人オーヴヰドも、この姿態を體の弱い小さな娘さんに推奬して居る。(Ars Amatoria III 779)

古代印度ではどうだらう？ 例の「カーマ・スートラ」にはちやんと「プルシャイタ」と云ふ章が出來て居て、どうすれば最もよろしいかを詳細に說いてある。「△△中、男が疲勞した場合、女は男の許可を得て、男の上へ〇り、擬男△△をなすであらう。それは、男の好奇心を滿足させる爲、又は自分の新奇な希望からなされる」とあるから、可成氣がねなしに、フリーな狀態で行はれて居たものと見てよからう。

處がアラビアの回教徒の內では話が別である。モハメットに從へば、「女を天にし、男を地にするものは呪はるべし」と云ふ。それ程ではないとしても、一般では兎に角一種の變態的性交法として行つて居るやうである。それだけに又、艶情笑話文學の題材となる事が甚だ多いのである。

と云ふ處で、組曲「茶〇のアンソロヂー」の第一樂章を終つて、各國の笑話文學に現はれた「茶〇」を紹介して行かう。

はじめは、明るい南歐的な、それで又諧謔的な、ボッカチオの「イル・デカメローネ」第九日第三話。

醫師シモンは、ブルノ、ブファルコッコ及びネロの依賴に應じてカランドウリノに自ら妊娠せるものと思ひ込ませる。すると、カランドウリノはその治療のために、三人に鷄や金貨を贈つて、終に分娩のことなく、再び健康な恢復する話

（原文のまゝ紹介すると大分長くなるから差支へない處は變曲して行く。）

女王の命令で、フィロストラートは次のやうに語り始めました。——

『皆さん、之までにこの三人のお話の主人公カランドウリノとその三人の友達がどんな男達であるかを申上げましたから、こゝではたゞ、主人公の叔母が亡くなりまして、遺產としてこの男に二百リラの銀貨を遺して行つたことだけをお知らせするに留めて置きます。そんな譯で、カランドウリノは人の顏さへ見れば、地所を買ふつもりだなどと申

しまして、幾多の仲買人に話を始めましたが、値段の段になるといつも壞れて了ひました』

之を聞いたのがブルノとブファルマコの兩人、それつぽちの金で土地を買つて何になる。それより有功に使つた方がよからうぜと忠告するが、どうして仲々相手にならぬ。まして兩人に御馳走などてんで考へなかつた。處へ兩人の仲間ネロがやつて來た。癪にさわるぢやないか。一つ彼奴をだまして一杯やらかさうぢやないか、とよくないこと考へて、相談一決。

『翌朝、三人はカランドウリノが自宅を出るのを待ち伏せしまして、相手が少し來た頃、ネロがそれに出逢つて、かう申しました。

（カランドウリノ君、今日は！）

カランドウリノはそれに答へて（今日に限らない、今年一杯も御機嫌よう）と申しました。すると、ネロは驚いたやうに少し後退りをしながら、相手の顏を長い間見詰めてゐました。

（何をそんなに見てゐるんだね？）とカランドウリノは申しました。

ネロはそれに答へました。（君は昨夜どこか氣持が惡くなかつたかね。何だかまるで別人のやうだよ。）』

で、ネロが盛んに病氣だ〳〵と云ふものだからカランドウリノ、氣持は惡い譯でもないが、すつかり膣つちやつて歩いて行くと、ブファルマコ登場、挨拶がすむと、半死半生の體ぢやないかと云ふので、自分はてつきり熱病に罹つたと思ひ込んで了ふ。處へ、ブルノが通りかゝつて、氣分は何うなんだ、まるで死人のやうぢやないかと云はれたので、

『カランドウリノは三人が三人ともかう云ふのを聞いて、いよ〳〵病氣になつたものと信じて、すつかり動顚しながら、かう訊ねました。（諸君、僕はどうしたもんだらうね？）（さうさな）と、ブルノは申しました。（まあ、直ぐにうちへ歸つて、床にもぐり込んで、よく蒲團をかけて寢るのが一番だらうよ。それからシモン先生の處へ尿を届けるんだね。あの先生は、知つての通り、僕達の親切な友人だからね。手當や養生に就ても何かと指圖があるだらう。僕

達も君のうちまで一緒に行くよ。)

そこで、三人と一緒にわが家へ歸つたカランドウリノ、すつかり疲れ切つて、床へ這入ると、早速女中に命じて尿をシモン先生の處へ持たせてやる。一方ブルノは、先生の處へ行つて樣子を聞き、必要だつたら早速つれて來るからと云ひ乍ら、女中よりも一足先に先生の處へ着いて、事の次第をすつかり醫者に打明たから

『女中の持つて來た尿を見た時、醫者はかう申しました。(急いで歸つて出來るだけ暖かにしてゐるやうに、御主人に云つて下さい。私は直ぐに後から伺ひます。)

女中はすぐに引返してその事を傳へました。間もなく醫者はカランドウリノの枕許に坐つて、眞面目に脈を取りはじめました。暫くしてから、恰度その場に居合せたカランドウリノの細君テッサを目の前に置てかう申しました。(ねえ、カランドウリノさん、友人として明らさまに申しますがね、別に何處といつて惡い處はない。たゞ姙娠したのですね。)

これを聞くと、カランドウリノはさら恨めさうに申しました。(やれ〳〵、テッサ、これはお前のせゐだぞ、俺が厭だと云ふのに、上になると云つてきかなかつたから、こんなことになつちやつたんだ。)

細君は貞淑な女で御座いましたので、亭主がそんな口をきくのを聞いて、忽ち顏を眞赧にしながら、一語の口答へもし得ないで、目を俯せたまゝ、室外へ出て行つてしまひました。

けれども、カランドウリノはなほ怨みの聲を止めませんでした。(あゝ、何と云ふ情ないことだらう。一體俺は何うしたらいゝんだ。何うして子供を産めばいゝんだ。一體子供は何處から出やうと云ふんだらう?、あゝ、家内の助平のために、俺は命を捨てるのか。それにしても、もう一度助かりたいものだな、同時に家内の奴には神罰が當るといゝわい。本當に、俺がこんなでなかつたら、飛び起きて行つて、足腰も立たなくなる程打ちのめしてやるんだがな。尤もあんなことを許して置いたんだから、こんな目に遭ふのも當然かも知れないが。しかし今度もし命が助かつたらあんなことを要求して見ろ、叩き殺してくれるから!)。』

三人は笑ひを噛み殺したが醫者だけは、歯が抜けやしないかと思はれる程の大笑。だが、カランドウリノだけは、どうぞ治して呉れと頼むので、いくらか金はかゝるが……と云ふと、二つ返事で、地所を買はうと思つてた二百リラがあるから、全部持つて行つてもいゝ、お産をしないでも濟むやうにして頂き度いと云ふので、

『(まあ〳〵心配せんでもよいです)と醫者は宥めるやうに申しました。(一つ水藥を拵へて差し上げませう、大層利目があつて、しかも飲みにくゝないのをね。三日も飲めば、胎内のものが溶けてしまつて、あなたは水の中の魚より丈夫になれますよ。だが、今後は氣を附けて、二度と再びこんな馬鹿げた目に逢はないやうに用心することですね處で、その水藥には先づ上等の肥つた去勢鷄が三つがひ入るのですがね、なほその他に必要なものを買つて貰うやうに、お友達の誰かに五リラの銀貨で渡して置いて下さい)』

カランドウリノ之を聞いて、萬事よしなにと云ふので鷄の代金と五リラをブルノに渡す。勿論、この金で醫者をはじめ三人の友達等で愉快に飲んだり喰つたりして了つて、カランドウリノへは芳香入葡萄酒を送らせて届けさせた。そして三日目に、醫者と仲間の三人が遣つて來た。醫者は脈を取つて見て、全快ぢや、と云つたので、

『カランドウリノは喜んで起き上つて、仕事に出かけました。そして、誰に向つても、談一たびお産のことになりさへすれば、シモン先生がたゞの三日目で跡形もなく姙娠を癒してくれた、見事な手際を褒めちぎりました。一方ブルノ、ブフアマルマコ及びネロの三人はけちんぼのカランドウリノを瞞してやつたことを大層得意に思つてゐました。細君のテツサはこの眞相に氣が附いて、長い間夫に向つてぶつ〳〵不平を鳴らしました。

この細君、何で不平を鳴らしたのかは云つてないが、判りますか?、さすがコント・エロチックの大家ボツカチヲとうなづかせるでせうな。

第三樂章は東洋風な『曲取』ぢやない、曲目曲目。ペルシヤ・デカメロンとして獨逸のフランツ・ブライが編輯し

たペルシヤの笑話。

勝利

昔、或る男が非常な美人を娶りました。處がこの美人のお嫁さんは、美人ではありましたけれども、色のいの字も知らなかつたので御座います。男は固よりそんな事とは知りませんので、新婚當夜、熱し切つてお嫁さんの上に乘らうと致しますと………お嫁さんは驚きの餘り顔色を變へて亭主を突き退けると、脱兎の如くお隣の庭迄逃げ込んで了ひました。

闇夜をついて聞える女の悲鳴に何事かと思つて、隣の學者が出て參りました。そして

「どうなさいました」

と訊ねました。お嫁さんは息を切りながら、夫がまるで熱病にとりつかれたやうになつて、自分を抑さへつけやうとしたので御座いますと答へました。

「あゝ、妾は何といふ不幸者なのでせう」と彼女は溜息をつきました。

「今迄にこんな侮蔑を受けた事は一度だつてありませんわ女でこそあれ、妾が勇士を出した譽高い家柄に生れたことは、あの人も知つて居るのに、……それを忘れて……妾を組敷かうなんて……」

とうからこのお嫁さんに氣のあつたこの學者は、好機逸すべからず、負けたつもりで、求婚の失敗を償つてやらうと考へました。

「それは實に酷いことです。よく逃げて來られました。戰敗の屈辱をうけるよりは逃げた方が增しですからね。若しも、貴女が卑しい生れの女でしたら、何も御主人に背けとは申しませんが、貴女のやうな名譽のある家柄に生れた方がそんな屈辱を受けては、お話の勇士の耻辱にもなりますからね」

と話して居る處へ、失敗した新郎が立腹してやつて參りましたので、その學者はこそ〳〵と家へ逃げ込みました。

かう云ふことがあつて後の日。その細君は庭の芝生の上でぐつたりとして居りました。御亭主の居ないことを知つた隣りの學者が、茂みから首を出して訊ねました。

「どうなさいました。……負けでしたか？」

「いえ、勝利です」とお嫁さんが答へました。

「あの時貴方も御注意して下さつてもよかつたと思ひますわ、あの人は最初から妾を上にするつもりだつたのですわ
それが道だつて云ふぢやありませんか？」

「さうです、丁度それを云はうと思つて居たのでしたよ。貴女がどういふ風にすべきか、型をお示ししやうと思つて
………」

「有難う！」と若いお嫁さんが申しました。「神様のお慈悲が貴方の上にありますやうに！」

しかし、どうなることかと先刻から様子を窺つて居た新郎が、いきなり飛出して來て、この親切な學者を散々に撲り付けたので御座いました。


もう一つ、アラビアのキタービ・アル・バー(性書)「薫園」には「茶臼」に關する愉快な笑話があつたと記憶して居るが原本が今手許にないので割愛して、支那へ。

支邦笑話集「笑林廣記」卷一に、

破傘

夫妻△△、夫上に在り、妻下に在り、既に〇して後、少刻又合、今度は、妻上に在り、夫下に在り。妻、夫に問ふて曰く。「ねえ、貴方、このポーズを何と名付けます？」そこで、夫曰く。「一把破傘」妻曰。「傘は傘でいゝけど、どうして破の字を付けるの？」夫曰。「何故つてお前、破れてなきやどうして柄にたら〳〵〇〇〇れる？」

さがしたらまだ〳〵あらうが、面倒だから略して、懐しの日本では？


有名な漢文の珍文、「大東閨語」に次のやうなのがある。

『赤褧衛門才色並茂。江匡衡ニ嫁グ。一夜、匡衡〇〇シテ赤褧ヲ抱キ、下ヨリ之ヲ〇ス。赤褧笑ツテ曰ク。此ノ撈𣾰ヲ知ラズ。何ノ世ニ始ルカ。匡衡曰ク。蓋シ是レ權輿大舜

カ？。赤粲曰ク、何ヲ以テカ之ヲ知ル。曰ク、舜庶民ニシテ帝女ニ婚ス。敬重之狀當ニ如此。

だが何と云つても、滑稽文學の中で最も特異な形式である「川柳」に如くはなからう。笑話から小話と段々テムポが早くなつて來たから、急拍子の川柳ヴァリエーションでこの「茶〇のアンソロヂー」をひき終ることにして、

茶〇とは美食の上の道具なり　（末一）
陰に閉ぢ陽に開いて茶〇なり　（同）

さて次なる曲藝は女房上

〇〇ではなくて白酒臼のやう　（末一）
仰向にねて女房に〇〇こされ　（末二）
口をすくして女房を〇〇のせ　（同）
〇にしてくれなと女房せつながり　（同）
女房に〇〇こをさせる不性者　（同）
持參金茶〇が出たで安堵する　（末三）
心捧をはめると〇〇ねだりごと　（同）
大男重きが故の常ウ〇〇
かうかえ〳〵と女房〇〇云ひ
〇〇山女房十分勝いくさ
〇〇終つてしんまくの其の惡るさ

（大尾）

頓痴畸屋主人公から來た葉書一束

雅靖山人

長崎縣松浦の富豪であつて又變人で名高い第二世頓痴畸屋主人公大閣下御事、〇十院殿釋有邪無邪大居士から、私に寄來したハガキの內、明治三十五年から大正十五年迄の分は其當時一括して旣に變態資料に掲載したので、こゝでは略いて、昭和元年から本年迄のハガキを一括して諸君にお目にかける事にした、お笑ひなさらふこも、將又馬鹿にするないツてお怒りなさらふこも、そんな事は私の知つたことぢやアなく、それは諸君の御勝手御氣儘こお任せする事にするハイ。

アリヤ芽出たいナア幸來ナア四ツ竹敲ひて祝ひませう「ガツチリ〳〵」

丁卯の正月初夢に寶ケ山の楠を切つて倒して板にして船匠を頼んで船にして寶貨や球玉を積込んで七福神がお乘込み錦の眞帆をばツン上げて、御稜威輝く日の本の東來風《コチ》一杯孕ませてソリヤお前さんの御宅へと馳り込む

アリヤ芽出たいナア幸來ナア、カツチリカツチリこ擔ぎ屋を氣取り以てお兎甫戯年頭の祝詞に代ふこ爾云

追て頓チヤン本年は還暦こやらにツン成り遊ばし奉られ候に依り之より一層若返り候て如何なるらん娑婆塞ぎの藝當…………

赤衣《あかべゑ》や着るも異なもの罣白髪

昭和二年一月元旦

附言　右ハ頓痴﨑屋主人公還暦祝ひに五ツ紋の洋服を着て自ら四ツ竹敲いて唄つて居る繪葉書に石版印刷したもの。以下は總て凸版印刷より、

這呆罣丸《ハイチイキンタマ》も又**ダラリ**然たるの好氣節彌々**ピン〳〵**焉如龜《エンニヨト》〳〵乎こして御巫山戯《フザケ》遊ばされ候段お出**ターイ**と御勇ましく奉雀躍候倩頓**チヤン**の御降誕に付ては所謂屁放《ヘヒ》つても臭い中ちう**ヤイノー〳〵**を氣目込まれ候て奇想天外**オツト**雷笑《ライシヨウ》失體**テナ**御祝品を賜はり轉挺子舞いの翹悦《ギヨウエツ》に溢れ候次第糞袋の鈍底より滿腔《マンコウ》の臭炎《シウエン》を迸《ホトバシ》らしめつゝ**アリ**

ガターイと愍珍奉る處に御座候就ては尙ほ將來共に**アウ**髯面《ヒゲヅラ》の坊**チヤン**かゝ撫でつ擦りつ可愛がつて**クリンサイナア**ゝ玆に至極叮寧に兩手を突き平々平突張つて只管奉狐《コン》願《クワン》候

先は取敢へず又もや持つて生れた慢性の滑稽感に浮かされつゝ頓珍漢の囈言《タワゴト》御禮**ハイ**茶樣**ナラー**

追て爾今第二世頓痴崎屋主人公大閤下ゝ愼《ツシツ》美《ミ》敬比《ウヤマイ》畏美《カシコシ》畏美《カシコミ》茂《で》白《セウ》佐久《サク》

十五日赤衣《アカベベ》晒《サラ》す神詣て

昭和二年五月十五日

附言　閣下昨年迄ハ第一世であらせ奉つたが今回第二世と稱し奉る事になつた。

這呆嬶《カカ》ア大將軍御儀久しく河豚《フグ》腹を**ツン**抱へ居られ候處中毒の効空しからず彌々本月廿二日午後拾時四十分を以て**ウーム**の掛け聲諸共に又もや娑婆塞ぎの一匹を御排《ヒ》り出し遊ばし奉られたるは相も變らず大事々々の擧丸《キソタマ》を**コキ**忘れたる素邊太私窩子《スベタジゴク》の卵にて有之候而して戶籍上の手續きを經て蝶亂《テウンラ》舞《ミトウ》ゝ命名致し候間線香の一本もおツ立てゝ御念佛の一回なり御唱へ被成候共敢て嫌應《イヤオウ》は不申上候に依り其の邊の所は貴下の御隨意に致され度先は**チヨツクラ**右誤通痴《ゴツウチ》まで

南無阿彌陀佛々々々々々々

追て三男七女（同種同腹）の一束に達し何れも**ピン**〳〵**シヤン**〳〵に有之候也

昭和二年九月廿三日

還曆の頓**チヤン**

雅靖山人殿

不景氣風に襲はれて泣て笑ふて日を過し**ヤツト**初春**ツン**迎へ**ホツト**一息罨《オン》だらり子供は**キヤツ**〳〵飛廻り嬶ア角も**コキ**折れて今日**バツカ**しは笑ひ顔之を**ツン**見る主人公北《ホク》叟《ソ》笑みして陽氣立ち今年は尙も巫山戲んと馬力を掛けて屠蘇氣嫌右に福德左に貧乏遠慮は御無用何れなりと好きなお方に上げませう不鳴《フメイ》の聲を聞く人は其所はあなたの御了簡囈言吐《ハイ》て年頭のお茶を濁して大よがり惟《オモ》へば嬉し九重の　御稜威戴く吾等こそ**ホン**に果報**ジヤ**ないかい**ナア**

ウンよか〳〵來《キ》んさい〳〵抱て寢て屁放《ヘコ》いで鼻撮《ツマ》め―**アリヤリヤアコリャリャア**

年毎に巫山戲ちらして行く人は何時もお豆で**ハイ**茶樣**ナラ**

昭和三年一月元旦

桃の割目を栗々撫でゝ臭《クサ》くはないかと**ヒン**嘗《ナ》めて見たら汁《シル》氣**タツプリ**上柿々々乃《ソコ》で傳家の寶刀橘と出掛け杏々《ソンズウ》と**ヤラカセ**〳〵兎角浮世は樂天主義だ陰氣**ナンザア**朱欒《ザボン》とおツ投《ポリ》込み陽氣胡桃《クルミ》と**ツン**成つて先祖橙々《ダイ〳〵》奴《ド》頭《タマ》を下げるやう共力一致で進みませう南天**テナ**相も變らぬ年頭の囈言櫨《ハゼ》さて困つた奴だとお叱りのないやうだうか柚子《ユズ》して**クンサイナア**椎蘭《シイラン》顏せず橡《トチ》向かしやむせまたの葵《アツコ》が金葉《マ》椎《テ》られぬ**コリヤ**〳〵　**ホーラ**お松サンが彈き出してお竹サンが唄ひ出してお梅サンが踊り出して鶴《ツル》々滑《スベ》つて龜の子に**ブツ**附かつて大きな〳〵寶瘤……**ヨカバーイ**〳〵

昭和四年一月元旦

アハ、、、オホ、、、笑へ〳〵笑ひは人生の一大美德にして食物の消化を扶け血液の循環を良くす大黒天は笑ふて福神の首位を占め張飛は笑つて曹操を退かしむ笑ひは陽氣の發する處にして國家和樂の礎へなり

アハ、、、オホ、、、笑ふて働き笑つて呑み笑つて食し笑つて眠るあゝ有難い哉

喃漢テナ相も變らぬ不得要領の囈言を以て年頭の祝詞に代ふと云爾呑酒再盃

オホ、、、目尻下げたり屠蘇機嫌

昭和五年一月元旦

御稜威輝く聖代の幸福

オホ、、、ウハ、、、頓チヤンや往々にして笑ひ崩れ而して屁ツ放り破りを演じ以て犢鼻褌《フンドシ》を汚すに至り快感極まりなし實《ゲ》に笑の德たるや偉且ツ大なりと謂つべし

ウハ、、、ワハ、、、アツコーリヤたまらんトッ〳〵〳〵麝香の間に馳け足

酒は名代の龜の甲、芽出鯛料理に舌皷み、鱈腹呑んで布袋腹大黒さんの相槌で、鶴々彈き出す美財天、怡々《ニコ》惠比須が唄ひ出し、壽老さん夢中に囃し出て、毘沙門天が踊り出し、福祿ならぬ嚢底《ナウテイ》を、叩いて騷ぐ初祝ひ、ホンに愉快じやナイカイナァ

ホラ　　が立つたら　　に取込んでヒヨコ〳〵子寳どんバア排《ヒ》り出せ〳〵

先は相も變らぬ年頭の囈言醉ふて苦多の如くにツン御座候可祝

昭和六年一月元旦

這呈孃《かか》アどん御儀年甲斐もなく又もや皺腹**ツン**脹《フク》らかし居られ候處彌々本月二日午後七時三十分を以て**ハリワイサノサ**ア然として何の雜作もなく**ピ**ョ**ロリ**ッ**ト**御排《ヒ》り出し遊ばし奉られたるは相も變らぬ睪丸《キンタマ》なしの澁《シノ》ツ女《チヨ》に有之候而して本日村役場に手續を經てお兎團戯《オトボケ》と命名致し候間此段チョックラ誤遥痴申上候也

追て同種同腹左記ノ十一名ニ相成候尚ホ希くばあと一名で**一ダース**ニ…………

長女　文　子　廿八歳（嫁付）

長男　宗一郎　廿五歳　　次男　光　典　廿三歳

三男　新　作　廿　歳　　二女　菊　美　十八歳

三女　〇《レイ》子《コ》　十六歳　　四女　有《ウ》無《ム》子　十二歳

五女　△《ミ》□《コ》子　十　歳　　六女　甲《カ》子《シ》農《ノ》子《ミ》　八　歳

七女　蝶亂舞《チヨウラン・ヤツ》　五　歳　　八女　狐怪《コクワイ》の黑ン坊

以上

尚頓チヤンのお祝ひで、村民一同が旗行列した寫眞をお目にかける、何と豪勢ではござらぬか、頓チヤンにあやかりたい者は手を上げい。

地獄極樂通信

以無天理居士

獵奇資料同人諸兄

娑婆にゐる時はいろ〱と御世話になりました。殊に小生の息が絶えてからは、多勢の人が集まつて御通夜までして頂き、嘸かし眠くてバカバカしかつた事と存じます。

まだ年の若い妻が、聲をあげて啜り泣いてゐるのを見た時は、流石の小生も一寸いやな氣持が致しました。死んで行く僕こそ、たいてい思ひ殘りのないやうに放蕩し盡したからい〻やうなもの〻、可愛さうな妻はあの若さで當分空閨の淋しさに惱まされるでせう。若い未亡人が獨りで寢るといふことは、凡そ世の中の悲慘なるもの〻うち、その最たるものだと信じてゐる僕は、彼女がもつと浮氣つぽい女であつたら、あれ程迄に不愍な奴とは思はなかつでせう。

結婚して僅か三年、偕老同穴のちぎりを結ぶこと三百六十餘回、伊香保の溫泉宿を皮切として、僕と彼女は一身同體になつたのでした。夫婦愛のほんとうの味はひがこれから出やうといふ時、巨木の風に倒れるが如く、ポクリと僕が冥土黄泉の客となつたといふことは、熟々僕は彼女に對して濟まないと思ふのです。

僕は娑婆にゐる時もつと眞面目にすべきであつた。結婚してからさへ僕は自分でも愛想が盡きる程放埓たつたことは諸兄も御存知の筈です。半年ぐらゐは成る程妻も珍物ではあつたです。なんにも知らなかつた初心《うぶ》な女がだんだん女らしくなつて來るのですからね。だが、一方で妻を愛し一方で妻に内密で遊び歩いたことが、僕の死因を早めたことだけは確かです。

同人諸兄たちのやうに、只研究するとか、讀むとかする位なら僕だつてもつと壽命はあつたのでせうが、僕は理論を一つ一つ實踐づけて行つた。これが抑々の間違ひであつたのです。或ひはどうせ早く死ぬ位な奴だつたから、それで只無茶苦茶に遊んだのかも知れませんがね。

今でも玉ノ井の魔窟をよく思ひ出しますよ。簡單で、要領を得てゐて、而も露骨でネ。まだ、僕が手をつけないで是非あの女――と思つてゐた女が二十八人もゐたのです。彼女たちにお別れの挨拶もしないで來たことを僕は今でも殘念に思つてゐます。

それから大森の待合へランデ・ヴーする約束をしてゐた銀座の女給が四人、そちこちのダンサーが四人、そのうち行き度いと思つてゐた濱の本牧もそれつきりだし、諸兄も御存人の、ホラ、例の未亡人クラブのマダムね。彼女との交渉も僕は中途で挫折したまゝになつてゐるし、あれこれ考へると僕は一寸死に切れなかつたですよ。でも、僕は愈々息を引とるとき「なに、地獄へ行つたて、極樂へ行つたてきつと女は澤山ゐるだらう。僕の好きな女だつて七人や八人は行つてゐる筈だ」と思つた時、割合に樂な氣持になりました。それに着のまゝどころか、たいてい裸かで往生してゐる筈だから、若しかすると熱帶地方の男女みたいに年がら年中裸體でゐるのかも知れないぞ――と、考へた時に、實際のところ僕は急に元氣がなくなつて早く死に度くなつたのでした。

獵奇資料同人諸兄

人間一匹生れるときは母親だけが辛いやうに、人間一匹死ぬときは、側のものが辛いだけで、本人は實にいゝ氣持です。この時位いなごやかな氣持は、僕のやうに死んだものにでなくては分りません。死にます死にますと言ふ言葉が婆婆にもあつたやうに記臆してゐますが、實際息の切れる瞬間はいゝ氣持です。諸君のうちでも婆婆がいやになることがあつたら、すぐに死んで了ふことです。もし出來ることなら、最後のいとなみを濟ませたまゝ帶でしつかり體と體を繋りつけ、好きな女と心中でもすることを極力御勵めいたします。なぜなら、刑務所や留置場で强盜だとか殺人犯が幅を利かすやうに、こちらでは心中して二人づれで來た人間が誰よりもいちばん尊敬されるからです。

それに、娑婆とは違つてエロに對する取締りなど云ふものはちつともありません。人間社會でもエロの極致を「天國の夢」とか何とか云ふやうに、當地は一切がエロの花で一ぱいです。娑婆にゐた頃は、極樂と地獄とはずゐぶん距離が隔てゝゐるのかと思ひましたが、來て見ると豫想とは全く反對でした。地獄の中に極樂があり、極樂の中にも地獄があつて、閻魔大王など數知れない位に澤山の妾をもつてゐるのです。僕など一番最初大王の前に呼び出された時蒼くなつてガタ〳〵顫へてゐたのですが、大王は例の照魔鏡といふ奴ですナ、あれをとり出して、僕が娑婆にゐた頃の凡ゆる行ひを調べてゐましたが、何思つたのか急に、あの厳めしい顔を柔げ、大きな口に笑さへ含んでクスクスと笑ひ出したのです。

僕は餘りの意外さにキョトンとして呆れてゐましたが、その時大王が

「君もなか〳〵小賢しいことをやつて來たのだネ」と、さう言つて僕の顔をジロリと眺めたのでした。そして、尙も一心に照鏡を覗いてゐる大王の油斷を見すまして、僕もそうつと照鏡の隅つこの方を覗いてみたのです。ところが、なんと驚いたことには、その鏡には僕の姿がチャンと映つてゐるのです。それも銀座を歩いてゐたとか、書齋で讀書でもしてゐると云ふ姿ではなくて、人に見られて最も恥かしい場面だけが、クルクルとフィルムのやうに展開してゐるではありませんか。たゞ不思議なことには、僕が娑婆で關係した女、或ひは場所、或ひは方法などは一つ殘らずその照鏡に反映するのに、妻と僕との秘戲姿態は一つも現はれて來ません。これは後で知つたのですが、夫婦の床上秘戲は罪業と認めないから、この鏡には映らないのださうです。

僕はボウッと頰が熱つて來るのを如何することも出來ま

せんでした。僕自身の忘れてゐた女、忘れてゐたこと迄が一つ殘らず現はれて、段々僕を昂奮させて行くのです。で思はず知らず僕は大王に向つて

「どうぞそれ許りは見ないで下さい」と口走りました。

「まあ、待ち給へ。お前の大膽さは凡夫にしては珍らしいと思ふから、それでわしはかうして熱心に見てゐるのぢや！」

　この時から、僕はスツカリ閻魔大王をナメて了つたのです。こゝで猥談でも一つやれば、この王樣何か褒美でも吳れるかも知れないゾとね。然し、それにしても、何といふ素晴しい照鏡であらう。僕は娑婆にゐた頃、よくインチキなナイト・クラブで十六ミリのエロ・フィルムは見たことがあるが、閻魔の照鏡を一見すると、まるで比較にもなにもなりません。パリーの覗きがどうの、玉の井の花電車が獵奇的だのと言つたところが、この鏡に映る等身大の寸分寸厘違はない實感は、恐るべき魔力を以てピシピシと胸に迫つて來るのです。それよりも更に僕を驚かしたのは、如何に人間の愛慾が煩惱の犬だとは云へ、僕自身にかほどまで多くの罪業があつたかといふことでした。それらの歷然たる罪の姿を眺めたあと、僕は總身に湧き立つて來る怖れと惱みのために、體ぢうの隅々から迸り出る冷たい生汗をどうすることも出來ませんでした。

　僕がまだ漸つと十三歲の春を迎へたばかりの或る夜、三つも年上の從姉と同衾して、どちらから云ひ寄るともなく、若い蕾を散らして了つたことから始まつて、僕の性生活の對象物――卽ち百餘人の女のあられもなき姿を一つ殘らず見られたのです。

　性具屋の前に立つた僕ののつぺりした顏、全裸の女を前にして、獸心鬱勃たる眼を彼女の密所に向けてゐる卑しげな顏、躍動する手脚、歡喜の絕頂で歪めた醜い容貌など、マザ〳〵見せつけられたのでは、あながち僕でなくても大抵うんざりするに違ひありません。だが僕には破廉恥罪――卽ち例の說敎强盜だとか、その他の强姦者のやうな惡埒な姦淫の場面などがなかつたし、それに第一技術が綺麗で女が懸命にもてなした、粹具秘藥を用ゐてゐるにしても其處に一點の邪心がなく、女を悅ばせ、自分も悅ぶための粹

人ぶりであつたといふことが、可なり閻魔さまの心證をよくしたことだけは事實です。だから

「お前は年の若いのによくあれだけの修練を積むことが出來たね」と大王破る感心してゐたから

「ハア、これらは皆カーマ・スートラ、ラテラ・ハスヤ、それからオールドマン・ヤング・アゲィン、ジャルダン・パラフユーム、唐では素女經、日本では艶道百般の奥義書を耽讀したのです」と答へると、

「うむ、なる程、なる程」と啞然たるものがあり

「追て沙汰をするから、まア釜風呂にでも入つて身を清めて來い」

さう云つて、小さな赤鬼の小姓に向つて、特別室の方へ連れて行くやう吩咐けました。釜風呂と聽いたので、僕は內心ビクビクしてゐました。グラグラと沸騰する湯の中に放り込むことは、地獄では一番輕い刑罰だと婆婆の坊さんから聽かされてゐたので、何だかまた生きた心地になりました。こちらでは、生きた心地といふのが、最も恐い場合の形容詞なのですから感違ひしないで下さい。

獵奇資料同人諸兄

僕が云ふ迄もなく、婆婆の浴場並びにそれらの文献に就ては諸兄の方が大先輩です。僕は獨身時代には時々錢湯に出かけてゐましたが、結婚してからは殆んどシャワー・ルームに妻と一緒に入りました。體を洗ふといふことは矢張り人が多勢ゐるところでは嫌だし、たつた一人では手の屆かない所があるので、戀人と一緒か、愛妻と一緒に入つて密閉したルームの中で氣兼ねのない清め方をするのが一番理想的だと思つてゐました。閻魔の室から出ると、小さな赤鬼は

「この廊下を歩いたゐればバスはどこにでもあります。極樂のバスですから地獄のバスよりもずつと綺麗ですよ」

僕はこの廊下に出た時に全く面喰つて了ひました。地圖で見る街路のやうに、前後左右にのびた廊下はその突當りは一つも見えないのです。近代的なビルディングの大理石の廊下もいゝが、こゝの廊下は柔かいゴムの上でも歩いてゐるやうで、一歩ごとに微妙な音律を發します。數知れない人々が身に一絲もつけないで右往左往してゐますが、不

思議な樂の音は少しも八釜しい耳障りにはなりません。誰も彼も具足圓滿の相をしてゐます。皮膚はきら〱と輝いて、バラピン紙のやうな光澤がモリモリとした肉體にかぶさつてゐるやうです。老衰したものは一人もなく、幼いものも一人もなく、誰も彼も、愛撫し、抱擁し、接吻するのに適はしい年齡です。それでは、變化がなくて諸兄はつまらないといふでせう。けれどもそれは何等案ずるには及ばないことで、潑々とした樂園の到るところに、媾引、密會にふさはしい菩醍樹の蔭もあるし、凡ゆる樹々、凡ゆる草花が互ひに燎爛と咲き亂れて、二言三言の呪文を稱へれば女の姿は瞬くうちに少女にもなれば年增にもなり、心のまゝにする變幻自在の妙諦——いはゆる佛の偉大な力が備はつてゐます。

サテ釜風呂のことがひどく脱線しました。ドームの門を潛ると、既に溪谷を流るゝ淸水のやうな物音が聽えて來ます。五色の岩石や、綠樹の影に、透明無色の眞水が滾々と音立てゝ湧き出で、それが熱くもなく温くもなく、いづれも丸い釜の形になつて、その中ではありと凡ゆる善男善女が嬉々として戯れてゐるのです。彼等は菜種の花の上を飛ぶ二つの蝶々のやうに、いとも大膽に觸れたり離れたりします。金色の砂上には、仲よく相擁したまゝ倒れて、絶妙夢幻の境に陶醉してゐる數知れない男女の姿がありますが、それを見て罵る者もなければ「チェッ！うまくやつてやあがらア」などゝ下司な歎聲を漏らす者など一人もありません。すべてが神々しく、丁度僕たちが娑婆にゐて蝶や密蜂の交合を眺めてゐると同じやうに、醜惡だとか淫猥だとかいふ感じが少しもありません。と同時に、やきもちだとか憎しみだとか云ふ心は、天國の人たちには藥にしたくもないのです。だから、僕がその美しく淸水に體を浸した時も彼方の五色の岩間で遊んでゐた一人の少女は、それ迄遊び友だちになつてゐた金髮の青年をふり捨てゝ、直ぐに僕の側にやつて來ました。淸水から上つて始めて僕は自分でも氣がついたのですが、黑つぽい皮膚はいつしか薄紅ひに變り、褪せた色は忽につやつやしい光りさへ放つてゐるのでした。

「おゝ綺麗になりましたこと」

　水から上つた時少女はかう叫んで、僕の背後におぶさるやうにして岩上に連れて行くのです。なよなよした肉附のいゝ胸に、くつきりと鮮かな膨らみを持つた乳房の先には永遠の若さを誇る乳首が、まるで櫻のつぼみのやうにポツリと浮いてゐました。若しこれが地上であつたら、僕がちよつとその乳房に觸れた丈で、彼女はいやにエロツぽい顔をするか、それとも僕の手を突きのけるかするのでせうけれど、彼女は只ニコニコ笑つて僕のなすがまゝにまかせてゐます。晝だとか夜だとかいふ區別もなく、春夏秋冬などいふ季節の變動もないのですから、もちろん春三夏六などいふ規定のあらう筈がありません。不死不滅の精力は、消耗するはしから、聖なる食物、聖なる水に依つて補はれてゐます。つまり、どこから湧き出るともないこの靈水が、僕たちにさうした精氣を與へてくれるのです。僕と彼女がさうして戯れてゐるときに、僕の眼前に怪しな白雲がたなびいたと思ふと、その白雲の中から大きな蓮華がフワフワと浮き出て、その中からさながら銀鈴を鳴らすやう聲で僕の名を呼ぶものがありました。ハツト我に返つて驚きの瞳をみはると、おゝその花籠の中から現はれたのは、僕が地上にゐた頃、僕を失戀のどん底に奨落した初戀の女、鹿島麗子の尊い化身でありました。彼女も亦妖艶雪白の筋肉を丸出しにして、パツと籠から飛び出したと思ふと、かの白雲はいつしかユラ〳〵とどこかへ消えて了つて、僕の體にしつかと抱きついてゐる麗子の姿をそこに發見しました。

「ほんとうによく來て下さいました。妾はどんなにか貴方の來るのを待つたでせう。妾しが地上にゐた頃あんなにつれなくしたことは、あなた御自身に餘りに多くの女難の相があつたし、地上であなたと一緒に好き放題なことをしたのでは、未來天國の樂しみを共にすることが出來ないから、それで妾し苦しいのを我慢して一足お先にこちらへ來たのです。その代り、地上での御詫びばどんなにでも償ひます。こゝでは父の反對も、世間の批難もありません。一切が絶對の自由です。サア、妾しと一緒に樂園《パラダイス》の歡樂場にお作いたしませう」

　多くの善行功徳によつて、僕などよりずつと傑れた通力を持つてゐるらしい僕の戀人は、かう言つたかと思ふと直ちに何か口中で呪文を唱へてゐましたが、又もやさつきと同じやうな白雲がたなびいたと思ふと、僕たち二人の體はいとも柔らかな蓮華の花瓣に包まれてゐました。

　サテ、彼女は僕をどこえ連れて行かうとするのであらうか。天國の歡樂場つていつたいどんなところで、どんな催しものがあるのだらう。ほのかに胸を踊らせてゐる僕に、彼女は限りない接吻の雨を降らすのでした。その甘美な匂ひ、柔軟な接觸、もうそれだけで僕は身も心も溶けるやうでした。僕によりかゝつた彼女の肩は、微かに顫へてゐます。彼女は時々眼を開いたり閉ぢたりしました。小刻みに躍動する筋肉で、彼女の全身の血がいかに激しく脈打つてゐるかゞ分ります。彼女は僕が今にも積極的に働きかけて來るのを待つてゐるもののやうでした。宙に浮ぶ蓮華は何かの柏子で心地よく動搖します。僕はまだ人間でゐた頃、飛行械にダブル・ベットをこしらへて、その中へ深々と戀人と一緒に體を埋めたら、どんなに氣持がいゝだらうと考へてゐたが、そのことは遂に地上では成就出來ませんでした。それは色々な遊びに飽いて了つた頃の僕のはかない望みであつたが、それが天國淨土の人となつて始めて實現されたのです。蓮華の花心から馥郁たる香りが鼻を衝いて來ます。ホカ〳〵と暑い位に二人の體が熱つて來ると、今度は不可思議な冷氣が花瓣の間から漏れて來て、僕たちの皮膚を爽快な感覺に導いてくれます。ぢつとしてゐても宙に浮いてゐる蓮華の御輿は、丁度いゝ工合に、僕たちが船醉ひだとか車醉ひなどしない程度に搖れてゐます。醜い呻き聲を發しなくとも、奇怪な動作を續けなくとも、身に備はる不思議な偉力で、彼女も僕も旣に感極まつてゐました。これは人間のオルガスムスなどゝは又一種變つた奥床しい最高の感覺です。

　彼女は眼を閉ぢて崇高な微笑を口邊に漂はせてゐましたもがきもしなければ狂ひもしませんでした。行者のやうな森厳さの中にも喜悦の色はあり〳〵と現はれてゐます。地上の時間にしてどの位經つたのか知れません。時間の觀念も、經濟的觀念もなく、階級の區別もないこの國では、マルクス主義などゝ云つてみたところが全然通用いたしません。結局、僕のやうにエロを天國だと信じてゐた者だけが救はれてゐるところです。

間もなく僕たちの耳に幽厳微妙な樂の音が聽えて來ました。ジャヅとも違ふし、オーケストラでもありません。胡弓の音、木魚の音、シャギリの音、つゞみの音、それらが混然雜然と綜錯した中に、上野の寛永寺でつく鐘のやうな音もまぢつてゐます。

「愈々天國のパラダイスに近づきました。」

さう云つて僕の顏をまぢまぢと眺めてゐた彼女の頰は、急に颯つと赭味を帶びて來ました。もうそれたけで、そのパラダイスが如何に樂しい所であるかゞ想像されます。ナイト・クラブのやうな所であらうか？それともレヴューのやうな華やかさであらうか？でなかつたら弦歌紅燈の巷に似たところであらうか？僕は只恍惚としてそれらの音樂に聽き惚れてゐました。

獵奇資料同人諸兄

いくら天國のお惚氣だつて、さうさう執拗く聽かされたのでは恐らく諸兄も退屈になつて來るでせう。この歡樂境でどんな遊びをしたか？そこには諸兄か全く想像だにしなかつたどんな人がゐたか？それらのことに就ては又この次に詳しい第二回の通信を送ることにしませう。

出版講座

洛成館編輯局

序論

人類に慾といふものがある以上、犯罪といふものは絶えない。それは、資本主義國家であらうと、社會主義國家であらうと、一つの國家を統制して行くために法律といふものが存在する以上、犯罪のない生活といふものは到底望まれない事柄なのである。

歴史に殘るやうな檜舞臺に登場する人にだつて、刑務所の臭い飯を喰ふ人は澤山ある。

朝出て晩に歸るサラリーマン階級は、法に觸れるやうなことは滅多にないが、少くとも今日の社會に於て、獨立獨歩で飯を喰はなければならない人間は、たとへその職業が何であらうとも、法に觸れない生活といふものは殆んどあり得ないのである。

就中、警察犯處罰令などいふ規則は、もし官憲がその職權を以て適用するとなれば、どんな人間でも二十九日の拘留に放り込むやうに出來てゐるのである。一定の住所があらうと、一定の職業があらうと、そんなことは問題ではない。

酒に醉拂つてちよつと鼻唄を唄つて歩いても「みだりに放歌高吟し」と認定されゝば、いや應なしに二十九日放り込まれても文句の示はれた義理合ひではないのである。戀人と公園の樹陰にランデヴーをやつてゐても「いたづらに婦女子に戯むれ」と認められゝば、一週間でも十日でも、官憲の思ふまゝに留置することが出來るのである。

たゞ、それが無茶苦茶にされないのは、官吏の職權亂用に對しても、それを制裁する國家の法律があるからで、それがなかつたら官吏などいふものは、昔の武士と同じやうに、斬捨御免である。

資本主義社會では搾取の自由は最も寛大であるが、その代り、いかなる商業にも必ずそれ相當の制裁がある。それ相當の制裁を受けないでやる人間が善人なのであつて、それ相當の制裁を受ける人間が惡人なのである。

だからエロ出版屋なんて無論惡人の部類に屬する。但しこゝでいふ惡人といふのは、法律的立場から見た惡人であつて人間本來の性を差して云ふのではない。

「君たちは何かいふと、エロの犯罪なんて大した問題ではないやうなことを云ふ。誰も知つてゐることだとも云ふし、誰でも行つてゐることだといふ。更に、今日の社會的狀勢から見れば、右翼や左翼の運動に比較すれば、エロなんて最もおとなしい存在だと君たちは云ふが、さうした考へは最もよくないのである。取締り當局に云はすれば、左翼であらうと右翼であらうと、それともエロ風俗であらうと、いけないものは斷じていけない。罪の重輕に差別はあつても、取締る精神に於ては少しの差異もあらう筈がない。だから、君たちに他の運動とエロ出版とを比較して考へるやうな腐つた精神があるならば、腐つた部分はこれを切開し、これを除去するのが一國の官吏としての役目なのである。二タ口目には彈壓々々と君達は云ふが、取締る方には言はすれば決して彈壓でも何でもないのである。かるが故に、度を越えない程度に於て、ハメをはづさない程度に於て、おとなしくつゝましく仕事をつゞけて行けば、法律は飽迄君たちの仕事を保護するであらう。」

これは警視廳檢閲係のお役人が、懇々としてエロ出版屋に忠告した實に情けのこもつた言葉なのである。恐らく、どんな惡性のエロ本屋と雖も、この道理ある言葉に對して「御冗談でせう」といふイケ圖々しい人間は一人もゐまい。

にも拘はらずエロ出版屋が絶えないのはどうしたわけであらう。而も、一犯でも前科がつくと、それ切り思ひ切らうとはしないで益々深淵に落ちて行く。罰せられた人間の悲しい心理である。

一度でも處罰されると、淺間しい人間の心理はそれに對して反撥力を持つ。その根原は勿論今日の社會制度にあると思ふが、犯罪人保護の施設がもつと圓滑に行はれたら、現代社會に於ける犯罪はもつと減少されると思ふ。罪そのものを憎んで、犯罪者の長所を只の一つも見出さうとしないところに、今日の法務官の缺陷がある。尤も、社會的勞苦とか、悲慘な生活苦などいふものを經驗しないで、生活の絶對的安定を保証されながら、腕一つで梯子段を上るやうに昇進して行く階級の人々に、そんなことを註文するのが既に愚の骨頂なのであるが――

筆者は、かうした心構へのもとに、出版犯罪に關する種々の意見を述べ、現行出版法並びに新聞紙法の適用に關して批判を加へて行かうと思ふ。

封建時代の出版取締

言論の自由といふことは、國家權力を支配するその當時の權力者階級に、都合の惡くない程度に於て認められる。そして、彼等に都合の惡いことだけが皆違反になるのである。その意味に於て、エロ出版屋などいつの時代に於てもウダツの上らない人間のすることだ。

何となれば、エロトマニアの一群が天下を取つて、エロ出版屋以外のものは悉く禁止して了ふといふ天下は、この地球の存續する限り絶對に到來する筈がないからである。

右か然らずんば左、彼等の行手にはまだ次の時代に對する光明がある。

日本といふ國は、出版上の歴史に於てはその經驗が最も淺い。けれども、今さうした古いこと迄調べてゐる餘裕がないし、思想的方面の研究まですゝめて行くといふことは容易でないから、矢張り風俗方面に關するものだけを述べることにし、堅い方面の研究は、筆者が思想的立場をハッキリさせ、エロ文學の泥沼から脫脚した時、その時にこそ尨大な研究書を發表したいと思つてゐる。

エロに對する彈壓はなにも近頃始まつたことではなく、今日の法律的制裁は輕きに失すから、もつと極刑を課したらいゝといふ論者さへゐる。

春畫好色本が出版物として頒布されるやうになつたのは、我國に於ては德川幕府以來のことだと言はれてゐる。

寛永時代には、春畫にしろ春本にしろ、著者も版元も公然と署名して頒布してゐたし、別に取締規則といふものがなかつた。

そのために、この種の書物が旺んに續出するので、享保七年十一月禁止令が出た。

しかし、それでも今日のやうに一定した處罰の規則といふものはなく、江戸町奉行で適宜な制裁を加へるに過ぎず、法令としては

今迄有來候板行物ノ內好色本之類ハ風俗ノ爲ニモ不宜儀ニ候間段々相改絶版可申附候事

と出た位のものである。その頃生れてゐたら、今日のインチキ・エロ本屋だつて相當名を殘してゐたであらうに。

この時代は若衆歌舞伎などにも苛酷な彈壓を加へて、上演まで禁止してゐた位だから、春畫エロ本がやられるのは當然のことであつたらう。

春本の標題に好色といふ文字を入れることさへ許されなかつたのだから、寧ろ今日よりもひどく、享保時代のエロ文學者井原西鶴の著書からみな好色といふ二字を削つて出した程だ。

寛政三年には例の有名な戯作者山東京傳が、蒟蒻本で「錦の裏」「娼妓絹篩」など執筆刊行した爲に「手鎖」の刑に處せられたし、版元の蔦屋重三郎は財産の半分を沒收された。手鎖の刑は外出を禁ぜられ、腕くびに鎖をはめられ、執筆もなにも出來ないやうにされる體刑で、今日の制裁から見て寛大とは云へない。

又、享和四年には、春畫の神樣みたいに思はれてゐる歌麿なども手鎖五十日嵌められた。そればかりでなく、お役所に引張り出された時には、歌麿すつかり顚へ上つて、玉山の繪本太閤記のことまでべらべら喋舌つて了ひ、遂に板木を沒收されて刊行出來なかつたといふ樣な珍事件さへあつた。

歌川芳虎などは、天保八年に

　織田がつき羽柴がこねし天下餅　骨も折らずに食ふは德川

と、狂歌にもある繪を書いたばかりに、手鎖五十日も嵌められてゐるし、爲永春水はじめ多くの戯作者もたいてい一通りやられてゐるので、昭和のエロ本屋だけではない。

天保十三年には、水野越前守など、俳優や娼妓などの一枚摺錦繪まで禁じ、人情本の賣買はもちろん貸借まで嚴禁してゐる。

殊に爲永春水がやつつけられた時など、お役所よりのきついお達しは次のやうなものであつた。

　其方儀繪本草紙ノ類風俗ノ爲ニ不相成猥ヶ間敷事又ハ異説等書綴リ作出シ候儀無用可致旨町觸ニ相背地本屋共ヨリ誂

へ候トテ人情本ト唱候小册物著作致右ノ内ニハ婦女ノ勸善ニモ可相成ト心得違致不束之事共書顯シ剩へ遊所放蕩之躰
ヲ繪入ニ仕組遣シ手間賃請取候段不埒ニ付手鎖申付ル

とあるを見ても、爲永春水なども矢張り、いや勸善懲惡の爲とか何とか言つてエロ本を書いたこと明らかである。同じ穴のムジナは昔も今も云ふことは一致してゐる。

かやうに、宮武外骨氏の筆禍史によつても明らかな如く、實に今日よりもひどい彈壓の波をくゞつて來てゐるのであつて、江戸時代にはどんなエロ本でも、次々と氣樂に發行されてゐたなど〻考へるのは間違つてゐる。

だが、それらが今日實に貴重なものとして殘つてゐる以上、昭和のものでも、後世の人が見たら、矢張り立派なものだつたと、感心されるものだつて多々あるであらう。

文化の發展は、それがい〻につけ惡いにつけ、さうした難事の伴ふことに依つて高められて行く。

現行出版法

現行出版法は明治二十六年四月十四日に改正されたま〻、依然としてその通りに適用されてゐる。エロ本屋の中にさへこの出版法を少しも知らない人間がゐるのだから驚く。現行出版法に就ては各方面から改正意見も出たし、議會の議題にまで提出されたが、處罰が嚴重になれば、法理論の上からは改善であるかも知れないが、それが影響する結果は決してよくはない。

罪を重くすることによつて、犯罪を減少させやうとすることは確かに改惡である。治安維持法の改正など、改正したことによつて手古ずつてゐるではないか。ぐんぐんと根を張つて行く左翼の戰術は愈々巧妙になつて、だんだん之を剿滅するのに困難でこそあれ樂にはならない。

罪が重くなれば、それを逃れやうとするのが人の情であり、犯罪の智藝を高めて行くことは、全面ではなくとも一面の眞理である。

出版法第一條　凡ソ機械舍密其他何等ノ方法ヲ問ハズ文書圖畫ヲ印刷シテ之ヲ發賣シ又ハ頒布スルヲ出版ト云ヒ其ノ文書ヲ著述シ又ハ編纂シ若ハ圖畫ヲ作爲スル者ヲ著作者ト云ヒ發賣頒布ヲ擔當スル者ヲ發行者ト云ヒ印刷ヲ擔當スル者ヲ印刷者ト云フ

つまり、機械及びそれに類したもので印刷したものは全て出版法の適用を受ける。寫本、秘畫の肉筆、寫眞等はこの第一條に適用されないで、刑法第百七十五條猥褻罪の適用を受ける。

この條文で見ると、出版法違反に問はれた著作者は、著者と、編纂者と二つあげてゐるのであるが、Aが執筆して、Bが發行名儀人となり、Cが編纂事務に從事した場合、Cも亦著作者であるか如何かといふことが甚だ不明瞭である。編輯、校正、その他製本されるまでの仕事に從事したものは著作者と認めるといふのであるが、實際にはCがBの使用人であつた場合は、Bはそれらの仕事にちつとも從事しないで、Cが全部纏める場合もあるのである。

又、一つの本を出して法に觸れた場合に、執筆者Aも著作者となり、發行名儀人のBは、著作者としてやられると同時に、發行者としてもやられる。こんな場合、著者のAだけを著作者と見做し、發行名儀人は發行者としてのみの刑を課することにした方が合理的なのではないだらうか。

第二條　新聞紙又ハ定期ニ發行スル雜誌ヲ除クノ外文書圖畫ノ出版ハ總テ此ノ法律ニ依ルベシ、但シ專ラ學術、技藝、統計、廣告ノ類ヲ記載スル雜誌ハ此ノ法律ニ依リ出版スル事ヲ得。

この項に就てはなにも説明する必要はあるまい。

第三條 文書圖畫ヲ出版スルトキハ發行ノ日ヨリ到達スヘキ日數ヲ除キ三日前ニ製本二部ヲ添ヘ內務省ニ屆出ヘシ

エロ本屋の大半は殆んどこの條項を無視して了ふ。その理由は、第一いけ圖々しくて納本出來ないし、納本したところが全三日間も待つてゐたのでは押收されるにきまつてゐるし、と云つて、三日以內のうちに配本して了つたのでは、譬へ納本してゞも秘密出版と同一取扱にされて了ふから、納本してもしなくても同じやうなものだといふ見解を抱くのである。

非合法出版といふのは、つまりこの第三條を全然無視する場合を云ふのである。

第四條 官廳ニ於テ文書圖畫ヲ出版スルトキハ其ノ官廳ヨリ發行前ニ製本二部ヲ內務省ニ送附スヘシ

これには三日間といふ期間もなければ違反となるべき條文もない。

第五條 出版屆ハ著作者又ハ其ノ相續者及發行者連印ニテ之ヲ差出スヘシ但シ非賣品ハ著作者又ハ發行者ノミニテ屆出ルコトヲ得「版權」ノ保護ナキ文書圖畫ヲ出版スルトキ若ハ著作者又ハ其ノ相續者ヲ知ルヘカラサルトキハ其ノ由ヲ記シ發行者ヨリ差出スヘシ

學校、會社、協會等ニ於テ著作ノ名儀ヲ以テ出版スル文書圖畫ハ其ノ學校、會社、協會等ヲ代表スル者ト連印シテ之ヲ屆出ヘシ

既に發賣頒布を禁止されてゐる書物には「版權」の保護などいふものはあり得ない。但し一部に改訂を加へれば發賣を許可されることはあるが、エロ本屋の刊行物には、それがつまらない駄本でない限り、たいていは版權も著作權もないの

である。だから、一度甲が出版したものを、乙が無断で出しても、甲は乙に向つて何等抗議を差挟む餘地はない。

第六條　文書圖書ノ發行者ハ文書圖書ノ販賣ヲ以テ營業トスル者ニ限ル但シ著作者又ハソノ相續者ハ發行者ヲ兼ヌルコトヲ得

この條項に違反する場合は處罰されるのであるが、適用される場合は殆んどない。販賣又は頒布を目的としない出版屋などいふものはないからである。これは出版屋以外の者が頒布するのを防ぐためであつて、この條項がないと、甲と云ふ人間が出版して、まるで畑違ひの乙と云ふ人が賣ればいゝといふ理由が成立するから、その爲に特に設けられた條項である。法律といふものは、簡單な言葉で實に微に入り細に亘つてゐることが、これによつても分るであらう。

第七條　文書圖書ノ發行者ハ其ノ氏名、住所及印刷發行ノ年月日ヲ其ノ文書圖書ノ末尾ニ記載スヘシ

俗に云ふ奥附のことである。禁止になつた場合に、紙型その他を押收するのには、印刷所や發行所がハッキリしてないと困る。だから萬一この奥附が出鱈目な場所であつたり、發行人が出鱈目な名前であつたりすると無論處罰される。又、他人の名儀を勝手に使用しないための防禦でもある。然しこれだけの條文ではまだ不充分なので次の條項がある。

第八條　文書圖書ノ印刷者ハ其氏名、住所及印刷ノ年月日ヲ其ノ文書圖書ノ末尾ニ記載シ住所ト印刷所ト同シカラザルトキハ印刷所ヲモ記載スヘシ

印刷所若數人ノ共有ニ係ルトキハ營業上其ノ印刷所ヲ代表スル者ヲ以テ印刷者トス

前二項ノ印刷所ニシテ若營業上慣行ノ名稱アルモノハ其ノ名稱ヲモ記載スヘシ

これによつて、印刷所の責任逃れは出來ないやうになつてゐる。共同して印刷所を以てゐる場合に、甲乙丙が責任のなすり合ひをやるわけには行かない。

第九條 書簡、通信、報告、社則、塾則、引札、諸藝ノ番附、諸種ノ用紙證書ノ類及寫眞ハ第三條、第六條、第七條第八條ニ據ルヲ要セス

但シ第十六條、第十七條、第十八條、第十九條、第二十一條、第二十六條、第二十七條ニ觸ルヽモノハ此ノ法律ニ依テ處分ス

但シ以後に就ては後で述べる。

第十條 文書圖畫ノ冊號ヲ逐ヒ順次ニ出版スル者ハ其ノ都度第三條ノ手續ヲ爲スヘシ、但シ雜誌類ニ在テハ內務大臣ノ許可ヲ經テ其ノ手續ヲ省畧スルコトヲ得

此ノ法律ニ依リ出版スル雜誌ニシテ十二箇月間一回モ發行セサルトキハ廢刊シタルモノト看做スヘシ

文化叢書、思想問題叢書など及び續けさまに出す全集などでも、一冊一冊納本及出版屆を怠つてはならない。

これが雜誌となると出版法で出しても、每號納本だけすればいゝので、その都度出版屆けは要らない。だが、三日も待たなければ發賣出來ない出版法に依るより、雜誌なら新聞紙法で出せばその日に配本が出來るので、今日では出版法による雜誌は幾らもない。たゞ出版法で雜誌を出すと、警視廳や、檢事局などに納本しなくてもいゝことになつてゐる。內務省に二冊さへ納本してをけば、一冊は內務省に、一冊は帝國圖書館に納まることになるのだといふが、それが確實に實行されてゐるかどうかは我々には分らない。

第十一條　一タヒ出版屆ヲ爲シタル文書圖畫ノ再版ハ出版屆ヲ要セスト雖若改正增減シ又ハ註解、附錄、繪畫等ヲ加ヘタルトキハ仍チ第三條ニ依ルヘシ

初版と寸分違はないものなら、納本もしなくたつていゝ。同じものでも、筆者の名前が變つたり、發行所が變更されたりすると改めて屆けなければならない。

第十二條　演說若クハ講義ノ筆記ハ演說者若ハ講義者ヲ以テ著作者トス但シ筆記者ニ於テ演說若ハ講義者ノ承諾ヲ得テ自ラ之ヲ出版スルトキハ筆記者ヲ著作者ト看做スヘシ

此ノ場合ニ於テ記載ノ事項第十六條、第十七條、第十八條、第十九條、第二十六條、第二十七條ニ觸ル、トキハ演說者若ハ講義者筆記者ト同ク其ノ罪ヲ論ス

公開ノ席ニ於テナシタル演說ヲ新聞紙若ハ雜誌ノ通信者ニ於テ筆記シ其ノ新聞紙若ハ雜誌ニ記載シタルモノ及總テ演說者講義者ノ承諾ヲ經スシテ筆記ヲ出版シタルモノニ關シテハ演說者若ハ講義者ハ著作ノ責ニ任セス

公開ノ席ニ於テ爲シタル演說ノ外ハ講義者又ハ演說者ノ許可ヲ經ルニ非サレハ他人ニ於テ其ノ筆記ヲ出版スルコトヲ得ス但シ本項ニ違フ者ハ「版權法」ニ據リ其ノ責ニ任セシム

第十三條　二種以上ノ著作若ハ演說講義ノ筆記ヲ編纂シテ一部ノ書トナストキハ編纂者ヲ著作者ト看做スヘシ

前條末段及第二項ハ本條ヲ適用スヘシ

第十四條　飜譯ハ飜譯者ヲ以テ著作者ト看做スヘシ

この第十三條、第十四條に觸れる場合がエロ本屋仲間には實に多い。

例へば、著者、江戸末期の戲作者であつたりした場合、その書籍が風俗を害するものであれば、一部以上でなくても、

それを一冊の書物に纏めれば著作者として看做されるし、又、ABCの三人が翻譯したものをDが編纂して法に觸れた場合は四人とも全部著作者として處罰されるのである。

但し、ABCが風俗を害する場面を削除して呉れとDに要求した場合、Dがそれを承諾してをいて故意に抹殺しなかつた場合は、その理由、その證據が充分であれば、ABCは處罰されないですむのである。

往年某社から出たファンニ・ヒルの譯者佐々木孝丸、世界好色文學史の譯者佐々謙自、酒井潔氏など何れも正式裁判の公判によつて無罪を宣告され、檢事の求刑罰金を免れた前例がある。

第十五條　學校、會社、協會等ニ於テ著作ノ名義ヲ以テ出版スル文書圖畫ハ其ノ出版屆ニ署名シタル代表者ヲ以テ著作者ト見做ス

この項も別に說明する必要はあるまい。

第十六條　犯罪ヲ曲庇シ又ハ刑事ニ觸レタル者若ハ刑事裁判中ノ者ヲ救護シ若ハ賞恤スルノ文書ヲ出版スルコトヲ得ス

これは惡い行ひをして刑事事件に引かかつてゐる者を賞めたり、その惡事を救護したりするやうな文書を出してはいけないと云ふのだから、餘つ程の愚者でない限り、滅多にないことである。

第十七條　重罪輕罪ノ豫審ニ關スル事項ハ公判ニ附セサル以前ニ於テ之ヲ出版スルコトヲ得ス
傍聽ヲ禁シタル訴訟ノ事項ハ之ヲ出版スルコトヲ得ス

エロ本で強姦事件に關する者が往々秘密に頒布されるが、これが若し裁判のまゝを發表したとなると、單に風俗壊亂で處罰されるだけでなしに、それより以上の處罰を併合される。傍聽禁止といふことが既に出版上の發賣禁止以上の効力を有してゐるからだ。

第十八條　外交軍事其ノ他官廳ノ機密ニ關シ公ニセザル官ノ文書及官廳ノ議事ハ當該官廳ノ許可ヲ得ルニ非サレハ之ヲ出版スルコトヲ得ス

法律ニ依リ傍聽ヲ禁シタル公會ノ議事ハ之ヲ出版スルコトヲ得ス

往々社會にセンセイシヨンを捲き起す怪文書事件などは、多くこの條項に違反するもので、新聞紙法にもこれと同様な條項がある。社會の安寧秩序を保つ上に於ても、この條文など最も强い力をもつてゐる。（第二十八條參照）

第十九條　安寧秩序ヲ妨害シ又ハ風俗ヲ壊亂スルモノト認ムル文書圖畫ヲ出版シタルトキハ内務大臣ニ於テ其ノ發賣頒布ヲ禁シ其ノ刻版及印本ヲ差押フルコトヲ得

出版法によるエロ本屋征伐は先づ第一番にこの第十九條に觸れるからである。内務大臣に於て發賣頒布を禁ずるといふが、實際はそんな生優しいものではない。命令は内務大臣の名に於て發せられるのであるが、一警察官の認定によつて直ちに禁止でも押收でも出來るやうになつてゐるので、押收された後禁止命令書を頂戴することは往々あるし、ブラックリストに乘つてゐる者など命令書さへ貰つたものはない。押收したものに對しては、押收部類と品名の受取を書くことになつてゐるが、それさへ實行されることは殆んどなく、出版屋が强ひて要求すれば書きもしやうが、エロ出版屋なんてそんな氣の强い商賣ではないから、まア顏へ上るのが大部分である。最も誰だつて精神的並に經濟的に甚大な打撃を受けて凉しい顔でもないが——。刻版印本といふと現代人には一寸わかり難いが、紙型だとか、寫眞版だとか、兎に角いけないものは皆もつて行かれるのである。

新聞紙法にはこの刻版印本を差押へることを得といふ條文はないが、文化に貢献する記事が半分もない時は、分割頒布だつて許されないから、職權を以て押收されゝば、別に抗議を申込むなどいふことは出來ない。

然し、單に押收される位ならまだいゝ方で、押收された上その程度如何によつては處罰される。ところで問題は、風俗壞亂の程度で、どこ迄が罰金刑に該當するといふ標準はなく、一流雜誌などでは可なりひどい記事をのせても、單なるお叱りと沫殺だけで濟む場合があるし、談奇黨だとか、獵奇資料などいふ雜誌になると、ハバロック・エリスの性慾書程度のものだけ並べても、恐らく處罰されるであらう。

學者が書けば研究的で、我々が書けば煽情的に見える、見まいとしても見えると云ふのだから、要するに我々の文章の書き方が下手であり、頭が悪いのであり、智恵が足りないのだと諦める以外に方法はないのである。

我々よりも凄いものを半非合法に出して處罰されないで濟んだ例だつて一つや二つはある。對手によつて法の適用に多少の相違があるのは仕方のないことで、要するに再犯加重が出版法違反には適用されないとか何とか云つても、前科のある奴は生意氣な口は利けないのである。

第二十條　外國ニ於テ印刷シタル文書圖畫ニシテ安寧秩序ヲ妨害シ又ハ風俗ヲ壞亂スルモノト認ムルトキハ内務大臣ハ其ノ文書圖畫ノ内國ニ於ケル發賣頒布ヲ禁シ其ノ印本ヲ差押フルコトヲ得

外國の原書だつてこの第二十條に違反するものは賣つてはいけない。それでも、相當輸入されるのは、日本の書物みたいに一寸ペラペラッとめくつて見た位では、餘程語學の達者なものでないと分らないし、東京でも某書店などではエロの原書がズラリと並んでゐても、なか〳〵それが發見されなかつた。あちこちのエロ本屋がそれを材料にしてそれがバレてそこで漸く發見されたといふやうな例もあり、それから暫らくすると又ずらりと並んでゐたのは奇觀であつた。さうならいつそのこと外國へ行つて、外國で日本のエロ本を出版すればいゝではないかと云ふかも知れないが、さうすると先方で同じやうな目に會ふから同じである。グリーンランドの山奥あたりでやればどうだか知らないが、それ程までにしてやりとげる仕事ではない。

第二十一條　軍事ノ機密ニ關スル文書圖畫ハ當該官廳ノ許可ヲ得ルニ非サレハ之ヲ出版スルコトヲ得ス

かうした方面には我々は緣が遠い。

さて、これからは全部處罰に關する條文である。從つて今迄の條項さへよく見て貰へば敢て說明を要しないのである、が先づ第二十二條を見やう。

第二十二條　第三條ノ屆出テ爲サスシテ文書圖畫ヲ出版シタル者ハ五圓以上五十圓以下ノ罰金ニ處ス

禁止にならない本だつて、うつかり書物の出版などやらうものなら大變である。

第二十三條　第六條ヲ犯ス者ハ十一日以上三月以下ノ「輕禁錮」又ハ五圓以上五十圓以下ノ罰金ニ處ス

つまり出版營業人でないものが勝手に本を出すと此の條項に觸れ、エロであらうがあるまいが處罰される。

第二十四條　發行者自己ノ氏名、住所又ハ發行ノ年月日又ハ印刷者ノ氏名、住所又ハ印刷ノ年月日ヲ其ノ發行スル文書圖畫ニ記載セス其ノ之ヲ記載スルモ實ヲ以テセサル者ハ二圓以上三十圓以下ノ罰金ニ處スつまり二十二條と二十四條とは秘密出版に對する處罰法である。奥附が出鱈目なら、誰がどこで出したのか分らないのだから、最初から納本しないのと同じであり、いや寧ろ餘計な手数をかける憎むべき行ひであるが、嘘でも出鱈目でも納本さへすれば、罰金が安いのだから妙なものである。

第二十五條　印刷者自己ノ氏名、住所又ハ印刷ノ年月日ヲ其ノ印刷スル所ノ文書圖畫ニ記載セス若ハ記載スルモ實テ以テセサル者ハ前條ニ同シ

住所ト印刷所ト同シカラサルトキ及印刷所ニシテ營業上慣行ノ名稱アルトキ印刷所及名稱ヲ記載セサル者亦前項ニ同シ

エロ本屋がやられると、たいてい印刷屋がやられるのは此の第二十五條に觸れるからだ。つまり發行者が秘密出版することの情を知つてゐて之を實行するから、そこに幇助罪が成立するわけである。だから、少々ひどいものでも正式の奥附を記載し、納本さへすれば著作者發行者だけの責任ですむのであるが、押收されてはやり切れないと云ふので、いや〳〵ながら秘密にやるのである。從つて、最近では、秘密出版の揚合は印刷屋だけでなしに製本屋も幇助罪でやられる。つまり奥附もないものを製本すると云ふことは、理由の如何を問はず情を知つてゐての行爲と見なされるからである。

尚ほ又、かう云ふものは出す奴も悪いが、秘密でこつそり出すものを買ふ奴も悪いといふことになつて、折角珍書を手にして、やれ嬉しやと思つてゐたら、日ならずして警察から呼び出され、始末書を取られた上、おまけに本まで沒收される。それどころか、ちやんと正しい奥附のついてゐる本まで持つて行つて沒收されて了ふが、正規の手續きを經て刊行されたものは、何も沒收される必要はないのである。秘密出版物と雖、單なる蒐集として購讀してゐる人は、ほんとうは沒收される必要はないので、一旦沒收されたものを辯護士の手によつて取り戻したといふ人もある。だが、エロ本屋がいろ

んなものを持つてゐて没收されるのはこれは仕方がない。つまり、蒐集であらうと個人の財産であらうと、再版のおそれがあると認定されて了へばそれ迄の話しである。だから、エロ出版屋はずゐぶんいろいろな本を持つてゐるだらうと思ふと大間違ひ、エロ本屋の書棚にはどれもこれも二束三文の本ばかりである。

第二十六條　政體ヲ變壞シ國憲ヲ紊亂セムトスル文書圖畫ヲ出版シタルトキハ著作者、發行者、印刷者ヲ二月以上二年以下ノ「輕禁錮」ニ處シ「二十圓以上二百圓以下ノ罰金ヲ附加ス」

これも將來はどうだか知らないが、今の所では洛成館同人は緣が遠い。

第二十七條　風俗ヲ壞亂スル文書圖畫ヲ出版シタルトキハ著作者、發行者ヲ十一日以上六月以下ノ「輕禁錮」又ハ十圓以上百圓以下ノ罰金ニ處ス

これなのである。實にこの條文こそエロ本屋の一大鬼門であり、又この條文がある故にこそ檢閲當局の大活動が行はれるのである。「なあにたいした事はないぢやあないか。最高は六ケ月の輕禁錮か罰金百圓ぢやあないか」と、もし諸君のうちにさう思ふ方があれば大間違ひである。

たとへ著者又は飜譯者が自分でなくても「出版法第二十七條ニ依リ發行者トシテ六ケ月著作者トシテ六ケ月ノ輕禁錮ニ處ス」とやられると都合一年である。二ケ月づゝにしても四ケ月、罰金百圓づゝにすれば二百圓、その上第二十二條の無屆無納本を加重されると二百五十圓といふ工合に、必ず著作者發行者の二タ役を申し渡されるのが通例である。おまけに書物を全部押收されゝば事件にならないかと云ふとさうはゆかぬ。發賣頒布の目的を以て印刷しただけで結構犯罪が成立するのである。けれども、それがたつた一冊の場合で前科でもなければ、寬大な處置を賜はつて釋放されることもあるが

會員からヤイヤイ催促される辛さを思ふと、その時だけは二ケ月か三ケ月位なら入つて來た方がいゝと、たいていのエロ本屋は思ふさうである。

第二十八條 第十六條、第十七條、第十八條、第二十一條ニ觸ルル文書圖畫ヲ出版シタルトキハ著作者、發行者ヲ十一日以上一年以下ノ「輕禁錮」又ハ十圓以上二百圓以下ノ罰金ニ處ス

第十九條第二十條ニ依リ發賣頒布ヲ禁セラレタル文書圖畫ヲ發賣頒布シタル者罰前項ニ同シ其ノ未タ發賣頒布セサル文書圖畫ハ之ヲ沒收ス

これによると一度禁止になつたものを又賣る場合は第二十七條より二倍の處罰を受ける規則になつてゐる。だから、部分的に變更したり、うまくカモフラージュしたりするのである。

合法的出版と云ひ、非合法出版と云ひ、決して生やさしい仕事ではないことが、これによつても理解されやう。

第二十九條 第二十六條、第二十七條、第二十八條ノ場合ニ於テ刻版及印本ハ檢事ニ於テ假ニ之ヲ差押フルコトヲ得

第三十條 前條ノ差押ヲナストキハ製本ノ體裁ニヨリ其ノ差押フヘキ部分ト他ノ部分ト分割シ得ルニ於テハ之ヲ分割スルコトヲ得

新聞雜誌に分割頒布が出來るやうに、もし出版物の內容が一部分の削除又は改訂によつて發行し得る可能性のある場合には、この條項は適用されるが、秘密出版物などの場合は十中八九までその可能性がない。

第三十一條 文書圖畫ヲ出版シ因テ誹毀ノ訴ヲ受ケタル場合ニ於テ其ノ私行ニ涉ルモノヲ除クノ外裁判所ニ於テ專ラ

公益ノ爲ニスルモノト認ムルトキハ被告人ニ事實ノ證明ヲ許スコトヲ得若之ヲ證明シタルトキハ其ノ罪ヲ免ス損害賠償ノ訴ヲ受ケタルトキモ亦同シ

出版業者にとつて有利な條文である。

第三十二條　此ノ法律ヲ犯シタル者ニハ刑法ノ自首減刑「再犯加重、數罪倶發」ノ例ヲ用ヒス

他の犯罪では、お役所に御手數をかけないで自首すると情狀によつて無罪にさへなることがあるが、出版法違反は、訴へ出てみたところが罪が輕くなるやうなことはない。だから隱されるだけ隱さうとするのである。しらばくれて押通さうとするのである。自首減刑の恩典があれば、配本してをいて「又やりました」と洒々と出て行く人間も相當ゐるだらう。減刑がないのは、既に配本して了つた以上、その及ぼす影響に變りがないからだと思ふ。

再犯加重のないのは誠に結構で、他の破廉恥罪と多少その性質が違ふからであらう。だが、實際は餘り屢々やつてゐると、罰金刑ではすまなくなる。一年づゝ何回行つて來ても平氣だと云ふやうな大馬鹿者でもゐれば、加重のないことは喜ばしいに違ひないが、胯間に一物を持つ人間のやることではない。パツと咲いたら散るべきである。その癖、我々もまだ散らないが、早く潔く散りたいものである。

第三十三條　此ノ法律ニ關スル公訴ノ時效ハ一年ヲ經過スルニ依テ成就ス

第三十四條　此法律ニ依リ出版スル雜誌ニシテ其ノ記載ノ事項第二條ノ範圍外ニ渉ルトキハ內務大臣ハ此ノ法律ニ依リテ出版スルコトヲ差止ムルコトヲ得此場合ニ於テハ一箇年ヲ經ルニ非サレハ此ノ法律ニ依リ出版スルコトヲ得ス

卽ち政治問題等を掲載してはならない。それらを掲載する爲には一定の保證金を納めて新聞紙法に依る。

第三十五條 文書圖畫ヲ印刷スルトキハ直ニ發賣頒布セスト雖其ノ目的發賣頒布ニ在ルモノハ總テ此ノ法律ニ依ル

この第三十五條だけは、出版法條文のうちでも最も出版業者に不利で、發賣頒布せずに全部押收されたものだけは、此の法律を適用しない方が、國民を保護する法の精神ではなからうか。罪人を造るための條文として改正を呼ばれてゐるのは持にこの第三十五條だ。

これで先づ出版法の講座は終るが、少しでも諸君に益するところがあつたら幸ひである。新聞紙法も殆んど大同小異であるが、新聞紙法に依る定期刊行物は、納本して三日間の期間を待たなくとも、納本と同時に發送を許可されてゐることが最大の特典である。

烙印

花房四郎

(一)

大工松吉は、その朝も威勢よく道具箱を擔いで表に出た。からりと晴れた空には雲の切れつ端一つなかつた。

「父《ちや》ん！キャラメルを買つて來てお呉れよう」

妻のお末との間にたつた一人しかない多坊《たあぼう》が、まだ舌に纏れる甘つたるい聲で呼びかけたので、松吉はもう一度後ろを振り顧つた。

我儘で、氣難かしい妻のお末とはまるでちがつた愛兒の性格は、松吉のお人良しとそつくり似てゐるといふので、母親が不愛想なムッツリャの癖に、多坊は近所のお神さんたちにまでひどく可愛がられてゐた。

下谷龍泉寺と吉原《なか》とは殆んど背中合せになつてゐて、大鳥神社の秋祭が近づいたせいでか、表通りは飾り物の準備に誰も彼も忙しさうであつた。

松吉がいま仕事に行つてゐる吉原《なか》の萬代楼は、角海老だとか、稲本などいふ表通りでも一流の青楼《みせ》に比較《くら》べると見すぼらしかつたが、玉のいゝのが揃つてゐるので、二流どこうとしては二三番を爭ふ客脚の多い家であつた。一つは見世のしつけもよかつたのであらうが、客の顔さへ見ればあれが喰ひたい、これが喰ひたいといふ妓がゐないだけでも、遊ぶ者の身にとつては氣持が輕い。それともう一つは、妓たちの客扱ひが何となく柔らかで、床をつけるにしても、いやにせき立てるやうなことを言はないのが、客の心を惹きつけるおもな原因であつたらしい。

それでといふわけでもあるまいが、兎に角設備にも不完全なところがあるし、どうせ役にも立ゝない空地が別棟の側にあつたので、それにつぎ合はして建増しをすることになつたのが、松吉と萬代楼との結びつきである。結びつきと云つたところが、直接松吉の請負ひ仕事ではなく、鹿島組の棟梁から

「おいつは人の良い憎めねえ野郎だから」といふので、普通の賃仕事よりも割のいゝ條件で毎日仕ごとに來てゐた。腕は別に冴えてはゐなかつたが、豆しぼりの手拭を殆んど落ちさうに捻ぢ鉢卷して、鹿島組の印袢纏をつけたまゝ、シユウツシユウツと板を削るいなせな恰好は、いかにも江戸つ兒らしい意氣な哥いであつた。顔は決していゝ方ではなく女がちよつと見て岡惚れするといふやうな、そんな引緊つた男でもないのに、萬代樓の女中おとみは、大工松吉がばかに氣に入つたものと見えて、初めのうちは揶揄半分ではあつたけれど、暇さへあれば松吉の側で、つまらない無駄話に耽つた。

廓で女中する位だから、どうせしもぶくれのした、頬ぺたの赤い、尻が後に突出た女を想像するであらうが、事實はなかなかどうして、それとは全く反對に、正裝させたら萬代樓のお職女郎にだつてひけをとらない美しい娘であつた。涼しい眼附に、よく通つた鼻筋は、ふつくらと丸味を帶びた頰に活々としてゐたし、浅黒の豊かな髪はその頃流行つた束髪に結つて、二十五だとは言つてゐたが、どう見ても二十二三歳位の若々しさと清朗さがあつた。

「ねえ、松吉さん。あんたの首すじのとこ變な虫が匍つてゐるわよ。ちよつと向ふを向いてごらん、」

おとなしく松吉が向ふに首を曲げると、おとみはいきなり松吉の横びんたを叩いて

「あら、ごめんをさいネ。妾しこはかつたから手を早くすつこめやうとしたの。」と言つて、頰にクルツと靨を浮ばせながら笑ひこけた。それでも松吉は

「止せやい。虫なんかゐやあしないんだらう」と只ニコ〳〵笑つてゐるばかりであつた。

おとみが松吉に寄せてゐる好意は、三時のおやつの時だとか、仕事がひけて歸る時などの素振りで充分に端の岡燒連をヤキモキさせた。口さがない同僚が

「おい松さん。お富の野郎うづうづしてやあがるぜ。据膳食はぬは男の恥つて云ふから、どうだおい、おとみのあらばち

を一ぺん小突き割つてやれよ。」

「俺にや女房や兒があるからナ。」

「チェッ！お前さんは女房子供があれば、突出された饅頭だつて喰はねえのか。なんていまく\しい野郎だ。俺なら骨のつゞく限り喰つてやる。」

「ものを喰ふのに骨の續く限りつてやつがあるかい」と、誰かゞ茶々を入れると
「饅頭くふ時だけはさうだい、」と、元氣のいゝ若者が胸のすくやうな啖呵を切つた。

(二)

いよく\明日から大鳥神社のお祭りだといふので、松吉は仕事を二三日休むことになつた。

おとみは誰もゐないとろで、まだ誰にも觸れさせたことのないボツチリと膨らんだ乳房を、着物の上からそつと押へては、たゞ何となく物思ひに耽る度數が繁くなつた。體のどにこそ異常がないのに、いつも胸の底がわくく\と騷がしいのである。體が熱つて長くぢつと坐つてもゐられないし、と云つて、立ち上つたみたところが、矢張り何か忘れてゐるやうな物足りない氣持が、怪しく彼女の情火をあふり立てる。

はち切れさうに發育した筋肉か、なにものにさはられてもすぐに綻びさうなほど苛々して、淡い愁傷が影の型のやうに彼女の身邊につき纒うた。冗談ならどんなことでも云へる。ほんとうのことなら、ちよつとしたことでも口が硬ばるあの憂鬱さ――おとみのバラ色の乳房の奧には、戀の若葉が芽萌えだした。思ひを直ちに實行に移す年增女の妖艶な戀。異常な感激を物と心と一つにした衝動にまで運ばなければ、心は承知しても肉體の生理的現象が承知しない抑えがたい欲望がヒタく\と、おとみの全身に喰ひこんで來る。

ではいつたいどこがよくて、そんなにまで松吉に心が惹かれるのであらう。男らしい男、顔だちのいゝ男、もつと金でもありさうな男は世間にはザラにある。けれども、松吉のもつ一種不可思議な性格か、容姿や金をべつにしておとみの心を捕へた。

「松あんには、もうれつきとした女房があつて子供まであるんだよ。」

岡焼の若衆から水をさゝれたとき、彼女は輕い失望すら覺えたが、又一方には、「女房や子供があつたつて」といふ太々《ふてく》しい心も動いた。もちろん、おとみ自身が二十五歳の今日まで、無垢の乙女であらう筈がなかつた。甘い喜びの記憶もあるし、思ひ出すさへいとはしい嫌な經驗も一つや二つはある。男の肌の匂ひがどんなものであつたか、それは堪能する程味はつてはゐないにしても、悪いものではなかつたといふ程度に於て、その實感はまだ生々しく體のどこかに刻みつけられてゐるのだ。

おとなしさうに見えるけれども、どこかに爆發的な情熱を秘めてゐる松吉の性質や、そのガッチリした筋肉が、おとみにはしやぶりつき度い程の慾望を唆るのかも知れぬ。

「ねえ松吉あん。」

三時の休憩時を狙つて、おとみは今日こそと何かを決心したやうに話しかけた。いつもより落着は失つてゐるが、化粧はいくらか目立つ程美しかつた。

「今夜ねえ！」とお富は耳に口を寄せて「妾しを活動へつれて行つてくれない？」と低い聲で囁いた。云ひたいことは山程つもつてゐたが、それはたつた二人の時でなければ云へさうもなかつた。

「あゝ、いゝよ。ぢやあ連れてつてやらア」

「そんなら、妾し先に家を出て、公園の池のはたで待つてるからねえ」

「あゝ、いゝよ」

あまり對手が輕く受け流してゐるので、おとみは自分の一生懸命さにくらべて忌々しかつた。

「えれえことになりやあがつた。」

大工の松吉は、かつ自分で口走つてはみたものゝ、容色《きりよう》のいゝおとみと婚約するのは悪い氣持ではなかつた。分別ざかりの人間が、女房や子供を出し抜いて――と思ふと、多少の不安やら、てれ臭い心持も手傳つたが、それでも人混を抑分けて進む足どりは莫迦に輕く、淺草公園の池のほとりに來た時は、妙に心がそはそはした。

藤棚のベンチに腰を下して、じろ〳〵と覗いては通り過ぎる男の視線を避けるために、ぢつと俯向いて男の來るのを待ちわびてゐたおとみは、仕事がへりのまゝ廻つて來たらしい松吉を見ると、ニッコリと優しい笑を薄闇の中に泛べて、松吉の肩に手をかけた。

「よく來て呉れたわねえ。妾しだまされるんぢやないかと思つて……」

「冗談いふねえ。でもよくお前さんひまが貰へたねえ。」

「えゝ、龜戸のおばさんの家へ行くつて出て來たの。」

「ふむ！どうだえ、そこいらで飯でも喰はふ。お前さんもまだ飯くつてゐねえだらう」

「さうね。ぢやあさうしませう」

二人は賑やかな明るみは避けるやうにして、幾つかの横丁を曲り乍ら牛鳥の料亭に上つた。

「あんたのおかみさんがこんなとこ見たら、妾しきつと半殺しにされちやふでせうねえ。」

仲よくすき燒をつゝきながら、おとみはこぼれるやうな媚態《しな》をつくつて、艶つぽい眼差を松吉に向けた。

「俺も今の女房にはほと〳〵弱つてるんだ。餓鬼さへなけあといつも思ふんだが、子供の可愛いのと女房とは全く別だ」

「あら、そんな思はせぶり云はなくつていゝわよう。でもね、あんたにだつて分つてるせうけど、妾し如何してもあんたのことが忘れられないの。あそこへ仕事に來はじめた頃はさうでもなかつたんだけれど、だんだん如何にもすることが出來なくなつちまつて……」

料亭の女中が牛肉の代りをもつて來たので、おとみは慌てゝ口をつぐむだ。二三杯の酒に頰は赭く上氣して、白い襟足がたまらなくなまめかしい。

どちらも久しぶりの愉快な晩餐であつた。と同時に、二人には始めての差向ひであつた。勘定はおとみが支拂ひ、表に出ると、又二人は行場所に困つた。

「ほんとうは妾し活動もなにも見たくなかつたの。たゞ、あんたと一緒にいろんな話がしたかつたから」

いつか又暗がりの木蔭に來た時、おとみは彼に縋りつくやうにしてかう話しかけた。松吉が思はず手に力をこめて、おとみの柔かい手を握りしめたもの、それはあまりに彼女の云ふことがしほらしかつたからである。

「だが、せつかくかうして一緒に來たのだから、活動だけでも見て行かうよ。」

「さうねえ」

宵の淺草は人間の波だ。空から見れば眞黑い川にも見えやう。二人は活動の同伴席に坐つてからでも、うつろな視線が銀幕に注がれてゐるだけで、誰がやつてゐるのか、どんな物語りなのか、心は少しもその方になかつた。ピツタリと喰付いたまゝ、握り合つていたづらをする指先にばかり氣を取られて、おとみも松吉も、腰から下だけが妙にほてつた。そして、二人とも、こんな子供らしい戀の眞似ごとが莫迦々々しくて、もつと先へ、もつと先へ、行きつく所まで行つて了ひたい慾望が、さながら糸で引いたやうに双方の胸に往來してゐるのである。

「ねえ松吉あん。こんなとこ出て了ひませうよ。見たつてつまゝないわ。ちつとも氣持が落着かなくて面白くも何ともないぢやあないの。」

おとみは勇敢であつた。出たらいつたいどこで何をするつもりなのだらう。

（三）

うすら寒い夜更の大川端を、絆纒着の松吉と、大柄なセル地に派手な牡丹模様の帶を締めたおとみとが、いつ盡きるともない話しに夢中になりながら往つたり來たりしてゐた。碎け散る川波に、冴えた秋の月光が映へて、猪牙船の艫音が水の底から浮き上るやうに聽えて來る。

夜の大川はいつもこんなに美しいのであらうか。つい近くにゐても、めつたに川景色などのんびり落着いて眺めたことのない二人は、今夜といふ今夜、はじめて夜の川景色を知つたやうな氣がした。

「もうだいぶ遲いやうだから、今夜はこれで別れやうぢやないか。」

松吉が、かう切り出したとき、おとみは恨めしさうな眼付で男の顏を覗いた。女の瞳にこめた異樣な輝きが、このまゝでは別れられないことをハツキリと告げるやうに、松吉の顏に吸ひこまれて行く。

「あんたはこのまゝ妾しを一人で歸すつもり？」と、云つておとみは顏を俯せた。

「弱つたなア。」

「なにも弱ることないから妾しを連れてつてよ！」

「どこへ？」

「木賃宿でもどこでもいゝから。お金は妾しがもつてるから構はないでせう。」

松吉は男と生れたことの幸福で胸が一ぱいになつた。この時ほど、彼は男一匹の生甲斐を強く大きく感じたことは今迄になかつた。醜婦の深情けといふものさへ知らない彼に、おとみのやうな美しい女が、このようにしほらしく飛びこんで來るといつ豫想したことがあるだらう。醒めたにしても悲しくない夢である。それが、夢ではなくてまだまだ續く。

ふと、女房や多坊のことがチラリと腦裡を掠めたが、白い、ねばり氣のあるおとみの美しい顔が、一瞬のうちにそれらの暗影を吹き飛ばした。

「俺だつてお前だけを歸したくはないよ。」

女はニツコリ笑つた。もしそこが大川端の橋のたもとでなかつたら、二人はみだらな抱擁にうつゝを拔かして夢心地であつたかも知れない。

おとみの瞳は燃ゆるやうに松吉の全身に注がれた。今はハツキリとした記憶を蘇返らすことも出來ない程曖昧模糊とした樂しい性戯の豫想が、彼女の胸から、腹から、兩脚の一つにつながる溪谷と叢林の間から、抑へても抑へても泉のやうに湧き上つて來る。

かくすにも隱しきれない、抑へるにも抑へきれない、女の持つ神秘な慾望が、あと一時間と經たないうちに、一つの力の中に溶けこんで行く。それは、單に想起するだけでも筋肉がゆるむ程嬉しいことでなければならなかつた。十七や十八の小娘なら兎も角、おとみの體はもう既に熟しきつた果實《くだもの》と同じやうに自から墜ちるべき時期であつた。

橋の彼方は本所である。小梅業平のホテル街は、彼等の歩んでゐる場所からはもう幾らもなかつた。

たとへ其處がルンペンやプロレタリアの巣宿であり、最下層の人間のうごめく安宿であらうとも、おとみと松吉にとつては、結ぶ天國の樂園《パラダイス》でなければならぬ。

あんどんを掲げてずらりと軒を並べだ木賃ホテルは、宿泊料まで表に書き出して、宿のものが眠さうな眼付で流れこみの客を待つてゐた。

繁華な浅草と違つて、こゝらは既に眞夜中である。あたりは森々と寂漠を極めて、暗い路次には行きかう人の影さへ見えぬ。

吉田屋といふ旅館の店先で、おとみは恥かしさうに特等の料金を拂つた。なにもかもチャンと心得顔した宿の女が、二階の一ばん奥まつた部屋に案内して蒲團を運び、やがて上眼づかひに障子を締めて階下の方に姿を消すと、疲れきつたおとみはクタ〱と男の胸に寄りかゝつて、ムッチリしたふくらはぎを紅絹裏の間からチラつかせた。投げ出した足はそのまゝにして、兩手で松吉の首筋を抑へると、グッと引下げるやうにして彼の唇を自分の唇に運んだ。それがまた少しのあくどさもなく、ズルズルと魅惑の絶頂に惹きつけてゆく技巧のうまさは、平素あんなにしほらしさうな女であつたゞけに、どちらかと云へば、かうした方面では薄ノロに近い松吉にとつては、たしかに素晴しい一つの驚異であつた。

半ば閉いた眼の下には、おとみの鼻息が小刻みに顫へた。プーンと鼻を突いて來る芳ばしい匂ひも、女房のそれとはまるで違つた爽やかな刺戟を唆る。小さな柔かい唇も、皮膚のなめらかさも、何もかもが新鮮であり、潑剌としてゐた。

松吉はもう只茫然として醉ふたものゝ如く、自分よりも五つ六つも若いおとみの弄ぶにまかせてゐた。

「ねえ松吉あん。あんたは妾しを蓮つぱな女だと思ふ？」

唇を離しておとみが云つた。

「どうして？」

「でも、女の方からこんなことして……」

「さうは思はないよ。今日はじめて會つた女ではあるまいし。」

「さうなら、今夜はあたしのいふこと何でもきいて呉れて？」

「あゝ、なんでもきくよ。」

「ぢやあ寢てから話しませう。」

おとみは靜かに起ち上つて、ピチンと電燈のスヰッチを捻つた。する〳〵と帶を解く衣ずれの音が、どてらに着替えて蒲團にもぐりこんだ松吉の耳に惱ましく響いた。

長繻袢一枚で、下帶一つないしどけない姿が、ピッタリと自分の體に寄り添つた時、松吉の頭腦を又もや多坊のいぢらしい姿がかすめた。つゞいて、妻のお末の瘦せこけた何一つ魅力のない姿が――

「あんたと始めてかうして寢るのに、もつと綺麗な、もつと柔らかい蒲團の上で寢たかつたわ。」

松吉は返答に困つた。むせぶやうな柔軟な觸感で、體ぢうに力が滿ちあふれた。

別に獵奇的野望も、變態的な念願もない彼は、制止しきれない慾望を遂げるべく彼女に迫つた。

「もつと話をしてからネ」

「話しはあとだつて出來るよ！」

「さうはいかないわ」

松吉は、おあづけされた犬みたいに鼻をクンクン鳴らせた。こゝ迄ことを運ばせてをいて、せかず騷がず、ゆつたりと落着いてゐるおとみが忌々しかつた。（汝《てめえ》の方だつてたまらない癖に）と、心のうちでさう思つたが、さりとて押切つて騎馬を陣頭に進める勇氣もなかつた。この時おとみはふと顏をしかめて

「あらつ、この蒲團には蚤がゐるわ。ちよつとあんた、起きて電燈を捻つてよ。」

松吉はぶざまな恰好で、變な浮腰をしながら腕を伸ばした。室内がパッと明るくなると、彼女はわざとこれ見よがしに蒲團を押のけて蚤を探す振をした。その合間にも、ちらりちらりと眞白い太腿の片鱗を覗かせながら、對手を惱殺するやうな嬌態を見せることを忘れなかつた。

爛々と輝く松吉の眼は、鼠を狙ふ猫のやうに鋭く光つた。

「蚤がゐちやあ眠られないわ。あんたもボカンとしてゐないで探して頂戴よう」

へえつくばるやうにして、蚤をさがす松吉の恰好に、おとみは北叟笑んだ。きりきりと引ずり廻されてゐる松吉の眼には、蚤も蒲團の汚れてゐるのも一切眼につかないで、視線はたゞ紅色の裾端を通して仄見えるネットリした雪白の皮膚に吸ひ寄せられるだけであつた。

「いやんなつちやふわね。もうどこかへ逃げたのでせう。」

さう云つて前を掻き合せてゐる間も、松吉は既に失心したやうに意氣地なくへえつくばつてゐた。

何といふ恐ろしい魅力、何といふ丹念な思はせぶりであらう。松吉は彼のわびしかつた生涯を通じて、こんなに昂奮させられたことは一度もなかつた。女からぞつこん惚れられてゐるといふ喜びは、僅かこの部屋の数分間のうちに、ものゝ美事に打ちやりを喰つたのだ。ヒタヒタと彼女の體に吸ひ込まれてゆくみぢめなあがきを、今となつてはもう如何することも出來ない。どんな難關を突破しても、いかなる無理な條件と交換しても、そのまゝヘナ〳〵と引下ることは、それこそ何とモガいても出來さうになかつた。

間もなく二人は又枕を並べた。松吉の態度はいつしか哀願的にさへなつてゐた。

「ねえ松吉あん！あんたほんとうにいつ迄も妾しを可愛がつてくれる？今夜だけかうしてあんたの者になるんだつたら、妾しやつぱり考へ直してみるわ。」

「そ、そんな、そんな莫迦なことがあるもんか。」

「それだつたら妾しと一緒になつて呉れる？」

「さア、そいつは弱つたなあ。」

「さう。そんなら仕方がないわ。」

「もし、お前が心底《しんそこ》からさういふのだつたら、俺は女房と別れてもいゝ。」

「さう、あんたがもしそれを實行してくれるなら、あたしどんな苦勞でもするわ。」

「俺だつてする。」

おとみは、栗鼠のやうな敏捷さで松吉の頸を抱いた。お互ひに昂奮した體は、燃えあがる情火の中に一つとなつて溶けあつた。狼のやうな松吉と、山羊のやうなおとみとが、夢幻の境に踊り狂つた。放ね上る豐滿な肉體は、松吉のガッチリした腕の下にうねつて、束ねた黑髮がハラ／＼と崩れて行く。きつと齒を喰ひしばつたおとみの凄艶な表情は、悲苦喜悦のさだかならぬ呻きと共に、松吉の心をいやが上にも狂らんさせた。

聲もなく、音もなく、しんしんと更けて行く安宿の二階の一室だけに、鈴虫のやうなりんりんたるむせび聲が、おとみの可愛い唇を割つて漏れるだけ。

堅く閉ぢられた四つの眼は、何物をも見まいとするやうに、無念無想、即身成佛の涅槃の境に入るが如く、無言の行がつゞけられた。

一波くゞつて又一波、海邊の石のそれならで、いつ止むべしとも思はれない。

けれども嵐はいつか終局をつげた。黑雲密雲の彼方から、ほのかに漏れる紺碧の空が、いつしかゆるやかに押し廣がつて行くやうに、颯つと降りしきつたしのつく雨を最後とし、閃一光の電激地を拂つて、松吉とおとみはパッチリと眼を開いた。

笑ひもしなければ聲もなかつた。天地に謝す無言の感激が彼の眼から彼女の眼へ、彼女の眼から彼の眼へ、ほのぼのと立ちのぼる煙のやうに消えて行つた。

朝の大川端を、膨れぼつたい眼をしたおとみと、精氣のぬけたやうな松吉とが、肩をならべて歩いてゐた。

あと暫らくの間は、あんなことは考へなくてもいゝ位に二人は疲れてゐた。最後の關所を通りこすと、男よりも女の方が度胸がいゝといふが、おとみはもうすつかり女房氣取で話しかけた。

「だからさ、當分の間でも間借りだけしませうよ。引越料位なら妾しにだつてあるんだし、妾しはもう離れちやあゐられないもの。なまじ獨りだと思へばどんな冷たい寢床にだつてはいるけど、もう獨りでは寢られないわ。それに、いつ迄も萬代樓にゐたくもないし、今日中に貸間だけでも探してをき度いのよ。ね、だからさ、一日二日ぐらゐ家をあけたつて、妾しのために巢をつくつて呉れるのがあたりまへだわ。」

「だとすると、俺は今日から女房二人に子供を養はなけあならないが――いますぐ多坊と娲を叩き出すつてわけにも行かないし。」

「そんな心配ならしないでよ。妾しだつて働くわ。あんたと妾しが喰べるくらゐ。妾しきつと働いて見せるわよ。」

その日の暮方近くまでほつつき歩いて、やつと二人は山谷の近くに貸間を見つけた。階下の家が牛肉屋つてのが一寸氣をさしたけれど、あれこれと探し廻つてゐる餘裕はなかつた。

「どうせ當分の間だからどこだつて構はないわ。」

然し、松吉には餘り氣に入らなかつた。隣りの部屋に、まだ誰か間借りしてゐるらしいのも嫌だつたし、而もそれが女ではなくて若い男らしい樣子だから尚更面白くなかつた。にも拘はらず、おとみの方ではジャン〳〵ことを運んで手附金まで渡して了つた。

（四）

「同宿人ぐらゐ居たつて構はないぢやないの。うんといゝとこ見せつけやれば、先様の方で屁古垂れて逃げ出すわよ、きつと！」

表に出てから、浮かぬ顔してゐる松吉を勵ますやうに、おとみは晴々しくかう言つた。

けれども、一瞬のうちに松吉の胸底を掠めた豫感には、何か知ら不吉なものがあつた。

「兎にかく明日のうちにでも引越すから、あんた手傳ひに來てよう。どうせお祭りが濟むまでは仕事だつてしないんでせう。」

ぐんぐんと引きづられて行く松吉には、どういふものか彼女に抵抗出來なかつた。殊に、彼女の持つ性的魅力のすばらしさは、すつかり彼を眩惑させて了つた。すんなりと巾ぶとりに伸びた脚や、柔いか肉のたつぷりした臀部や、胸から腹部へかけてのなよ〳〵した彈力性は、思ひ出す度に筋肉が硬ばるやうな昂奮をもたらすのである。殊に、今を盛りと咲き亂れた紅一點の秘宮の構造の甘美さは、彼の全神經を痲痺させ、陶醉させ、緑叢々たる玉殿の聖き池の水のやうに、清朗明快な匂ひさへ含んでゐるではないか。

だが、ひとたび夢のやうな世界から龍泉寺町の己が宅に歸つて來ると、そこには餘りにも慘めな現實の姿があつた。

女房のお末は、彼の顔を見ると、いきなり火がついたやうに怒鳴り始めた。

「ちよいとお前さん、いつたいどこをうろうろほつつきあるいてゐるんだよ。妾しが何にも知らないと思うていゝ加減にしておいでよ。さア、何處へ行つた。ゆふべ何處で寢た。妾しや子供にやあ貧乏でピイピイさせてをいて何て眞似さらすんだい。この唐變木め。かくしたつて妾しにやチャあんと分つてるんだよ。」

「分つてるんならいゝぢやあねえか」

「あれ、このトン畜生しらばくれてるネ」

「トン畜生たア何でえ」

「トン畜生ちやあねえか」

瘦せた女の甲高い聲がピンピンとあたりに響いた。たゞならぬ險惡に驚いて眞先に泣き出すのは多坊である。頑世ない幼兒が泣き叫びながら割り込んで來ると、さすが松吉も手が下せなかつた。邪心なき者の前に自から下がる頭は、自分のしたことに對しても亦云ひ知れない恥かしさがこみあげて來る。

眞夜中に眼が醒めても、父の姿がなければ悲しく泣き叫ぶ程の父思ひの子を捨てゝ、若い美くしい女との痴情に耽らうとするには、彼も亦人の子として拭ふに拭はれない惱みが自然と湧出て來る。それを想ふと、松吉はやりばのない佗しい苦惱に苛まれた。

その翌る日、いつもの通り道具箱を擔いでは出たが、又しても擡げ來る邪慾の念は、鋼鐵に引かれる磁石のやうに、妖婦おとみの姿に惹きつけられた。どこで如何して時間をつぶしたのか、正午近いころひよつくりと山谷の肉店を訪れた時には、美しくしいおとみは昨日にも增した晴々しい顔附で部屋の中を取り片づけてゐた。

戀は魔者！

その日から、彼等二人の情痴の生活が、物狂はしく、樂しく、人目の關も外聞も一切忘れたやうに、精の限り、魂の限りつゞけられて行つた。

妻も子も、生きて行くその日その日の仕事すら松吉は忘れたやうであつた。なにものに替えても惜しくないおとみとの閨房の戯れに、さう思ふせいでか自分でもげつそりと頰の肉が窪んだやうに思はれた。

妻のお末と多坊を、思ひ切つて田舍に歸して了つてから、松吉の心には益々ゆるみが生じて來た。

彼等二人がこの肉店の二階に引越して來てから、誰よりもいちばん惱まされたのは、隣りの部屋に住んでゐた妓夫太郎の良ちやんであつた。おとみの世話になつてゐた萬代樓とは筋向ひになるが、軒並から云へば七八軒も離れた住吉樓といふ家に勤めてゐた。本名は安川良一、年は二十八と云つてゐるが、二枚目型の優男で、口の達者な剽輕者であつた。剽輕者なればこそ今迄ぢつと辛棒したもの丶、これが神經質で堅氣な勤めでもしてゐる青年だつたら、一週間は愚か二日も我慢出來なかつたかも知れぬ。若い夫婦づれが仲よく揃つて錢湯に行くのさへ獨身者には少々癪に障るものだが、それが僅か襖一重の隣室で、身も世もあられぬ狂態を演ずるのだから、いかに身は出雲の神さま以上の職業でも、時には頭が冴えて眠られない晩があつた。

　幸ひ自分の勤め時間が、宵から眞夜中までの商賣であつたし、彼の歸宅して來るのは大抵深更丑刻以後であつたからまだ救はれてゐる方であつた。それでも、彼が歸つて來た爲におとみの方で眼がさめたりすると、傍若無人と云はふか、淫靡の恥行と云はふか、見るに耐えざる痴戲の極致を見せつけられることがあつた。

　それも世間一般の若夫婦のやうに、息を殺し、聲を呑んでの科《しぐさ》であればまだしも、おとみと松吉の變態的な閨房秘戲に至つては、音もなく、聲もなくといふ愼ましい場面は、今となつては早や望むべくもなく、どちらがどう積極的に働きかけたかは知らぬが、病ひ既に膏肓に入つて了つて、彼等は交互にサディストになつたりマゾヒストになつたりしてゐた。

「良ちやんすまないけど勘忍してね」

たまには、おとみの方から前以て一應ことはつてをいてから惡戲に耽る場合さへあつた。時には何かでピシピシと鞭打つやうな時もあつたし、舌音立て丶舐め廻してゐるやうな微かな物音が聽えて來ることもあつた。

「もう澤山だよ！もう止してくれつたら。氣持が惡くて仕樣がないよ」

かうした松吉の錆のある聲が、あたり憚からず漏れて來る時など、妓夫太郎の良一も知らず識らず昂奮の絕頂に追ひつめられてチク／＼と頭が痛む程神經の尖ることさへあつた。

かくして彼も亦、いつしかおとみの美しい姿に人知れず心を奪はれるやうになつて了つた。いや、おとみの美しい姿にも心惹かれたが、その美しい彼女のさうした行ひが、無限の興味と憧憬に似た感じを呼び起させて、自分もあゝした魔可不可思議な境地に陶酔してみたいといふ慾念が刻みつけられたのである。

つまり、まだ一度もその姿態をハッキリ眺めたことはないが、彼の廻らした種々様々の想念が、良一自身をもおとみと松吉と同じやうな變態的衝動に追ひ詰めて了つたのだと云つた方が適切であらう。

かうした怪しい雰圍氣――それは嵐の前の靜けさにも似た不氣味な靜寂ではあつたが――が幾日か續いて、十一月も既に半ば近くなつてゐた。

(五)

朝夕の寒さが身にこたへるやうになると、松吉夫妻もいつ迄も喰付き合つてばかりはゐられなくなつた。

何一つ出來てゐない冬の仕度やら、年越の用意やら、二人とも氣ばかりせか〳〵して、たまには愚痴つぽい喧嘩さへ始まることがあつた。

ぶつつりと足を斷つた鹿島組へも、バツが惡くて顔出しが出來なかつたし、松吉は毎日おとみから電車賃だけ貰つて仕事を探し歩いた。

「妾しだつてかうしちやあゐられないから何か商賣するわ。」

或る日おとみがかう言つた時

「商賣するつて資本《もとで》がねえぢやあねえか」

「おでんやぐらゐ出す資本だつたら、妾しいつだつて借りて來るわよ！」

「ふーん」

松吉は感心した。

けれども、それは松吉が感心するまでもなく、彼が晝間せつせと仕事を探してほつつき廻つてゐる間に、妓夫太郎の良一と既に約束が成立してゐた。

夜も晝も敷きつぱなしの良一の寢床へ、ズルズルと匍ひ寄つて行つたおとみが、どういふ條件でこの條約を締結したかは、敢てこゝに詳述する迄もなく、淫婦おとみはそれこそお安い御用で、彼女の爛熱した眞白い四肢を良一の前に投げ出しただけであつた。小柄で、筋肉の引締つてゐないところなどは、全く底知れざる精力をもつてゐるおとみには飽足りなかつたが、彼の剽輕さと、役者にもしたいやうな柔弱さが、彼女には又一種異樣な刺戟を與へた。

「なに、まだ歸つて來やあしないから、さうビクビクしなくてもいゝのよう」

かう言つて、彼等は波間に戯れる小魚のやうに、良一の汗くさい敷物の上でのた打ち廻つた。

「妾しが店を出したら、今度はあんたが妾しの亭主みたいなものよ。だつて妾しも晩から出かけて行くでせう。そして歸りだつて同じやうに夜の夜中だから、晝間寢る時刻だつて同じぢやないの。ねえ、さうでせう。」

さう云はれてみると、良一もくたくたと參つて了つた。

かうした深慮遠謀があるとは夢にも知らず、松吉は漸く仕事の口を見つけて喜び勇んだ。そして、又以前のやうに、例のいなせな恰好で毎朝道具箱を擔いでは出て行つたが、おとみが吉原の近くに「おでん」の屋臺店を出してからは、松吉の生活は急に下宿ずまゐみたやうに淋しくなつた。

疲れ切つて歸つてきても、そこにはおとみの笑顔もないし、今迄のやうな樂しい寢床もなかつた。夕飯の仕度だけはポツンとお膳の上に乘つてゐても、燒魚は冷えきつてゐるし、お茶は冷めてゐるし、何だか谷底にでも突落されてやうな無聊な日が毎日つゞいた。たまらなくなつて、たまにおとみの「おでん」店に行くと、おとみはぷうんと膨れ面をして彼を寄せつけなかつた。

「あんたがこんなとこに出娑婆つて來たんでは、水商賣だからあがつちまふよ。あんまりデレデレしないでおとなしく待つておいでよ。今度來たらもう金輪際一つ床へなど寢てやらないから」

側に誰もゐなかつたのを幸ひ、おとみは噛んで捨てるやうに釛突を喰はせた。

「いゝよ。歸るよ。なにもそんなにボンボン云はなくたつて、來て悪いんだつたら來やあしないよ。」

「あたりまへさ」

そこで松吉はスゴ〳〵と引下つた。こんなつまらない境遇になつた上、おとみから寢床まで別にされたのでは全く彼としても立つ瀬がなからう。

事實、おとみの商賣はすばらしく繁昌した。クッキリと白い襟足をのぞかせた意氣な銀杏返しに、黒繻子の襟をつけた元祿袖の傳法肌、滴るやうな愛嬌と、江戸つ兒辯の齒切れのよさが、いつとはなしにパッとあたりの評判となつて、新内流しのヨタモンやら、淺草界猥の哥い連まで、押すな押すなの盛況であつた。

ときには、りゆうつとした好色家らしい老紳士なども來て

「どうぢやな。大抵なことならきくが、俺に面倒を見させてくれんかな」などゝ言ひ寄つた。

「ホホホホ、お願ひいたしますわ。あの方がお役にさへ立てばね」

こんな調子だから、ならず者や、てきやや、不良の仲間たちまで、口先にかけては彼女に一目ゆづつてゐるし、人氣は人氣を呼んで

「おとみに手出しをする奴でもあつたらたゞではをかねえぞ」と、別に頼みもしないのに、てめえたちで勝手にきめこん

だ群《ダルーナ》まで出來た。

もしこれが普通の家庭であつたら、希望に充ちた新しい生活への華々しいスタートであつたに違いないが、おとみと松吉の場合はそれが全くあべこべの結果を齎して、二人の嫌悪と隔たりは日一日と募つて行つた。

明日の仕事を控えてはゐても、腐亂しきつた情痴に馴らされてゐる松吉は、毎夜おとみの歸りを待つ辛さで立つても坐つてもゐられなかつた。さうして、待つて待ちくたびれた揚句、思はず知らずうと〳〵と居眠でもしてゐる時でなければおとみは歸つて來なかつた。早起する家では、あともう一時《いつとき》もすれば雨戸でも開けやうとする頃になつて二人は一つ寢床に休むのであるが、おとみの方ではすぐに前後不覺に深い眠りに陥入つて了ふ。この素つ氣ない彼女の態度がまた松吉には面白くなかつた。

「なあおい、おとみ、おとみ、俺はまんぢりともしないでお前が歸るのを待つてゐたんだぞ。お前はこの頃どうしてさう情《つれ》なくするんだ。たつた此間までのお前とは、お前はまるで人間が變つてしまつたな。なあおとみ、こちらへ向いて吳れないか。」

體ぢうからせりあげて來る煩惱の犬に苛まれて、彼はおとみの體に無理矢理のしかゝるやうにして獸性の吟きを發するのであつたが、コイツスに對して蛇のやうな執拗さをもつてゐるおとみは、どうした理由でか振向うともしない夜が多かつた。

「うるさいよ、お前さん。妾しはくたびれてクタ〳〵になつてゐるんだよ。それほどお前さんが妾しの體を自由にしたいのだつたら、もつと澤山おあしを儲けて、妾しの欲しいものを買つてくれて、家だつて人間なみの家に住せて吳れゝば、妾しどんな眞似だつてさせるわよ。」

さう云はれてみると、松吉はぶちのめされた犬のやうに、口惜しさと悲しさを耐へて握り睾丸で寢るよりほかどうにも仕方がなかつた。最後の關所を破るまでは、彼はまるで王者のやうにおとみをリードしてゐたのに、あのむさ苦しい安宿以來といふもの、今度は彼の方が鎖につながれた狆《ちん》ころのやうに、おとみの妖氣に引づられて行く。この儼然たる事實に鑑みても、おとみのもつ性器がいかに魅力的であり、そして又彼女の床上の技巧が、どんなにすぐれてゐるかゞわかるであらう。

　おとみが毎朝眼をさます頃には、松吉はもう疾ふの昔仕事に出てゐた。仕事場でも彼は妙にボヤけて了つて、朝から晩まで憂鬱さうな顔をしてゐた。

　しゆうつ、しゆうつと板を削るいなせな姿も、それは最早いなせでも何でもなく、勞役を強ひられてゐる囚人のやうに元氣もなければ張合もなかつた。晝休みになつて、自分で詰めこんだまづい辨當を喰つてゐる時でも、それが不味ければ不味いほど、もとの女房のことが考へられる。

　ちやうどその時刻は、肉店の二階ではおとみがなかなかと寢床に寢そべつて煙草でも吹かしてゐる時であつた。

「良ちやん！まだ眼が醒めないの？醒めてゐるんだつたらこちらへおいでよ。」

「いゝかい？」

「いゝかいはよかつたネ。そんな水臭いことといふと妾しにも考へがあるわよ。」

　すうと襖が音もなく開いて、良一が四つ匍ひに這入つて來ると

「すまないけど、すこし妾しの肩を揉んでくンない。どうしたのか肩が凝つてしやうがないわ。」

「過ぎるんだらう？」

「ぶん擲るわよ、さうとすれあ良ちやんの罪ぢやないか」

「御迷惑な話しさね」

「だつて、この頃の様子を見てゐれあ分るぢやない？」

「おとなしく方法を變へたんだらう」

キユッとおとみが良一の膝頭をつねつて
「ぢやあいゝからもうあつちへ御出で」

だが、良一はもうおとみの肩をつかまへてゐた。

「寢そべつてゐちやあ揉みづらいなあ」

「妾しの背中にハイシドウドウすればいゝでせう」

「赤ン坊と間違へてやあがらァ」

「良ちやんなんか赤ン坊みたいなもんだわよう。あれだつて下手くそだし……」

肩を揉まし、脊中を叩かせ、最後に腰骨のところを二三十叩かせて、やつとおとみは起き上つた。

「御苦勞さま。」

言ひも終らぬうちに、良一の頰を餅のやうな兩手で抑へて唇を與へた。もろ肌ぬいだ張り切つた肉は、戸外の明るい光りに映へて、丸い豐かな乳房がバラ色にキラ〳〵輝いてゐる。みぞおちのあたりに引搔かれたらしい薄い傷跡が二つ三つあるが、多分、情熱の迸るまゝに、夢我夢中でうけた名譽の負傷であらう。それがまた云ふに云はれぬしつとりした情感を唆り立てる。亂れた衣服、亂れた髮、美しいものゝ姿は、整つてゐても亂れてゐても、いつも男を惱殺する。良一はそれを幾度見ても見飽きなかつた。だからこそ、彼はおとみに命じられると、自分の顏をどつしりした彼女の臀肉の下に敷きつけられることすら平氣であつた。所詮、おとみの前では、どんな男だつて張形代りの人形なのだ。

（六）

蛇淫の性にも似たおとみが、松吉に對してあの物狂はしい迄の痴態を見せなくなつたことに對して、松吉の疑念は恐ろしいスピードで昻まつて行つた。

「きつと奴は俺の外に情夫《いろ》を作りやあがつた。それでなくて、あいつが、どうしてこの頃のやうに落着いてゐられやう。あいつは、一夜と雖も男の肌に觸れなければ我慢の出來ない奴なのだ。」

「すると對手は何奴であらう。きつと、店をしまつて歸り途にどこかへ寄つてくるのに違ひない。畜生！覺えてをれ。俺だつて男なのだぞ。女房や子供とまで別れて、俺はあいつのためにいゝ慰み者になつて來たのだ。」

「それとも、俺をせつせと晝間仕事に出させてをいて、その間に何處かで例の調子で乳繰り合つてゐるのかも知れぬ。それとも、隣りの部屋にゐるあの若僧か。いや、あいつにはそんな藝當は出來ない。あんな奴は第一おとみの方で對手にすまい。あんなニヤけた男は大嫌ひだと云つたことがある。あのデレ助らしい恰好は見てゐても虫ずがはしるとあいつは言つた。それで、あのデレ助野郎が隣りの部屋から逃げ出すまで、おほつぴらにいゝとこを見せつけてやりませうと云つた位だ。とすれば、きつとどこかに隱れてゐやあがるのに違ひない。かうなれば俺だつて男の意地だ。飢ゑたつて對手を探し出さずにをくものか？千に一つや萬が一、俺の眼にふざけた眞似でもさらしてゐる現場をとつ摑まへられて見ろ。金槌で頭を叩き割つてやらうか、それとも胴腹にノミをぶすりと御見舞申してやらうか」

「商賣するのに金を貸して呉れた奴なのだ。おとみの野郎は今までもそれを白状しないがきつとその野郎に違ひない。」

一槌づゝ打ち込むノミの音の合間にも、松吉の胸に湧く嫉妬の炎は、えんえんとして、燒けたゞれるやうに廣がつてゆく。

「多坊！俺が悪かつた。お前は今頃この間抜とも阿呆とも云ひやうのないこの父を、淋しい田舎で麥飯でも喰ひ乍ら恨んでゐるに違ひない。許してくれ」

カッカッと槌振りあげる腕の下には、苦悶に喘ぐ松吉の涙が光つた。しかし、そのすぐ後から、噩のやうに胸を壓してくるおとみとの情事の場面、笑ひ、泣き、叫びながらも、ありと凡ゆる姿態の展開を惜まない快絶の秘戯は、おとみ以外のどんな女に求めることが出來るであらう。それは一生を棒に振つても惜しくない世にも稀な女ではなかつたか。

松吉にとつて、日の出から日の入までの時間の長さ、それは毎朝夜がほのぼのと明けわたると同時に、彼の暗い心を一層重苦しくさせるのであつた。

かくして、抑へ切れない疑心暗鬼と、抑へ切れない慾望とに悶えながら、彼は殆んど毎夜のやうにおとみの樣子を忍びがくれに監視し始めた。おでん夜店の前を一夜に幾度となく行つたり來たり、その斜め向ひの小料理屋の二階でヤケ酒をあふりながらお客の面を調べたり、時には、彼女が店をしまふまで待つてゐて、そうつと彼女の背後から自分の家の近くまであとをつけて、愈々どこにも寄道しないことがわかると、急に近道をぬけ、一足先に歸つて何喰はぬ顔で寢轉んでゐた。

三日も四日も、或ひは一日をきに、彼の丹念な密偵はつゞけられたが、彼はどうしても對手の正體が摑めなかつた。にも拘はらず、おとみの寢床に於ける態度は、矢張り同じやうに冷たかつた。ときたま拒み切れなくて、彼の火のやうに熱つた體を、おとなしく彼女の腹部に乘せることはあつても、そこには積極的に働きかけてくる些細の衝動もないらしかつた。疑ひの眼をもつてみるせいでか、寧ろ娼妓がいやな醉どれに仕方なく身を委せてゐるやうな、他愛のない情交だけがつゞけられた。

「こんな筈ではなかつた！」

惡い事後の印象は却つて不快な念を刻みつけて、些面白くもない忌々しさだけが粗雑な殘滓物のやうに腹の底に殘る。
そのうちに、彼は自分でも横手を打つた程うまい名案が浮んだ。外に犯人がゐないとすれば、犯人はきつと內部にゐるのだ。

「なぜもつと早くこのことに氣がつかなかつたらう」

彼はさう思ふと、重罪犯人を探す刑事のやうに、用意周到な計劃をめぐらし始めたのである。つまり、二間つゞきの部屋は、狹い廊下で仕切られてゐたし、廊下の向ふにもう一つ三尺の押入があつた。そこを利用して、天井に拔穴をこしらへ、誰にも氣づかれないやうに天井の節穴から監視すれば、尠くともおとみが晝間のうち何をしてゐるかゞわかる。そして、彼女も、隣りの二枚目も出て了つてから何喰はぬ顏で降りて來る。もはや、捜査方針はそれ以外に絕對にない。

そこで、或る晩、彼はおとみと妓夫太郎が出て了つて、少しも音のしないやうに天井に上る拔穴をつくつた。それはお手のものだから瞬くうちに出來上つた。

「ようし、今度こそ現場をつかんでやるぞ。外から訪れて來るか、あいつら二人が喰付いてゐるか。ちかごろ二枚目のことをちつと惡く云はなくなつたところをみると、野郎め俺をだますつもりで、虫が好かないとか虫ずがはしるとか吐してゐたのかも知れぬ。」

松吉は胸がワク〳〵と顫へた。

「明日になつて見れば分ることだ。明日わからなかつたら明後日、畜生！わかるまでこの天井穴から覗いてやる。もうかうなつたら仕事も糞もあるものか、姦夫姦婦をぶつた斬つて、この煮えくり返る胸を靜めなくては俺の方が狂人になる」

その夜、彼は道具箱もかくし、天井で喰べるパンの用意までしておとなしく床につき、おとみが三時近く歸つて來た時は、何も知らぬげにスヤ〳〵と狸寢入をつゞけてゐた。

（七）

夜のあけるを待ち兼ねて松吉は身仕度をはじめた。ちやんと仕事着をつけて、辨當ばこまで隠した。念のために二言三言おとみの名を呼んだが、彼女はまるで死人のやうに聲がなかつた。はだけた胸からなだらかな乳房の片端がのぞいて、いつになく色つぽく見えた。

「けがをさせてはもつたいない」

ある瞬間ふとこんな考へが突走つた。注意の上にも注意を拂つて、やつと彼は眞暗な天井に身をかくした。少し動いてもミシ〳〵と音のする安板に氣を配りつゝ、小さな節穴から覗いてみた。

「これならたいて見える」

かうして、煤ぼけた眞暗闇の節穴から覗くと、おとみの美しさと妖艶さは、ぢつと向ひ合つて坐つてゐる時より遥かに勝つてゐた。右左に寢返りを打つたび、綺麗な皮膚がチラ〳〵して、松吉は江戸時代のあぶな繪でも見るやうに心を惑かれた。

一分、二分、時間はどうしてこんなにのろいのだらう。息を殺し、眼を輝やかせ、一心不亂に座敷の様子ばかり凝視してゐる松吉は、あくびを噛み殺すのにさへ異常な努力を費した。

だが、おとみと姦夫太郎には、その日といふその日は何と呪はれた日であつたらう。自分たちの世にも淺間しき罪業が遠からず閻魔大王の照鏡に映ゆるとも知らず、すやすやと平和な寢息をたてゝゐた。

惡運の盡きる日、人間は平素口にしたこともないやうなことまで云ひ、心なき行ひまでして罪を大きくするやうに、その日は又いつもより早くおとみは眼が醒めた。くるりと後ろを振顧つて、松吉かゐないと見ると、左手を顔に蔽ふて大きなあくびを一つもらした。

松吉の神經は彼女が目覺めたことによつて、サつと水でも浴びせられたやうに緊張した。爛々と輝く眼は、まばたき一つするのも惜しいやうに憤怒の光りを含んでゐる。

「良ちやん！起きなよ」

おとみのこの一言を聽いたゞけで、松吉はグッと骨身にこたへるものがあつた。うまく掛かれた憤りの一つである。だが、今となつては多分に獵奇的な氣持も手傳つて、最後のどたんばまで、はたして如何なる破亂重疊があるかを見極めやうとする思ひで一杯であつた。

「もうさつきから起きてるよ！」

「チェッ！ちやつかりしてゐるわねえ。でも、遠慮してるとこ可愛いわよ。だから妾しあんたが好きさ。うちの助平爺いみたいに、執拗くまつはりついて來るんぢや興がさめちまうわ」

天非裏の松吉は怒り心頭に發して、手も脚もしびれるやうにワナワナと顫へて來た。

「どう、遠征に來ない？」

「畜生つ！遠征とは何だ」

松吉は危ふく聲がころび出さうであつた。かたく喰ひしばつた唇は、無殘に破れて血でも噴き出しさうな物凄い形相である。

「昨夜はどうした風の吹廻しか、あの蛇みたいな爺いめグスとも云はずに寢てゐたわ。だから妾し、今朝はとてもサバサバして氣持がいゝの」

「そんなことといふと、松吉あんクシヤミでもしてゐるよ」

クシャミどころか、丁度彼の眞上《まうへ》あたりで悲苦絶苦の懊悩にのたうち廻つてゐるのだ。

「起きて來る序にコップにお冷水《ひや》を一杯もつて來て頂戴！」

優男の良一がもつて來た水で、ガクガクと口をそゝいで、二度目に呑んだ水はおとみの唇から良一の唇にうつされた。

「どう、うまいでせう。あんたゞからしてあげるのよ。」

それは、さながら松吉の隠れてゐることを知つてゐて、わざとこれ見よがしにするかのやうに、愛と情けとを罩めたもてなしであつた。そして、グルグルと帶を解かせて素裸かにさせたおとみは、同じく自身でも一切を投げ捨てゝ、玲瓏玉の如き雲白の皮膚を明るみに晒した。何といふ人間の淺間しい罪の姿であらう。彼女は母が子供をあやかるやうに、良一の凡ゆる弄玩にまかせながら、うねうねとその豊満な肉體を伸縮させてゐた。いつしか双頬はうす紅ひに高潮して、種々なる動作のなかに恍惚三昧に浸つてゐる。天井の節穴からは、それこそ、鏡にうつす淫靡の戯むれが、いかなる些事と雖もハッキリと見えた。

彼等は馬ごつこの眞似をしたり、落馬の樣を見せたり、むちで打ち、歯で噛み、振り落すかと見れば今度は蹴倒し、觸れては離れ、離れては觸れ、今笑つてゐたかと思へば忽ち顔を顰め、まことに、ちよつと見たところでは、天眞爛漫たる兒戯としか思はれないやうに朗らかであつた。

かくして、彼等の體が靜かに重ねられた時、二人は最後のゴールに入るべく、ガッチリと四肢を組合せた。

こゝ迄見て來た松吉はもう寸刻も躊躇することが出來なかつた。ガタガタと荒つぽく天井板を蹴り乍ら降りて來て、鬼神の如き形相のまゝ、スックと彼等の前に立ち塞がつた。

二人とも顔色は土の如く蒼然となり、妓夫太郎の良一は只ぶるぶると身を顫はせてゐた。聲もかけず、ツッウと近寄つて行つた松吉は、おとみの髪を鷲掴みにして捻ぢ倒し、良一の頭には續けさまに三つ四つの鐵拳が飛んだ。

「カ、カ、勘忍して下さい」

「ど、ど、どうぞ勘忍して下さい」

松吉はそれでもまだ聲が出なかつた。たゞ野獸のやうに輝いた眼光だけが、裸かの彼等を射縮めた。靑くなつてゐる良一の身動きが出來ないやうに、又四つ五つぶん擲つた上、殆んど氣でも狂つたやうに足のつゞく限りに蹴飛ばした。そして、ズルズルとおとみの體を引ずり廻してゐたが、火鉢の灰に突差してあつた眞鍮火箸をつかむと、ピシ〳〵と皮膚が破れて血が吹き出すまで打擲した。餘程口が硬ばつてゐたものと見えて彼はまだ聲が咽喉にかゝつたまゝ出て來なかつた。

この騷然たる物音に、慌たゞしく階段をかけ上つた肉店の主人は、ちよつと首を擡げてうちらの樣子を窺つたが、松吉の餘りにも物凄い形相を見るや否や、あたふたと顏を隱すやうにして飛び下りた。

「や、やいつ！」

大工松吉は漸く口をモグ〳〵させ乍ら叫びかけた。

「さつき言つたことをもう一度言つて見ろ。貴樣たちがそんなふざけた了見なら、貴樣たちの一番すきなやうにさせてやるから待つてゐろ」

ヒイヒイと苦悶に喘いでゐるおとみの頭髮を、又もや引しやくるやうにして捻ぢ倒すと、一糸も纏はぬあられもなき姿態は、肩と云はず腰と云はず、ふくよかな美しい四肢までがピクピクと痙攣してゐた。おとみば眼に一ぱい涙をためて、それでも女の一番大切なケ所だけは抑隱さうと悶搔きながら、全身の痛みを耐えてゐた。

「やいこら、お前の一ばん好きな御馳走を出してやつたから、こいつの上に乘れ。さうしてもう一度さつきと同じやうにハツキリと俺の眼の前でやつて見ろ」

グツと良一を睨みつけて、松吉は良一の腕を掴んだ。

「貴様たちの好きなやうにさせておいて、あの世までも心残りがないやうに田楽刺しにしてやるんだ。」

「ど、ど、どうぞ命だけは助けて下さい。」

良一はボロ〳〵と大粒の涙を流して手を合せ乍ら「悪う御座ゐました。悪う御座ゐました。命だけ助けて下さい。」

「いまさら何を卑怯なこと云つてやあがるンだい。ぐず〳〵してゐないで、サあ、おとみの上に跨がれ、俺のゐない時だけ好き勝手なことをしやあがつて俺のゐる所では出來ねえのか、出來ねえのだつたらかうしてやらう」

二枚目男もかうなつては絶對絶命だ。間髪の際を狙つてゐた良一は、松吉が再びおとみの體を蒲團の上に寝そべらさうとしてゐるときに、颯つと自分の脱ぎ捨てた帶と着物を摑むが早いか、一瞬のうちにガラス窓を蹴破つて下の往來に身を躍らした。

「やつ、畜生つ！逃げやあがつた。」

後を追つかける暇もどうする間もなく、くるくると着物を裏返しに着た良一は、それこそ脱兎のやうに走つてゐた。部屋の中には、對手を失つた松吉のボンヤリした姿と、おとみのすゝり泣く聲がしばらく止まなかつた。

（八）

その翌る日から、おでん屋を止めて了つたおとみは、松吉から受けた傷の痛みで寝轉んでゐた。弱さうに見えた男の強さを知つたおとみは、松吉から加へられた私刑に對して、すこしの恨みも感じないばかりか、却つて彼に對する頼母しい信頼の念さへ起るのであつた。

自分が悪ければ悪いだけに、犇々と胸に迫る自責と悔恨の情は、おとみの心機を著しく轉回させた。彼女のもつ特異な動揺性のはげしい性格は、あの忌はしい事件があつて以來といふもの、ただひたむきに一つの方向へ突進んだ。それは心を入れ變へるとか、謝罪して再び夫を愛し、夫に愛されるといふありふれた想念ではなく、もつと責められ、もつと恥かしめられ、はげしい自己嫌惡と、自己嘲笑の眞只中へ自分を突落して了ひたい欲望に變つて行つた。

ところが、松吉の方では、擲るだけ擲り、責めるだけ責めて了つた後は、おとみの姿はやはり自分の惚れた女の姿でしかあり得なかつた。彼女の心のうちにまだまだどんな惡の包藏物があらうとも、それはそのまゝにして彼女の肉の香に醉ひ、彼女から愛撫の囁きさへ得られゝば、過去のことなど何も彼も忘れて了はふと思つた。

働く氣力もない、働かうともしない二人の人間は、お互ひに思ひ思ひの想像を逞しうしながら、どうかしてもう一度一つのものに溶け合はふと血みどろな默想をつゞけてゐる。

「あいたたた」

時折、おとみは火ばしでぶちのめされた傷跡を抑へて呻りだすことがあつた。松吉には、その苦しさうなおとみの表情を見るのが耐へられなかつた。白い、柔かな皮膚は赤くたゞれて了つて、どう考へても取返しのつかぬ惜しいことをしたやうな氣になる。

「惡かつたなア」

さう言ひたい心を、ぢつと無理に抑へてゐなければならないのが辛かつた。間男をされれ上擲り飛ばしたこと迄あやまつたとあつては、男の衿持《ほこり》にも傷がつく。

だが又一方では、あれが背中の傷だけでよかつたとも思つた。顔があんなに醜くなり、あの時の氣持では、おとみの臍下三寸の急所にまで針でも突刺し兼ねまじき勢ひであつたが、それを思へば、三下野郎の良一はいゝしほどきに逃げてくれたものだ。——と松吉は今となつては、逃げた良一の態度が憎めなかつた。

膏藥をベタベタ貼つたおとみの背中は、それを見るたびに松吉は悲しくなる。

「おそこさへ悪くなかつたら」と、ふと卑しい考へも起してみるが、それよりも、明けても呉れても黙りこくつてゐるおとみの態度はもつと悲しかつた。

「悪いことをしました」とは、あれ以來まだひと言もおとみの口からは出ぬ。意地にでも「俺が悪かつた」とは言へる筈がない。

三四日たつて、始めておとみは口を利いたが、よくよく考へつゞけてから言つたものであらう。

「ねえ、松吉あん！妾しを殺してよ。どうしてあんたは妾しを生かしてをくの」

妾から松吉あんと呼ばれて彼は腹が立つた。だが、おとみとしては、「あんた」と呼ぶことは少し圖々しい氣持がしたのである。

「殺せるけえ。お前を殺す位だつたら俺も死ぬらア」

おとみはシクシクと泣いてゐた。左の眼から出る涙が、鼻筋を越えて右の眼の涙と一緒になり、大きな滴となつては唇の切れ目のあたりからボタ〳〵と敷布に墜ちてひろがつて行く。

松吉はだまつておとみの涙を拭いてやつた。松吉としては、一緒になつて以來はじめてみるおとみのしほらしい姿である。

「妾しほんとうに馬鹿だつたわ。でもね松吉あん。あんたにかゝした恥だけは妾しもかくわ。だから、明日でもいゝから妾しをこの家から放り出してよ」

「自分で悪かつたと氣がつけあ、もうそれだけでいゝぢやあねえか。俺だつてさういつ迄もしみつたれた根性を持つてゐねえのだから」

「ぢあや、あんたはまだこの妾しを側にをいてくれるつもりなの」

おとみの眼からひつきりなしに涙が墜ちた。

その翌日、おとみは松吉が懸命になつて止めるのもきかず、晩方にはきつと歸つて來るからと言つて、傷の痛みもなにも忘れたやうにプイと表の方に出て行つた。

「マオトコノミセシメ」と大きな字を書いて背中に貼りつけ、賑やかな淺草から本所の近くまで歩き廻つたおとみの姿がその日の夕刊に大寫しの寫眞で出た時、松吉は怒ることも出來ないで、この半狂人になつたおとみを心の底から慰めてやつた。

「お前の氣持はよくわかつた。お互ひの恥だからもうあんなことだけは止めてくれ」

そして、その夜、彼等は久しぶりで情痴のるつぼに身を躍らせた。おとみは殆んど死物狂ひの昂奮を見せた。ヒリヒリと疼く脊中の痛さを、彼女は顔色にも出さないで、殆んど亂暴にも近い松吉の性慾になぶられた。それはもう樂しいクライマックスの連續でもなければ、神秘の喜悦に浸る陶醉でもなかつた。おとみは、自分の犯した罪の償ひをするやうな悲しい諦めと歎きとを胸に秘めて、身をくねらせては躍りかゝつて來る松吉に、半ば奉謝する氣持で應戰した。爽快な感觸の代りに、痙攣的な苦痛があり、腰にも脚にも少しも喜ばしい感覺はなかつた。只、どうすれば松吉が喜び、感激し、笑ふであらうかを考へるだけで、自分自身では虐げられてゐるつもりであつた。

だが、不思議にもその苛められ、責めつけられ、虐げられてゐるといふ氣持は、肌障りとか、肉の接觸から起る感覺よりも遥かに愉快な樂しい氣持であつた。さうした亂れがちな心の中に、猛烈な衝撃が加へられて、思はず知らず最後の生理的な快感が迫つたとき、彼女は生れて始て經驗する異樣な感激に身を顫はせた。

「アア……」

彼女は何も彼も忘れて松吉に噛《しゃぶ》りついた。そして疲れ切つたやうな體に別の刺戟を呼び起すために、彼女は無理に自分の二の腕を松吉に噛りつかせた。

だが、さうして、一夜のうちに幾度か同じやうなことを繰返した明る日、おとみは急に改まつたやうな調子で松吉に云つた。

「あんたが、いつ迄も妾しを女房にしてをいてくれるつもりだつたら、妾しあんたからその証據を示して貰ひ度いわ」

松吉にはおとみの言つてゐる意味がハッキリ呑みこめなかつた。

「松吉の妻だつてことを、この妾しの體に彫りつけて欲しいの」

「なにもそんなこと迄しなくたつて、夫婦としての契りを結んでゐるのだからいゝぢやあないか？」

「いゝえ、妾しが二度と悪い考へを起さないやうに、しつかりそれを體のどこかに刻みこんでをくのです」

「そんなバカな眞似は止してくれ」

「さう、さうならいゝわ。あんたは如何だつていゝと思つてるから、きつとさう言ふんでせう。まだ妾しが悪いことをしたことをほんとうに許してゐては呉れないんです。」

松吉がいかに説いても、おとみはどうしても承知しなかつた。それ程の望みとあらば――と、その方法を訊ねると、おとみは世にも恐ろしい氣味の悪い要求をもち出したのである。

「妾しは死ぬまであんたのことを忘れないために、妾しの腕に烙印をするのです。それと同じやうに、又妾しが自分の犯した罪を忘れないため、生涯の紀念としてをくんですから」

もしそれを松吉が承諾しないと言ふのなら、今のうちに別れるとまで強抗な態度に出たので、流石の松吉も女の強い執心に意を決した。

おとみを柱にしばりつける時、松吉は自分でも意久地がないと思ふ程手が顫へた。それに引換へておとみは心から嬉しさうに笑つてゐた。

「今日からほんとうにあなたの妻になれるんです。戸籍なんかどうだつていゝから、ハッキリと烙きつけて呉れなけあ困るわ」

側の火鉢には眞赭な炭火から、蒼い炎がゆら〳〵と立ちのぼつてゐた。その中から、ポタリと赤い火玉が滴りさうに燒けた火箸をとり出すと、松吉は氣味が惡くなつて、思はず火箸を灰の中に突刺した。

「ほんとうに賴むからこんなこと止せよ」

「いや」と、おとみは強くかぶりを振つた。おとみはすつかり覺悟をきめて、ハンカチを口にくはへてゐた。

松吉は再び火箸を手に持つた。指先が小刻みにブルブルと顫へたが、思ひ切つておとみの眞白い二の腕に火箸の尖端を運んだ。ジリッ！と黑い煙が立つと、脂肪を燒く匂ひがプーンと鼻先を突いた。おとみは聲も立てないで齒を喰ひしばつてゐる。ぢつと首をすくめる度にバラ〳〵と頭の髮が亂れ散つた。

――松吉の妻――

曲りくねつた文字が、澁茶色に眞白い二の腕に浮んだ時、おとみは漸く、それこそ息も絕え絕えの風情で文字を見た。

「あんた、この妻といふ字は少し違つてゐるわよ。妻といふ字が違つてゐちやあ嫌だから、今度は右の方へもう一度書き直してよ」

「いやだなア。もうこれだけで立派に俺の女房だよ」

「そんなつれないこと云はないで書き直してよ。これぢやあ却つて氣持が惡いわ」

松吉は、おとみ以上の苦しい氣持をぢつと抑へつけて、また右の腕をジリジリと燒いた。肌へが寒くなるやうな惡感がしゆうつと黑い煙が立つたびに脊筋を走つた。燒けた火箸の下では、おとみの豐滿な體がくねくねとのた打ち廻つて、可愛や純白な腕が指の先まで血走つてゐる。それでも、彼女は聲一つ立てやうとしないで頑丈に抑耐へてゐた。

「どうだ、これならいゝだらう」

おとみは僅かに頷いて見せたあと
「今度は脊中へ……」と、殆んど松吉には聽き取れない位の微かな聲で囁いた。

「もういやだよ！」

「ねえ、後生だから」と、おとみは言つた。

この生きながらの地獄の責めに耐へ通したおとみは、それでも最後には半ば意識がなくなつて了つて、たうとう聲一つ發することが出來なくなつた。松吉が半分泣きつ面で紐を解き、水を含ませたりすると、殆んど死んだやうになつたおとみの口邊には美くしい微笑が漂へられ
「これで、やつと氣がせいせいとしたわ」とチツと松吉の顏を見上げた。

だが、この烙印がもとで、傷は次第に擴がり、氣力は日一日と衰へて、松吉が毎日男泣きに泣きながら看護した甲斐もなく、二十五歳を一期として散つて了つた。


（この事件は直ちに變態性慾患者の殺人事件として當局の一大活動となり、松吉は直ちに殺人罪に問はれて刑務所に收容され、一方死體は大學諸教授の鑑定まで求められ、大正四年に全國の新聞に報道されて一大センセーションを捲き起した例の〔小口末吉の殺人事件〕を脚色したものである。）

義士遺聞

廓の傑士

花房四郎

歴史の一頁を飾る事件の背後には、必ず一つや二つの悲劇があり、犠牲がある。元祿の精華赤穗浪士、その裏を覗いて見ても、其處には多くの悲劇があつた。悲劇と愛慾の世界とは常に不卽不離、一身同體の關係にあること云ふ迄もない。偉傑大石の粹人ぶり、浮樣、浮樣と呼ばれた彼の姿こそ、これ又彼の生涯を通じて忘れ難い思ひ出の種であつたに違ひない。この一篇は筆者の想像をも逞しうして、わざと古文の型式を加味したから、或ひは讀みづらい感があるかも知れない。乞御諒承。

欺く者欺かれる者

强慾無道の吉良上野介のため、松の廊下の露と消えし淺野内匠頭。主君亡き後は憐れ播州一の名城もこゝに斷絶し、恩顧の武士も離散浪々の身とこそなりにける。

されば城代の重臣大石内藏之助を始め、足輕小者に至るまで、忠も不忠も皆一様に、昨日に變る今日の姿、卑しき業に身を投ずるもあれば、二君に仕ふる者もあり、それぞれ身の行末を定むる中に、獨り城代内藏之助は、洛外山科に閑居して夜を日についでの駄々雜遊び、世の樣々の惡口罵言も吝吹く風、其の身は淫酒の二途に心も狂ひ、主君の恨みも忘れける樣なりし。

出入の青樓は人も知る祇園の一力、吝突く高閣《たかどの》は金銀朱玉の色に輝き、軒のともし灯は幾十幾百となく照り映へてまばゆきばかり、げに不夜城と人呼びしも道理《ことはり》なり。宵に來る客、いつゞけ客、弦歌のさんざめき絶ゆる間とてなき賑はひなり。

今日も此家の奥座敷、粋をこらせし一間のうちに、數多の遊女をはべらせて、呑めや唄への大はしやぎは、云はずと知れた内藏之助、心を酒に奪はれしか、女の美貌に魂抜けしか、醉眼朦朧としてしどろの姿。集《つど》ひ寄るはした女《め》幇間どもに小判をバラ撒き、浮樣、浮樣と呼ばれて良い氣な樣は、齢《よはひ》すでに天命を知る者の所行とは思はれず、豊あんどんの綽名にふさはしき情痴の極。

今宵は五月の十三夜、竹椽へ出でゝ涼を追ひ、月眺めつゝ淺酌低唱、傍らに侍るはこれ元西國の武士の娘、故あつて川竹に身を沈めし錦太夫を相方に、さしつさゝれつするうちに、大石いつもの惡巫山戯

「いつ見ても汝《そち》や美くしいのう。この大石が年甲斐もなく、女房も子供もふり捨てゝ、謎ひ惑はす姿だけあつて、月に映らうその影は、また格別のいゝ風情ぢや」

二八の春の乙女氣に、頬を染めける錦太夫、まことに全盛の名に恥ぢず、艶色無双のあでやかさ、花に譬へて八重櫻、眼は涼しくして鼻筋高く、春のあしたのそぼ降る雨に、濡れて綻ぶ梅ヶ香の、匂ひに勝してうれしきは、髪は烏の濡羽色

姿は河岸の糸柳、肉附しまりて中背の恰好、立居ふるまひ正しきなかに、胸に秘めたる思ひの色を、勤め氣難れてもなしければ、男も暫しは塵の世の、ちりを離れて憂さはらし。

折柄隣りの部屋にて騒がしき聲あり、傍若無人の如くに語るを聴けば、いづくの武士かは知らねども、さも聴えよがしのわざとの胴雑聲

「なんと各々方、播州赤穂の腰抜武士、内藏之助とやらいふ奴は、どんな面をしてゐる奴で御座らう。ウエッ！今宵は月の十三夜、内匠頭の切腹御他界遊ばされた逮夜だといふに、佛事を營む心もなく、如何に酒色の味がよければとて、賣女の輩を相手となし、人ごと忘れし阿呆がらす、あれでも元は城代家老、あの腰抜のさしづでは、仇討などゝは思ひも寄らぬ。ゲツ、どうで御座る、もしやそこらで出會うたら、武士のみせしめ、不忠の罪、一番なぶつてやらうでは御座らぬかエーィッ、大石などゝは名が惜しい。あれァ軽石か苔の士、武士の風上にも置けぬ代物で御座るテ、」

この聲きいて錦太夫、きつと彼方を睨みつけ、口惜しさうなる面持にて

「浮様、浮様は今の言葉をおきゝなされたか。妾し口惜しうてなりませぬ。あたしのいとしいいとしい人、軽石などゝはあんまりナ」

「ウワハハハ……わしは軽石、そちや尻軽、そんなことは如何でもよいわ。殿の切腹は殿の短氣の起したこと。われらが祿に離れたのも、もとはと云へば殿の罪、僅かな金のいざこざで、堪忍の二字さへ忘れた大痴氣者《たはけもの》、恨みにこそ思へ佛事などゝは、いやはや飛んでもない要らざる世話立て、主人の悪徳棚に上げ、何とて吉良殿を怨む必要があらう。生來短氣の主君に仕へ、明暮憂身をやつすより、浪人ものゝこの氣軽さ、浪人すりやこそ汝《そち》のやうな、綺麗な女を對手にして、日ごと夜ごとのこの樂しみ、のう太夫、さうではないか。兎角浮世は色と酒、飲んで暮すが人の徳、野暮な囈言きかさうより、それほど端《はた》で口惜しけれあ、誰でもいゝから吉良殿を、討つて見れゝばよいではないか。サア〳〵、ほかから邪魔者

でもはいつて來ては一大事、今宵はいつもより早寢として、しつぽり汝《たう》をいぢめて見れやう。どうぢや、いやか？」

ゴロリと横に膝枕、底の心は知らねども、言はるゝまゝに錦太夫、膝の重さや衣ずれの、いたみも忘れて内藏之助の、額に手を當ていたはりつゝ

「さア浮樣、こゝではお風を召します程に、向ふの部屋に參りませう。」と、そと抱きあげれば内藏之助、ぐんなり太夫の肩に倚り、裾も亂れて千鳥足、太夫の部屋にいざなはれ、先づ醉ひ覺しにとあがり花、宇治は茶所茶は宇治の、高き香りに咽喉《のんど》うるほし、ふくさ捌きもあざやかな、錦太夫の顔をチラリと眺め

「うつ、ぷう。いやこれは有難い。七日も十日もゐつゞけでは、あがり花でもあるまいに、ゲツ、定めしそちはうるさうて、サッサと早う歸ればよいと思ふであらう。さすればこはこれ出花《だしな》にて、人を茶にする下心、ウッ！いや、忝なく頂戴するぞ」

「あれ又あんな厭味ばかり、憎らしい」と、つと寄り添つて、膝を抓れば内藏之助

「アア痛いわ、痛いわ」と、大袈裟に顔をしかめて、太夫の肌柔かき腕をぐつと摑む。

「ゐたいやうなら願うたり叶うたり、たとへ五年は十年でも、成らうことならとも白髮まで、ゐつゞけなされて下されませ。あづさの杖で高砂の、松の根元に睦まじく、浮樣の側にゐられたら、妾しは嬉しう思ひます。」

優しき瞳に情《なさけ》を罩め、しなだれかゝる藤かづら、尾を振る犬の譬へもあれば、大石すつかりうけに入り、己れの胸に抱き締むれば、太夫は衣《ころも》を掻き亂しつゝ、雨を待つかや枯田の稻穗、身を顫はせるこそしほらしけれ。

紅燈ほのかに搖めいて春刻千金、六曲金泥の屏風の陰には、どんすの褥に魂消ゆる艶姿の一幅。緋縮緬の裙褌するりと肌を離れたと見れば、忽然として輝く豐麗純白の四肢眼を奪ふばかり。花の蕾は薄紅ひ、もぐには惜しき眞白き枝。

「さあ、浮樣。浮樣の手強《てごは》い折監なら、錦は喜んで受けませう。」

「うむ、よしよし、妻とも呼ばぬ其方が、勸め氣離れた心の配り、内藏《くら》はいつも嬉しう思ふぞ。」

「浮樣のお口上手、妾しの前では氣やすめの、言葉に妾を泣かせてをいて、また外へ行けば外へ行つたで、きつとお泣かせ遊ばすので御座ゐませう。」

「そちにまでさう浮氣ものに見られゝば、なに樂しみに此里へ、二度と再び脚を入れやう。今宵かぎりに諦める程、心殘りのないやうに、さあどのやうにでもするがいゝわ」

それなら嫌と錦太夫、脚を縮めてクルリと寢返り、聲忍ばせて啜り泣けば、肩撫で下し氣を靜めさせ、當意即妙の技を奮ふ浮大盡。甘へて泣くか磯千鳥、五體に響くいなづまの、光をさへぎる情の雨、狂へる蝶は花に醉ひ、花は招くや蜜蜂の、夢か現《うつゝ》の風情なり。一を知る者十を知る。柔なる者は剛なる者。進むを知りて退くを、知らぬ到匹夫の勇といふ。げに大石は、乙女泣かすにも豪なりけり。

山科の父子

青葉に搖れる日の光り、空晴れ渡りて清けれど、胸に一物ある身には、心の蔭や暗くして、思ひに沈む内藏之助。まだ前髪もとれやらぬ、若き主税のつゝましき、學びの道にいそしむを、見ては不憫のますばかり。

「主税《ちから》、汝のやうに、いつも机にばかりへばり着いてゐたのでは、體のためにもようあるまい。どうぢや。今日は父が一緒に祇園へ連れて行つてやらうか？」

「拙者は、祇園などいふ所へ、少しも參り度いと思ひませぬ。」

「汝や祇園へ行つたことがあるか？」

「お父上の側へ、一度密書を持參致しました。多勢の賤女《はしため》のゐる所で御座りませう」

知らぬが佛の諺の通り、行く春の心も知らぬ主税の淸き胸、父なる人にも亦悲し。

「母の所に歸り度いか」

「會ひ度いやうにも存じますし、會はぬがいゝやうにも思はれます」

「さうか、不愍な奴ぢや。」

燒野のきゞす夜の鶴、手許に寄せて抱きあげて、勞はりやらんと思へども、骨格逞しうして、身は既に立派な一人前の武士なればそれもならず。

「父上、主税は一刻も早く江戸に參り度いと存じますが、父上はいつ迄京にゐられる御所存ですか？」

「父には父の考へがある。能く柔、能く剛なればその國彌よ光り、能く弱、能く强なればその國彌よ彰はる。純柔純弱なればその國必ず削られ、純剛純强なればその國必ず亡ぶ。この道理《ことわり》は一陣の兵、一家の家族にも當嵌まる。主税《ちから》、人間の心は女のためにも弱くなり、金のためにも弱くなる。對手の虚を突くこと、對手の油斷を見極めること、その時期を巧みに捕へて突進むといふことは、弱者が强者に向ふたつた一つの戰法なのだ。わかるか？」

「よくわかるやうな氣がいたします」

「汝《そち》にしろ、唯七にしろ、安兵衛にしろ、いづれも純强純剛の武士《もののふ》なのだ。武士は何よりも暴虎馮河の勇を恥ぢなければならぬ。華々しく散ることは望ましい。一氣に突進んで討たれても、誰もその人を誹謗する者はないが、犬死と生恥は心ある武士の尤も恥づべき行ひと知らねばならぬ。そちの母や弟のこと、そちのこと、五十幾人の浪士のこと、父はどんな場所でどんなことをしてゐる時でも、そのことだけは何時も一度に考へてゐる」

「わかりました」

「わかつたか？わかればいゝ。父の廻りには味方以上の敵がゐる、これを操る藝當だけにも、父には並々ならぬ苦辛があり、苦い酒も呑まねばならぬ。味方の者にさへ、大石は女にうつゝを抜かして、今に骨疼きにでもなつて死ぬだらうと思つてゐる者がある。そこまで苦盃をなめて來た努力を、いまこゝで打ちくだいたのでは、父は死ぬにも死に切れまいぞ。五十幾人みな離れてしまつても、そちと父だけで事を計る決心がある。せいてはいけない、せいてはいけない。」

「父上、よくわかりました」

「よろしい。それなら今日は鮒でも釣つて來い」

時折は、父と子さへ、心にもなき探り合ひすらなせしも、一つ心に動けばこそ。

青樓の娘

京の三條、六角觀世音のこなたへ、人目を忍ぶ旅姿、深編笠に面を包み、折柄の闇に吸ひ込まれしは、後室よりの密書を携へ、祇園の一力に父を訪れんとする主稅良包。この前の使者の折は、賣女あまたに寄り添はれ、いたく閉口せし覺えあれば、今宵は女の衣類を身に纏ひ、白衣を被つて裏木戸より、紛れ込みしぞ不敵なり。

間毎に輝く銀燭に、氣を配りつゝ二階の方、歩み行かんとせし折柄、二階座敷に五人の客、藝妓幇間に取り卷かれ、鷲の羽根かや上見ぬさまのドンチャン騒ぎ、これこそ米澤十五萬石、上杉藩の廻し者。老功千坂が撰りに撰る業に傑れし强者揃ひ、中にも猿橋右門といふは、蟇か鼠か知らねども、忍びの術に名のある武士、主命を帯びて大石を、暗殺なさん企みにて付け狙ひしが、對手もさる者油斷なければ、今宵こそは宵のうちより、酩酊したる裝ひにて、錦太夫の部屋の様子を見極めた上、きつと討たずに置くものかと、ゆきつ戻りつしてありし折、豫て覺えし忍びの術、つみ重ねたる火鉢の影より、忍びこまんとしてありければ、下女とも覺しき一人の女「曲者待て」とコジリを捕へて引き戻す。右門はぎつくり左あらぬ體にて

「拙者は此處の來客なるが、この夜更にそなたこそ奇怪仕極、何者なるぞ名を名乘れ」と、爭ふ聲のかまびすしければ、上を下への混雜となり、青樓の女ども數多いで來りて面を調べしに、ついぞ見た事もなき女なれば、氣の早い若者ども散々打擲の上荒繩にてくゝり

「今夜はかやうに夜も更けてゐますれば、明朝きびしくぎんみ致します程に、みなさま何卒御休みなされて下されませ」と、家の主人の言葉に從ひけるが、憐れや主税良包は、仕損じたりと腕を撫しつゝ、物置小屋にて夜を明かしぬ。

この一力に小花と呼ぶ一人の娘、三五の春や二八の夢、まだいたいけなき未通女なれども、色里に育くまれしことゝて門前の小僧の經讀むに等しく、年に似合はぬ利發者、稚氣ゆたかにして愛嬌深く、容色並びなき佳人なれば、祇園小町か小町の一力と、人の噂のなかなかに高し。

小花はひそかに思ふよう。「今宵の思はぬあの人騒がせ、女にしては大膽すぎる。下郎《しもべ》の人の亂行に、ぢつと耐へたあの賴母しさ、打つ蹴る擲るの折《せつ》かんに、自若と落着く身の構へ、丹川とやらに力を入れしは、餘程の武藝に達せし方。錦太夫のお部屋の前に窺ひしは、きつと浮さまの緣《ゆかり》の方に違ひなし。それとも敵の廻し者が、女の衣裝に紛らせしか、なには兎もあれあの方は、きつと男子《をのこ》に相違はない。仔細をとくと聞いた上、おゝさうぢや、」とて女氣の、人々の寢靜まりしを幸ひに、そつと臥床《ふしど》を拔け出でゝ、拔足差足しのび足、物置小屋にと進み行けり。

手に持つ鍵にてカチリとあけ、遠き薄火のあかりにて、つくづく見ればこはいかに、その美くしさあでやかさは、雪の肌なる若人の、女にしても惚れ惚れしき姿、小花ば思はず走り寄り、いましめ解いて勞はりつゝ、耳に口よせ囁くには

「今宵の計らぬ御災難、さぞや苦しう御座ゐましたらう。ささ、靜かにこちらへお出でなれませ。そなたは堅くお包みあれど、男子《をのこ》でなうてあのやうな、うち敲擲に堪へられませう。御差支へなくばこの妾しに、仔細をお話しさいませ。妾はこの家《や》の娘にて、小花と申す不束もの、きつと悪しうは取計ひせませぬほど」

親は子を知る子は親を、娘色づきや戀を知る。小花の烱眼《けいがん》に早くも已を見破られた主税良包、彼また女の美しさに、つゝフラフラと取り亂し

「御親切なるその御取なし、御恩の程は忘れませぬ。而日次第もなきことながら、まこと拙者は男にて、いつぞや此處へ參りし時、桃世と云へる藝妓を見染め、何の因果か今日この頃、彼女《あのこ》の姿が忘られず、明けては幻寢ては夢、狂へる駒に鞭打つごと、止むに止まれぬ身のつらさ、思案に餘り考へ出せしは、女の姿に見をやつし、せめて一目なりと會ひたい爲道ならぬことゝは知りつゝも、太夫を買はねば登樓出來ず、さりとて空しく歸ることもならず、夜更けの部屋をそちこちと、尋ね廻つてのこの不しだら、何卒一刻も早くこの場から御逃がし下さるやう、曲げてお願ひいたします」

憎くやこの花よその花、口から漏るゝ數々の、惚氣に小花は耳も藉さず

「いえいえ、それは嘘で御座りませう。何か深い仔細のありさうな。でも、强ひて承はらうとは存じませぬから、今宵はゆつくりお休み遊ばし、あすにもなれは桃さんに、きつと會はせて進ぜませう」

魚心ないのに水心、たゞでは逃せぬ目八分鯛、しつかと捕へたその袖を、引いて歸るや已が部屋、主税はニツコリ笑さへ浮べ、渡りに船の心地にて、小花の臥床《ふしど》にまろびしが、床は一つの枕は二つ、寢返るたびの間の悪さ、足はもつれて糸車、解くによしなき縺れ糸、ついした事に手が觸れて、顏に紅葉のベニが散る。眼は口ほどに物を言ひ、主税が握れば小花も亦、手を握り返して答《いら》えの代り、初心《うぶ》なる胸はおど〱と、風にも散らん櫻の花、知るも知らぬも逢坂の、關を越えれば娘の小花、友仙模樣の長袖に、顏をかくして忍び泣き、山と川との合言葉、聲さへなくて千萬無量、ものゝ哀れは吐く息も、陰に開いて陽に散る。譽れは高し祇園の里っ——テナ工合で夜は更けぬ。

明くれば嬉しや空暗く、篠つく雨の軒の音、辰巳の風さへ吹きまくり、殿御の脚を引き止むる、天の惠みのよい知らせ

「まア御覽遊ばせ、ひどい雨では御座りませぬか。この大荒れで我が家の敷居、一歩またげはビショ濡れになりませう。

袖すれ合ふも多少の緣とやら、まして嬉しい……」濁つた語尾が又浮いて「どうぞ、もう四五日御滯留なされて下されませ」と、袖にすがつて離さねば、緣《ゆかり》の味のかんばしさ、主税の心も水となり、溶けて流れた樂しみを、又くり返すうば玉の、無下に斷はるも不愍の至り、それにも一つ父君こ、渡す密書のこともあれば

「ではこの上御迷惑ながら、今日もう一日滯留なし、雨の止むのを待ち申さう。」

雨は降る降る小意氣な部屋に、若い情けの雨が降る。

娘の喜び一方ならず、疾く起き出でゝふた親の、前に手を突きさも殊勝げに

「お父上樣、昨夜皆の衆に打たれし女の方、夜目の遠眼にその時は、それとはちつとも氣がつきませぬでしたが、近くに寄れば何とまア、妾が近衛樣の御屋敷にをりました時分、姉妹のやうにしてゐました力彌さまといふ方で、妾しを訪ねて來られし方、立派な御武家のお娘なれど、都そだちでありませぬ故、うちの樣子の珍らしさに、ついうか〳〵と無調法な眞似、なにがなにやら分らずに、あんな大騷ぎをしたとの事で御座ゐます。決して惡い方ではありませぬ故、もしやと思ひ今朝あけがた、物置小屋を覗いてみて、互ひにビックリしたやうなわけでございましたから、繩目を解いて妾しの部屋へ、お連れ申してをきました。」

「さういふわけであつたのか。それはそれはお氣の毒、氣をつけて廣いお部屋へでもお移しして上げるがよいわい」

親の馬鹿さは底無沼、雲霧飛散の契りも知らず、女裝の主税にだまされて、親しき友とのみ信じたり。人目の關も遠ざけて、今日は浮世を離れ家に、食事は無論酒さへ運ぶ、小花は主税にしがみつき

「こゝは離れで來る人もなし、見る人さへもありませぬ。殿はいづくの誰樣か、お名前なりと御明しなれて下さりませ」

「いや、これはこれは申しをくれた。一夜の宿、一儀のゆかり、何をかくさう拙者こそは、嵯峨のほとりに住む柏木頼母と申す者、行末ながく御見捨てなく、御懇意の程お願ひ申す。」

「御見捨てなくは妾こそ、願はにやならぬその御言葉、所も知らぬ名も知らぬ、殿御に肌を許したとて、どうぞ御蔑み下さいますな。入り來る客は幾千と、數ふに由なきさまなれども、妾しがほんに御慕ひ申す、殿御はこの世に只一人、あなたを除いてありませぬ。不束なれども出來ます限り、命にかへてもいとひませぬ故、どうぞ愛して下さいませ。」

心とけ合ひ睦み合ひ、水の出花の若い胸、互ひに酒も口うつし、主税は乙女を引寄せて、探るは床しきえにしの糸、心の響き傳はりて、亂れがちなるたをやめの、眉根を寄せて浮ぶ皺、熱き情の玉水に、心もそゞろ身もそゞろ、アレと答へてォウと呼ぶ、波間に救ひを求むるは、哀れ悲しき鴛鴦の、つがひの結ぶ夢に似て、幻《うつゝ》の世界を彷徨《さまよひ》けり、夢なら醒めな事實《まこと》なら、このまゝ續け永久《とこしへ》に、死ぬも生きるももろ共に、二人の體は神佛《かみほとけ》、不思議な偉力で一つとなり、沖の石かや遠寺の鐘、寄せては返し絶えては聽ゆ、餘韻の糸の末永く、離れがたなきその心。折も折とて憎らしや、黒い雲間に青い空妬みに胸を焦がすやう、光りを窓に投げつけて、主税の心をせき立てれば、主税は名殘り惜しさうに、腕を伸ばして起ち上りぬ。

「まだいゝではありませぬか。またの日會へるはいつぢややら、それをおきかせ下されませ。」

知らざるうちが花といふ。知れば思ひのいやまして、乙女心の一筋に、空しき閨《ねや》の味氣なさ、袖を捕へて小花が問へば

「小花どの、拙者とても木石ならぬ身、そなたの情けは身に沁みて嬉しう御座れば、十日二十日とは待たせはせまい。さア、いつ來るか、そなたの肌《はだへ》が戀うなれば、移心傳心で拙者にも分らう筈、その時こそはいつでも參る程に、體を清めて待つてゐて下され。」

時刻は既に七ツ下り、雨雲切れて日も麗かに、洗ひし如き庭の面、內藏之助は朝な夕なの酒にも飽き、庭下駄はいてそゞろ歩き、菖蒲杜若《かきつばた》の咲き亂れる中を、離れ家の方に進み行けば、卯の花繁き垣根の彼方、障子越しに仄見えるは、姿形こそ異なれども、まがふ方なき主税良包。大石かるく頷いて、後先見廻し內らに入れば、幸ひ小花は厠にでも行きしか、

そこには伜の主税が只一人。主税は素早く懐中より、密書を渡して何喰はぬ顔」折柄廊下にバタ〳〵と聞ゆる足音、大石親子はサッと離れて右左。いそいそ來る娘の小花に、女裝の主税はいと慇懃に

「不慮の難事で飛んだ御厄介、そなたのお蔭で恙がもなく、御恩は海山替へがたし、何れ御禮は出直して、とくとお返し仕るで御座らう。雨の止みしを幸ひに、然らばこれにて御暇仕つる。」

丸い思ひを四角な言葉、小花はいとも打ちしほれ、力彌と呼びて又顔あげ、心なき雨にくらしや、甲斐なき恨みも口のうち、必ずともに御忘れなく、御用の有無は兎も角も、お近いうちにお出ましを――と、涙に沈むしほらしさ、可愛い奴よとまた引き寄せ、抱《いだ》きしめつゝ口と口、身うちの熱《ほて》り抑へつゝ、亂れ心の折柄に、空に初音のほとゝぎす、鳴かぬ螢は只しよんぼりと、氣も落着かずせはしげに「力彌さま」よと繰返し、空は晴れても心のくもり、振り切る袂に涙の雨、戀は苦しきものぞかし。

間　諜　藝　妓

壁に耳あり障子に眼あり、大石の眞心たしかめんとする者數知れぬなかに、かねがね大石が臭いと睨んだ一人の妓、名を桃世と呼べる絶世の佳人、朝な夕なに內藏之助の身邊にはべるを、大石心のうちに思ひけるは「こやつを一つ射落し呉れむ」

いづくの里にて覺えしか、大石の口說の巧みさは、二八の乙女をホロリとさせ、瞬く間にコロリコロリと掌中の玉となすは、蓋しなかなかに侮り難き手なみとこそ見えける。いかに金がものいふ里なればとて、粋と不粋とでは雲泥の相違、色なきが如く見せて、色一たび現はるれば一騎當千、かの大石の慈父の如き優しき姿こそ、廓雀の御の的。桃世もいつしか戀知る身となり、玲瓏として曇りなき、大石の鮮やかな遊び振りに又しては心惹かれ、況してや錦太夫との打寬ぎたる

睦まじき樣を見せつけられては、情火ほのぼのと胸に燃え立つを如何ともし難し。親と子ほどの隔たりはあれど、戀する心は又別とやら、いつしか己の重責も忘れ、はかなき想ひに胸焦がすさまぞいぢらしけれ。

今日は錦太夫さるやんごとなき方のもとにはべりければ、內藏之助はつれづれなるまゝ桃世を對手の差向ひ。

「これ桃世、げに名はその人の體を現すとかや、綺麗な人を桃から出たやうだといふが、まことに汝やいつ見ても美くしいのう。年は幾つぢや」

「十九歳で御座ゐます」

「ほほう、十九か？鬼も十八番茶も出花、十八九の女と云へば、戀に憂身をやつす頃、そちもだいぶん變れてゐるぞ。どうぢや、わしに汝《そち》の美しい戀物語りでも聽かせては呉れぬか。大石もせめてもう十年若ければ、そなたのやうな優しい女と、身が痩せるやうな戀でもしたい。ウワハハハ……年寄の冷水、もう若い女などは對手にもして呉れぬわい。」

「まあ、浮樣としたことが、あんな御冗談ばかり仰言つて――妾し何もかもよう存じて居りまする」

「なに冗談ぢや、ではその方、この大石が正眞正銘の戀をしたなら何とする。桃世の腿の味はひを、見せろと云へば汝やきつと、いやで御座んすと突放ねるであらう。若い者なら一度や二度、突放ねられたとて悋み《ひね》もすまいが、大石程の年齢《とし》にもなれば、肘鐵砲も身にこたへる。」

諧謔まじりの口說のよさ、桃世は家業に似もやらず、差俯向いて袖を口、疊にのの字を書きならべ、滴《しつく》を含むバラの花朝日に傾むくさまなりし。稍々あつて面をあげた桃世

「まア、浮樣はお人が惡い、卑しい家業の妾しなど、どうせ叶はぬ片思ひ、想ふて見ても詮ないこと、われとわが身を恨みつゝ、ぢつと抑へて來ましたもの。男嫌ひと云はれし身が、どうした心の狂ひやら、浮さまの側にゐるともう……」と後はつゞかず又のの字。

「あゝこれこれ、その樣な思はせぶりを言ふではない。嘘はまことの道しるべとやら、大石のやうな正直者は、ついうか〳〵と口車、乘つて曳かれて坂道で、どんでんごろりとやられたのでは、世間に對して恥かしい。花の盛りの稚兒櫻が、秋の野山の枯れ古木と、戀してみてもよしないこと、その樣な商賣上手は拔きにして、せめて酒でも飮むがよい。ささ、酒の酌ぐらゐなら當らず障らず、拙者がなみなみついで呉れやう」

　堰かれて尚もいやまさる、戀の水嵩《みかさ》はますばかり

　　泣いてだましてきゝめがなけりや　死ぬる身ぶりが虎の卷

戀の科《しぐさ》も知らぬ身は、たゞ打ち伏してさめざめと、泣けば流石の大石も、してやつたりは心のうち、鴨の清水で晒したる、乙女を膝に抱きあげて、撫でゝさすつて勞はれば、臙脂の帶もダラリと解け、一つ布團や對枕、手足にからむ忠勇義烈、味方を叱るも忠なれば、敵を愛すも義のためと、紫龍の天に昇るごと、雲は嵐を嵐は雨を、互ひに描く巴の紋。

色に招いて内藏之助を、只一刺しにと企みし桃丗の望みは、あはれはかなき泡沫の露と消えぬ。身は上杉家の武士の娘幼少より三味よ踊と習ひしこと、却つて今は身の破滅。なに大石如きの一人や二人と、安請合の左褄、とつては見たれど内藏之助に、卯の毛ほどの隙さへなく、詮方つきて色仕掛、せめて舌でも嚙み切るか、男子の急所握りつぶし、女ながらも賴まれた、一念凝つて鐵壁も、破らで置くかと思ひし故、心にもなき不義いたづら、許婚の武士さへ知らぬ肌、許して捧げし大望に、卍《まんじ》の型や巴型、思ふがまゝに弄《もてあそ》ばされ、恨みどころかその情《なさけ》、わりなき仲の身に泌みて、逢へば嬉しく懷しく、殊にゆかしき大石の、百戰練磨のその秘術、身は粉々に散る思ひ、優しきばかりかその雅〓、向ふ刄や劍《やいば》さへ、ホロリと落ちて枕邊に、眠覺ます僞の道具となり、やがて枕を共になし、彼の情にほだされゝば、殺すどころか反對《あべこべ》に、已れが却つて死ぬ心地、たとへ殿樣重役方の、賴みといへどこればかりは、如何に思案を廻らせばとても、いとほしい床しいあの浮さまに、下す刄がどこにあらう。あゝ、あやまてり、あやまてり。わらはも武士の娘なり、情義のために君命を、反

古にしたでは相濟まぬ、悲しいけれど浮さまを、いつかの折には只一突、思ひを千々に碎きつゝ、ゐるとは知らぬ內藏之助、廊下傳ひに千鳥足、一步は高く一步は底く、漂々踉々として桃世の居間、襖の外から內部《うちら》の樣子、覗いてみれば思案の體。

「ぷうーッ。あゝいゝ氣持だ。酒は百藥の長、不老の基、酒なくて何の已れが櫻かな——とな。ふーむ、あゝこりや桃世なにをぼんやり考へてゐる。戀は思案の外とやら、惚れた男に肱でも喰はされ、それでかやうに鬱いでゐるのか。せいては事を仕損じる。思ふにまかせぬのが世の掟、急がば廻はれの諺もあるから、氣を大きく持つて落着け落着け、つまらぬことにクョ〳〵するな。すべて浮世はなり行次第、善いも惡いも人の運、そちにそれ程の心配があれば、內藏も半分貰はふ程に、果報は共に寢て待たう」と、優しさこめての氣慰め、酢いも辛いもかみわけた、そのいつくしみや愛嬌ぶり、餘念もなげに手を取りて、ゴロリと橫に肱高枕、桃世は早くも氣を挫かれ、夜叉の心もどこへやら、思はず知らず膝のべて肱の代りに膝枕、胸高鳴りて大石の、顏に手をあて淚聲

「もつたいなう御座ゐます。浮樣の廣い御心を、情の海の棲家として、ゐれば妾しは幸せ者、どうしてどうして、浮いた苦勞などに憂身をやつしませう。心にかゝる一つのことは、浮樣みたいないとしい人と、いつまで斯うしてゐられるやらどうせ末には西東、別れて悲しい盲目鳥《めしい》、なにを目あてに探すやら、それゆえ泣いて居りました。」

青竹からむ蔦葛、垣根にまとふ朝顏の、蔓にもましてしほらしき、乙女心を內藏之助、油斷はならじと氣を配り、一夜の契りはあるとても、笑顏の中に劍《つるぎ》あり、こりやかうしてはゐられぬと、何喰はぬ氣に立ち去れり。

巫山の夢

一力の娘小花の兄、名を鵬太郎と呼びて年は二十三歲、眉目秀麗の好男子なりけるが、生れついての柔弱者、母親の里

かなる浪花の土地よりお雪といへる當年とつて十八歳、谷間の百合か、室咲きの梅か、いとしとやかなる花嫁を迎へしに出雲の神の戯れにや、この鵤太郎お雪を嫌ひて輿入すら拒みけるも、昔堅氣の親達なれば一向に應ずる氣もなく、一旦約せし事柄なれば、今更變更なり難しとて、形の如くに三々九度、親の威光で無理抑附せしかば、夫婦といふは名のみにて偕老同穴の契りは愚か、一つ部屋に臥すさへ嫌ふ程の仲にてありし。

元來、この鵤太郎は幼時より學問を好み、孔孟の道にいそしむところ深ければ、兎角、漢學者流の性癖に陥入り、男女七歳にして席を同じうせずとか、女子と小人は養ひがたしなど、、四角張つたる理窟のみ言ひ暮しけるに、如何なる天魔の所業にや、近頃小花の許に出入する力彌を見染め、その優しき艶姿《あですがた》に恍惚とし、心こゝになき者の如く快々として樂しまず、人目の恥さへいつしかに忘れ果てゝ、三度の食事さへすゝまぬ程になりければ、夜ひるの分ちなく床につきて、たゞうつらうつらと日を送りけり。兩親始め家族の者、得體の知れぬ病とて、氣を揉むこと一方ならず、醫者よ藥と心を盡せと、更にその甲斐なかりけるぞおかしけれ。

或時鵤太郎を育てし乳母と、小花二人とが看護をなし、四方山の話に耽りてありしが、鵤太郎は何思ひけん小花に向ひ「お前の所に時々御出でになるあの力彌さまとやらいふ御仁、あれは何れのお娘なるや、そして、未だ獨身者なるか、それとも亦、親の後目を相續する身にや」と、怪しき問ひに、ハッと驚いたは娘の小花、素ハこそ大事出來、こと愈々露見に及ぶ日の到來せるかと、いたく當惑せしが、こゝで覺られては面倒とや思ひけん、何か思案に耽りゐたるを、乳母はその話し横合よりもぎ取るがごとく

「あゝ、あの力彌さま、まァ左様で御座ゐましたか。それならさうと早く仰言れば、かやうな苦勞は致しませぬものを、戀は四百四病の桁外れとやら申して、有馬の湯でも草津の湯でも、唐天じくの名藥でも、とんと効目はないとのこと。力彌さまなら山科あたりにお住ゐにて、お孃さまとはお屋敷友だち、人品骨柄いやしからざるは、身分の高い家にお生れ遊

ばしたからで御座ゐます。」
　言はれて初心な鵙太郎、たちまち頭をつと擡げ、顔赭らめて云ひけるは
「實は、あの力彌さまといふ方に……」と、あとは綴かず口籠り、乳母はさこそと氣轉を利かし
「あら若旦那さま、力彌さまが御氣に召したと仰言るのでせう。もしも左様のことならば、それこそお安い御用、どうぞこの乳母に仰せつけ下されませ、きつと貴方の看護は力彌さまにさせませう」
　一時逃れのつもりでか、それとも企らみありけるにや、ツイ何氣なく口走れば、重病の鵙太郎ムツクリ床を起き上り、キリキリシヤンの身の構へ
「うむ、それあほんとうか、さうして呉れると有難い。面目次第もないけれど、何をかくさう鵙太郎は、いつぞやあのお娘子を小花の部屋で覗いて見て、戀こがれて鳴く千鳥、我も男と生れしからは、あゝした女と夫婦となり、一生暮すが贅澤なら、三日は愚か一夜でも、一緒に寢たいと思うたのぢや。その一念が積り積つて、見る影もないこの病ひ、さうと話しが定まつた上は、早ふお雪を浪花へ歸し、力彌さまを呼んで呉りやれ」
　意外の言葉に妹の小花、なんと返事にさし詰り、目をパチクリとさせるが、鵙太郎はそれとも知らず
「お前も仲のよい友だち、どうか早く頼んでおくれ。その上姉妹となるならば、さぞやそちも嬉しからう！」
　一旦引受て了つたからには、最早のつぴきならね破目となり、小花と乳母は別の部屋、何かひそびそ語らひてありしが
「あらまあ、お孃さまは油斷もすきもなりませぬ。さうと打明けて下さいましたからには、乳母がきつと解決しますほどに、萬事おまかせなされませ」と、乳母の頓狂な聲きこえけるが、さて、如何なる事件を企みしにや。
　その夜力彌が訪ひ來れば、一力の人々寄つて集《たか》つて叮嚀なるもてなしぶり、力彌は更に合點が行かず、仔細を小花に訊

ねむものと、彼女の居間に行き見れば、いかなる悩みに悶えてか、打ち萎れたるその姿、主税に委細の物語りをきゝ、ニツコリ笑つて小花に向ひ

「うむ、よしよし、そんなことなら雑作のないこと、兄者人をこゝに呼んで、拙者がうまく話をつけやう」

　聽てのことに、病みさらばひし鵰太郎、いと恥かしさうに小花の部屋。女装の主税は愛想よく、彼を迎へて語らひけるは、

「委細は只今承はりました。不束者のこの妾しに、左ほどまでの御執心とは、冥利につきる身の幸せ、何と御禮を申していゝやら、返す言葉とて御座りませぬ。只困つたことには、妾には幼少よりの許婚者があり、近々のうちに結納取交しの日どりまで定まつてゐますことゆゑ、今宵だけなら兎も角も、永い御厄介にはなられませぬ。それで今宵の夜更けを待ちこれなる部屋にお忍び下されませ、それから先のことなどは、なにとぞ御推諒願ひます」と、花も恥らう風情にて、うまくその旨云ひ含めければ、鵰太郎もいそいそと喜び勇みて立ち去りける。

　次第に更け行く夜の閨《ねや》、娘小花の居間さして、忍び足にて近寄るは、總領息子の鵰太郎、いざなふ役目は乳母のおふさ

「もし若旦那さま、あの力彌さまは今年十八になつたばかり、堅氣の家にお育ちになつて、なんにも知らぬお方ゆゑ、手荒な眞似や口さがなき、口説はきつとお止し遊ばせ。灯火などさへいとふ身が、あれやこれやと聽かされたら、きつと逃げ出すやも分りませぬ」

　言はずもがなと鵰太郎、闇を幸ひ手探りにて、力彌の臥床に忍びより、心も輕く身も輕く、喜悦の色を押隱し、許し給へよ觀音菩薩、口には言はねど心のうち、大願成就の曉には、金の燈籠や花籠や、お宮参りも二人連、わななく腕を差し伸べて、夢路の海に漕ぎ出せば、死海の波も穏やかに、船は帆まかせ帆は風まかせ、風は追風後ろ波、波はさゞ波船ばた叩き、梶の取りやうも鮮やかに、眞一文字に進み行く、情の島や縁《えに》の岬、流れの早き黒潮の、瀬戸はおも梶開いてよけて

沖の鷗や濱千鳥、泣くやその聲うるはしく、樂しき港につきにけり。

夜も白々と明け渡り、長の旅路に疲れはて、眠をば醒せばこはいかに、新造の船の力彌丸、いつの間に變りしか、力彌にあらで昨日まで、嫌《いご》ひに嫌ひし女房のお雪、サテは小花と乳母の奴、まんまと一杯喰はせしか、理不盡なりと一應は、怒つて見しがいや左に非ず、思ひ返せばお雪も不愍、なにかにつけて氣をくばり、夫大事と勤めしを、顧みざりし身の不覺、わけて昨夜の夢の海、寶の船の乘心地、巫山の雲や峯の雨、今日が今日迄うとんぜし、身の愚かさを顧みて、妻よ叱るな泣くなよ妻と、それより後は睦み言、朝な夕なに絶えずして、いづくに行くも二人づれ、端の羨む仲となり、目出度きことにこそありけれ。

散る花

上杉家の間牒猿橋右門は、過ぎにし夜一力へ登樓なして、内藏之助を亡き者にせむと付け狙へども、怪しき女に遮ぎられて事を果さず、寶の山に入り乍ら、遂に手を空しくして歸りけるが、今宵は如何なる邪魔あるとも、身命賭して大石を取つて抑へて殺害し呉れむと、堅く心に誓ひて藝妓桃世を招き、酩酊に事よせて人々を遠ざけ

「今更云ふも異なことながら、御身と拙者は幼き折より、親と親とが許せし仲、今日迄も幾度となく、婚儀を申しても受け容られず、何のかのとの口實にて、今日が日迄も引伸せしが、愈々この度大石を刺客の役目、首尾よく勤めしその上は改めて盃せんと御身の父も仰せあり、且つは君命もだし難く、尚ほ又、承はる所に依れば、近々夜討の準備をなすとのこと、生かして置てはならぬ奴、今宵こそはどうあつても、取つて抑へて叩き斬らねば、此の猿橋の武士道が立ゝぬ。そなたも同じ役目柄、酒をすゝめてグデングデンに醉拂はし、折を見はからつて只一刀の下に、バサリとやり度い拙者の所存どうせ夫婦は一身同體、こゝの道理をきゝわけて、いゝしほ時に案内しや、お分り申したか？」

云はれて驚く桃世の胸、今迄とても折を見て、殺す覺悟であり乍ら、愈々今宵ときまりては、氣後れせしか思案の體、心のうちに思ふには、

「たとへ親と親との許婚《いひなづけ》、夫婦の約束あるとても、右門如き悪黨には、妾の肌身は許されない。一身同體などゝは以ての外、片時側にゐてさへ虫づが走るあの男。それに比べてあの浮様、何とまア男らしい。初めのうちは近寄りて、只一刺しと思つたものゝ、醉つた寢顏の邪氣のなさ、優しい心によい度胸、それに、あのう……あのう……女をとりなすあの手並、思ふにつけても身が顫へる。妾しも女と生れたからは、ほかの殿御はいざ知らず、浮様みたいな達者な方の、御側で終生苦樂がしたい。あゝ如何したならよいであらう。いとしい思ひの度重なりて、今更敵呼はりなど如何して出來やう。さりとて、夫婦になれる望みはなし、心は二つ身は一つ、どちらにしたならよいであらう。」

思案に暮れて藝妓の桃世、戀と人情のしがらみに、責め立てられて心も狂ひ、泣いて血をはくほとゝぎす。

「さあ、いかゞで御座る、しかと御返答承はり度い」

この時桃世はハツと我に歸り

「委細承知いたしました。今宵は錦太夫さんは、さるお馴染の殿様が御出でになり、それを內藏さんも御承知で其方へ行きなされたから、お部屋でなく奥二階、今頃は定めし御酒宴の眞最中、妾も行かねばなりませぬ體、何でも酒で盛りつぶし、一人でその部屋に寢かせ置くやう、きつと御取計ひいたします程に、夜更になつて忍び入り、今度の御役目お果しなされませ」と、右門の耳に口寄せて、しかじか斯くと知らせれば、右門は喜びスックと立ち、忝けないぞと去り行きしが後に殘つて只一人、桃世はワッと泣き伏して、暫しはむせびつゞけたり。やゝあつて顏をあげ、氣後れしては一大事、これこん生の暇乞ひと、ひそかに大石の寢所に行き、よそ目ながらの別れを告げ、嗚咽をせきにまぎらはす、心のうちぞ哀れなり。

時刻はよしと猿橋が、兼て示しある奥二階、ソッと戸を開け窺へば、大石ぐつたり酔ひつぶれ、前後不覚の寝入花、どんすの夜具に高いびき、行燈の火さへ哀れげに、あるかなきかの薄あかり、近寄る足音気附きしや、寝返る様子に猿橋右門、仕損じては一大事と、隠しもつたる一刀にて、サツと下りたる氷の刃、キヤツと一聲玉ぎる音、この物音にそちこちの、人々ビツクリ仰天なし、拍子木鳴らして立ち騒げば、右門は首を掻き切つて、飛鳥の如くに椽側に出で、エイツと一聲身を躍らせ、韋駄天走りに逃げのびて、五條の橋のたもと迄來りぬ。

折柄晴るゝ月の雲、鑑の如くに輝けば、抱へ來りし大石の、首級とり出し月明りに、晒してつくづく眺むれば、こはそも如何にこは如何に、是はたしかに桃世の首、髪は踊の男のかつら、ハツト驚き腰くだけ、思案の折に捕手の面々、橋の前後を取かこみ、猛り狂へる猿橋を、やがて召取り引立てたり。

こなたは祇園一力では、上を下への大騒ぎ、鮮血みだれて潮の如く、首なき死體のかたはらに、大石宛の書置一通、大石これを取りあげて、開いて見れば、

いとしき浮様

妾は上杉家の臣脇坂甚内の娘綾衣と申す者にて候、貴方を刺せよと内命を受け、はるばる當地に來りし者、然るに過つる頃フトしたことより浮様の御情を受け、如何に君命親命とて、情けに向ける刃なく、恩愛のくさり斷ち切れず悩み居り候ところ、計らずも今宵同滞中の猿橋右門と云へる妾の許婚の武士來りて、是非々々浮様の御寝所に案内せよとの強《きつ》い詰問、是非なく彼を偽りてこの所に、浮様になり代つて相果て申候ほどに、不束な妾の心

を何卒憐れ不愍と思召さば、一枝の枯花、一本の線香、何卒浮様の手から御會否下さいますやう、それのみ御願ひ申上候

綾衣より

大石様

讀み終つて大石、只呆然と彳ずんだまゝ、聲もなく、大粒の涙をホロ〳〵と頬に傳へ、

「桃世、だまつて行け、そちの葬儀萬端だけは、そちの父母や猿橋に代つて、この大石がねんごろにとむらうて遣はす。それが汝のなによりの幸せであらう。」

狂へる蝶のはかなき戀、憐れにも亦いぢらし。

（終）

編輯室から

創刊號を出して見ても、別に開き直つて御挨拶申上る必要もないと思ひます。內容は一つ二つ堅苦しいものも入れました。柔かいものばかりでは、恰かも同性愛みたやうな感じになつて了ふので、たまに堅い記事があると山もあり溪もあると云つた感じが出ると思ひます。

勸止點淫戲說はこの種の文獻としては、實に最高峰を示すもので、到底他の一流大雜誌？などでは見ることの出來ない珍文だと信じてゐます。

それに、もう一つ支那情歌集が加はり、印度、支那、日本ものと並べて、まるで東洋風俗研究雜誌の感がありもすが、次號では飜譯ものを充分加へるつもりでゐます。

ナンセンスでは「はつもの漫談」「地獄極樂通信」など、一風變つてゐると思ひます。「外道曼華」「倒澆蠟燭」など、いづれも粒の揃つたもの。

出版講座は是非熟讀を賜はり度いと存じます。參考資料としては可なり諸賢を益するものがあらうと信じます。

讀物は二つ。一つはエロ・グロに犯罪的興味を加へた「烙印」一つは古典的な匂ひの高いもの。たまには斯うした高踏的な好色作品に接した方が味はひがあるし、巧みなカモフラージュは却つて氣分を一新するものがあるでせう。

讀者諸賢の御投稿及びその他の御援助、いつもながら感謝します。御札守だとか、寫眞だとか種々送つて頂きますが、無名御寄贈の方が多いので、此の欄をかりて厚く御禮申上ます。

【獵奇資料奧附】

昭和七年十月二十二日印刷
昭和七年十月二十五日發行

發行編輯兼印刷人　志茂村進
東京市神田區表猿樂町二番地
印刷所　三新舍印刷所

東京市淀橋區角筈町七二五
發行所　洛成館

『談奇党』『猟奇資料』解説

島村　輝

Ⅰ

『叢書エログロナンセンス』シリーズは、戦前ジャーナリズム界の異才・梅原北明を中心とした「珍書・奇書」類のうち、発刊当時の事情やその後の年月の経過によって閲覧・入手の困難となった書物、とりわけ多く「発売禁止」等の措置を受けた雑誌類を中心にして、復刻刊行しようとするものである。これまでに第Ⅰ期として梅原北明の関与した代表的雑誌『グロテスク』（一九二八〈昭和三〉年一一月～一九三一〈昭和六〉年八月）を復刻刊行した。ここでは永く幻と謳われ、僅かに城市郎の発禁本コレクションに、その書影を確認するに留まっていた第二巻第六号（一九二九〈昭和四〉年六月）を発見し収録することができた。第Ⅱ期としては、北明個人の編集となってからの『文藝市場』（一九二七〈昭和二〉年六月～一〇月）、その後継誌として上海にて出版されたとされる『カーマシヤストラ』（一九二七年一〇月～一九二八年四月）の復刻を行なった。

これまでの復刻により、『変態・資料』『文藝市場』『カーマシヤストラ』『グロテスク』という、梅原が編集に携わった雑誌が揃ったことになる。今回その第Ⅲ期として復刻刊行するのは、『グロテスク』の後継誌とされる『談奇党』（一九三一年九月〜一九三二年六月）全八冊と別刷小冊子『談奇党員心得書』、および『談奇党』の後継誌として発刊されたものの、創刊号（第一輯）のみの刊行にとどまった『猟奇資料』全一冊の全てである。北明は『グロテスク』の後期には「珍書・奇書」出版への情熱を喪い、その分野から離れた立場にいたとされ、その実質上の後継誌である『談奇党』『猟奇資料』の編集等に、直接携わっていなかったことは確実であろう。しかしこの雑誌の創刊と継続的刊行に当って、北明の強い影響を受けた人物が、執筆にも刊行にも、大きな役割を果たしたことが、その内容を精査するにつれて次第に明らかになってきた。

本解説では、『グロテスク』から『談奇党』『猟奇資料』へと引き継がれた底流に、どのような人脈が存在していたのかについて、新たな角度から光を当ててみたいと考える。その作業を通じて、当時のアウトサイダー的な出版人・知識層が目論んだ、このようなサブカルチャー領域からの権力批判、文明批評の可能性と限界についても、考察を及ぼしてみたい。

Ⅱ

『談奇党』の名が、『グロテスク』誌上に初めて登場するのは、一九三一年七月刊行の第四巻第四号に挿入された、挟み込みの予告広告[1]においてである。ただしここでの誌名は『談奇党クラブ』とされている。「東京神田小川町一グロテスク社内」を連絡先とする「談奇党クラブ編輯部」名によるこの「声明書」では、現在一千近くの猟奇・談奇雑誌がありながら、往年の『変態資料』『稀漁』『変態黄表紙』のような優れたものは全くないため、「グロ文筆家数氏」

が『談奇党クラブ』という新雑誌の発行を計画したこと、研究的・学問的雑誌とすることとし、「中途半ぱなグロものや、糞面白くもないナンセンスものなど極力避ける」「現在世間でもてはやされてゐるものなどから遠ざかつて、もつと真剣な、もつと深刻な、もつと物凄い、と同時にもつと力の入つた研究ものを発表する」という「標語（モットー）」を掲げている。また末尾の箇条書きの部分には、

当分の間の仮事務所として通信はグロテスク社内宛に送つて頂きますが、経営、編輯とも一切グロテスクとは関係ありません。従つて現在のグロテスクが梅原北明氏と一切関係がないが如く、談奇党クラブも全然関係がありません。

と、念の入った断り書きがある。

実際北明は復刊後の『グロテスク』第四巻第一号の座談会「近世現代　全国獄内留置場体験座談会」[2]の席で、

僕が要するに以前の雑誌グロテスクによつてグロテスクとかエロチックとか云ふ様なことをまるで流行させせたかの如くに思はれるのでありますけれども、（略）初めから流行をさせやうとかしないとか云ふ様な意味でなくして、僕としては何でも構はぬから行つてやらうと云ふ単純な気持でやつたわけです。處が僕が止めた時分に世の中が案外さう云ふ様な時期になつて実は僕としてはもう今日になつてはエロだとかグロだとかの時代ではないと思ふのであります。そこで僕の方ぢや好い加減鼻について居るのです。

などと述べていて、次号に掲載されたこの座談会の続き以降、誌面に登場の機会はなかった。[3]

この「声明書」の内容をダイジェストした宣伝広告は、『グロテスク』終刊となる第四巻第五号（一九三一年八月）[4]の裏表紙にも掲載されている。同号の「編輯後記」にも「近く発刊されるという新雑誌談奇党クラブは、これはまた表紙なんか、素晴らしく上品なものにするそうですが、（略）」という言及があり、この時点での新雑誌名は『談奇党クラブ』であったことが判る。実際に新雑誌が創刊されるのは一九三一年九月となるが、それまでに『談奇党クラブ』から『談奇党』へと、誌名が変更された。その消息は「談奇党創刊に就て再び声明[5]」と題する資料に記されている。それによれば「談奇党クラブではその響きが如何にも娯楽雑誌めいた感じがするので、只単に談奇党と改題し、事務所も漸く決定したので全精力を傾けて日本一の談奇雑誌にすることゝなりました」となっている。資料掲載サイトでは、この資料の発行年月日を特定していないが、一九三一年七月〜八月にかけて、関係者たちの手許に届けられたことは間違いないと思われる。

『談奇党』『談奇党クラブ』いずれにしても、そこに「談奇」がキーワードとして含まれている。一般的な辞書には載っていないこの言葉は、この「珍書・奇書」出版の文脈において、何時から、誰によって、どのように使われ始めたのだろうか。

現在流布している梅原北明の年譜には、一九二八（昭和三）年の項目に「『談奇館書局』『史学館書局』を創設し、文芸市場社とともに出版活動を開始」「上海より帰国後、出版法違反で市ヶ谷刑務所に長期拘留される。釈放後、『グロテスク』誌を創刊[6]」と記してある。斉藤夜居はさらに詳しく「梅原北明は昭和三年九月から「文芸市場社」のほか「談奇館書局」および「史学館書局」を経営している[7]」としている。『グロテスク』創刊号の発行年月日は一九二八年一〇月一五日となっているので、「談奇」という語は、『グロテスク』発刊と同時期に、梅原北明の発想によって使われるようになったものと考えることができるだろう。そしてその後一時期、おそらくは北明の主導によって「談奇」はしばしば使われる用語となっていく。

一九二九年三月には「談奇館随筆　第一編」として、酒井潔・著『らぶ・ひるたァ』が文藝市場社を発行所として刊行され、以後「談奇館随筆」は第五編までシリーズ化されていく。[8]『グロテスク』一九二九年七月号（第二巻第七号）には「七月談奇文献特輯号」のタイトルが見られる。また談奇館書局としては『世界好色百科辞典』[9]の試みがあり、『グロテスク』誌も一九二九年一一月号（第二巻第一一号）から一九三〇年一月号（第三巻第一号）まで、および三〇年一月刊行の臨時増刊号において、発行所名として談奇館書局が使われている。このように特に一九二九年は北明主導による「談奇」の用語が、かなり流布していたのである。

ところが、『談奇』と題する別の雑誌が、ほぼ同時期に刊行されているのが、紛らわしくもあり、興味深くもある。それは一九三〇年五月から同年一二月まで全七冊が刊行された、酒井潔の個人雑誌である。一時期、梅原北明と盟友関係にあった酒井潔については、これまでも『叢書エログロナンセンス』の解説中に何度か記しているので、ここではその経歴には詳しく触れないが、酒井が、北明と袂を分かつのはまさにこの一九二九年の四月のことだった。「私が「文藝市場」と絶縁したのは、去年の四月だから、今月で丁度満一ヶ年になる」[10]。結婚のため、郷里の名古屋に戻るというのが一方の理由であったが、その実は北明との意見の違いによる決裂ということであった。酒井自身の言葉によれば、

梅原と云ふ人は、いゝ意味でも悪い意味でも骨の髄までジヤーナリズムで一杯になつて居る男である。それあるために彼は今日の名前を勝ち得たのである。其處へ行くと私は全然其の反対な性質を持つて居る。従つていつ

かは思想の上に於いて衝突を来たす事は分り切つた話であつた。
かうした性格上の相違が、行く所まで行つて、結局破裂したものと云ふことが出来よう。私は「好色文学史」第二巻を期として、その後の出版には全然関係しなかつた。私は旅行して仕舞つたので、去年の四月以後「文市」からどんな本が出たかと云ふ事も、さつぱり知らない。[11]

ということになる。それから一年を経ての『談奇』発刊に当って、酒井はその巻末に「あまりにエロの為のエロには、もう吾々は背中を向けやう。談奇の世界は、そんなに狭いものではないのだから」と記している。北明が「談奇」という語を使い始めたころ、酒井は彼との盟友関係にあり、『世界好色文学史』の共編者となるほどの仲であった。[12]『らぶ・ひるたァ』も、先述のように「談奇館随筆　第一編」として出版されたものである。そうであるならば、「談奇」の語の導入に当たる文脈を、酒井も北明と共有していたとみてよかろうと思われる。その後北明によって「談奇」の語が「エロの為のエロ」の象徴のように使われていくのを横目に見ていた酒井が、新たに個人誌を創刊するに当って、その記憶を強く意識し、それまでのこの語の使い方に異議を申し立てるようにして『談奇』を誌名としたと考えられるのではないだろうか。

ところで上記の『世界好色文学史』は、第一巻、第二巻とも、編集兼発行人は中野正人となっており、その実務を取り仕切っていた。先に挙げた『談奇館随筆』シリーズも、その刊行は中野の働きによるばかりではなく、第三編『同性愛の種々相』の翻訳者となっている花房四郎は、後に詳述するように中野の別名である。酒井潔が北明と決裂した直後の一九二九年六月には中野も北明のもとを離れ、独立して文献堂書院を設立するが、この企ては一定の成果を得たにとどまり、その後『グロテスク』に合流、さらに新雑誌『談奇党』では、その執筆陣の中心となって活躍することになる。梅原北明と深く関わり、あるときは女房役として、あるときは影武者のように、彼を支えた中野正人（花房四郎、ほか別名あり）の軌跡を追うことは、また『談奇党』の成り立ちとその実情をつぶさに辿ることにもなる。

Ⅲ

北明らの一党として、「珍書・奇書」の収集・出版に深く関わった齋藤昌三は、花房四郎こと中野正人について、次のように記している。

花房四郎はペンネームで、本名は中野正人である。生国も年齢も未だ調べてないが、大体梅原と同年輩位で、梅原に遅るること五年で去る二十六年病死した。五十歳と見る。
北明がアレ程自由に大胆に活躍したのは、実際には花房が陰に在つたからで、花房は北明を肉親以上の兄として、時と場合に依つては北明の代りにブタバコにも入り、当局との難問題にも進んで接触したので、北明も細君や実弟に打明けないことも、又は経済上のことや営業方針のことまでも一任するほどの信頼があった。[13]

齋藤は続けて、花房（中野）と北明の結びつきが『文藝市場』の時代から始まっていたこと、もともとは左翼文藝の仲間として加わっていたことなどを記している。プロレタリア文学研究の分野では、初期『文藝市場』の編集者として、左翼文藝を中心とした編集を行った人物として知られてはいるが、プロレタリア作家として、その作品や経歴が広く知られているとは、必ずしもいえない。むしろ謎の部分の多い存在といえる。

中野のプロレタリア文学時代の作品として、『紛擾』という小説がアンソロジー『日本プロレタリア文学集・5』[14]に収録されている。この作品は、地主の村長が銀行から借金をして破産、村の預金者と負債者が対立するが、結局は負債者が敗れる。貧しく差別を受けている「反故買」の喜十は、悔しさと憎しみのため、組合理事の家に火をつける。逮捕されて監獄に引き立てられていく道々、彼は「俺と村長とどっちが悪いか」と、泣きながら訴えていく、という筋立てになっている。やや図式的で、小説としての構成も堅固なものとはいえないが、同書「解説」にみられる「社会の最底辺で「軽侮の眄差」にさらされて生きる人間の悲しみと怒りのない合された抗議が自然と読み取れる」[15]との祖父江昭二の評価は妥当であろう。

その「解説」で、祖父江は中野について、次のように記している。

中野正人のこともよくわからない。日本プロレタリア文芸聯盟、『文芸戦線』同人（一九二七・四）、労農芸術家聯盟、前衛芸術家聯盟、全日本無産者芸術聯盟という足どりである。この間、『文芸市場』の「編輯事務」を一九二七年（昭和二）二月号より「一任」されている。山田清三郎他編『プロレタリア文芸辞典』（一九三〇・八）によれば、「ナップに参加したが、現在では運動からははなれてゐる」とあり、詳細は不明。[16]

プロレタリア文学運動の立場からの記述ということもあってか、山田清三郎の同時代的辞典記事でも触れておらず、祖父江も「詳細は不明」としているが、一九三〇年前後、実際には、中野は「文藝市場社」からの出版活動の数々を北明とともにし、また花房四郎として文筆活動なども旺盛に行っていたわけである。[17]

『三十六人の好色家』における齋藤昌三の、花房四郎の項目の記述は、多くの部分を『談奇党』第三号「好色文学受難録」（一九三一年一二月一日）に収められた、談奇党調査部名による「現代談奇作家版元人名録」に拠ったとみられる部分が大きい[18]。この「現代談奇作家版元人名録」（以下「人名録」とする）は、当時北明の周辺にいた、またそこから展開されていた「珍書・奇書」出版関係の人物について、その来歴や人物などを紹介したものであり、この分野の資料として、その後もあちこちでたびたび参照されてきたとみられるものである。

この記事には三九名の名が挙げられており、別名を持つ者はその本人の項目に「別名」としてその名が記されている。伊藤竹酔に始まり、平井通（別名・耽好洞人）までイロハ順に並べられたそのラインナップは、当時その世界で著名であった関係者を基本的に網羅しているのではないかと思われ、記されている内容も、インサイダーとして内幕に精通していなければ書けないのではないかと思われるほどのものである。ところがこの「人名録」には、「中野正人」と、その別名で本来は彼の項目に追い込みで記されていて然るべき「花房四郎」の名が共存し、あたかも別人であるかのように扱われているのである。

『三十六人の好色家』において、齋藤昌三は当然この二つの項目を適宜に配合し、同一人物として「花房四郎」の記事を記しているが、もとの「人名録」のこの取り扱いについては、地下本探究サイト「閑話究題　ＸＸ文学の館」館主として著名な七面堂究斎氏も、

発禁を免れた第三号は「好色文学受難録」と題して当時の軟派出版にまつわる裏事情の記事や資料で誌面を埋めている。内幕暴露と言ってしまえばそれまでだが、今となっては貴重な研究資料であるし、読物としても面白い。唯一の疑問点は、『現代猟奇作家版元人名録』に花房四郎と中野正人の両人を載せていることである。この

二人は名前は違えど同一人物である。中野の項に『彼の再起する日は果たしていつか？』とある所を見ると、その辺の事情を考慮してのことであろうか。[19]

と高く評価しつつも疑問を呈している。

「人名録」の書き手の名は記されておらず、目次に「談奇党調査部」とあるのみだが、中野正人・花房四郎のこうした取り扱いかたがなぜ生じたのかは、『談奇党』という雑誌の執筆・編集・刊行の実情を精査することで、ある程度推測ができるのではないかと思われる。それは『談奇党』執筆者の名前の表記に関わる問題である。

「人名録」の「中野正人」の項目には、先の七面堂氏の引用にもあったように「彼の再起する日は果たしていつか？」とあって、現在「中野正人」は逼塞してしまっているように書かれている。しかし現実には、その変名「花房四郎」として、その後彼は『談奇党』にその名でいくつかの翻訳やエッセイを提供することになる。[20]

問題は、これらの翻訳やエッセイを同誌上に発表する前に出されている「人名録」の「花房四郎」の項目に、「最近では変梃なペンネームで旺んに談奇党に健筆をふるつてゐる」[21]とあることである。つまり中野正人＝花房四郎は、中野正人でも花房四郎でもない名を使って、『談奇党』に執筆をしていた、というわけだ。それではその「変梃なペンネーム」とは何なのか、またそれが中野の別名であることは、どのような根拠から推定できるのであろうか。

『談奇党』創刊号（一九三一年九月一日）、第二号（一九三一年一〇月一日）、第四号（一九三二年一月二〇日）には「友色ぶり（陰間川柳考）」という続きものの記事が「鳩々園主人」の名で、三回にわたって連載されている。副題に謳う通り、江戸時代の男娼（陰間）にまつわる川柳の紹介・考証をしたものだが、これらの記事の元本と目されるのが、文藝資料研究会編輯部から、「軟派十二考　第四巻」として花房四郎名によって刊行された『男色考』（一九二八年一〇月）である。この書物の内容は、現在では国会図書館デジタルライブラリーの公開資料として、簡単に知ることができるが、その内容、とくに陰間川柳に関する項目は、多少の構成や文言の変更はあるものの、そっくりそのまま「友色ぶり」にダイジェストされているといってよい。このことから、中野正人＝花房四郎が『談奇党』において使用したペンネームが「鳩々園主人」であったと断定して、ほぼ間違いないであろう。

しかし中野＝花房の変名と思われるものは、他にもさらに見出せる。

「妙竹林齊」は創刊号、秋季増刊号（一九三一年一〇月二五日）、第四号、臨時版に、その執筆記事が見出せる。創刊号、秋季増刊号掲載の「現代　艶道通鑑」は、性科学と性愛に関する網羅的・体系的な論文の体裁となっているが、第四号の「随筆　妙竹林集（その二）」、臨時版の「現代　色道禁秘論」は、エロチックな話題を、かなり奔放に論じたエッセイとなっている。このような文章の中で、妙竹林齊は、左翼思想や運動に関わるような言説を、ちらりちらりと盛り込んでいる。

たとえば「創刊号」の「現代　艶道通鑑」では、小林多喜二の「蟹工船」に登場する俗謡を紹介（一八頁）、第二号では「傑れたる指導理論なくして、傑れたる政党は成立しない」（三九頁）というレーニンの言葉を引用している。さらに臨時版の「現代　色道禁秘論」にいたっては「俺をエロレタリアの裏切り者だとか、妻のろの提灯持だとか、いろんなことを云ふて反抗する人間がます〳〵多くなつた」（一〇四頁）と、自らの思想的出自を白状するような言葉も記している。

第三号の「編輯局だより」（九六頁）には、

編輯を終へて心苦しいのは、期待してゐた妙竹林齊氏の原稿が頂けなかつたことだ。家庭の御不幸やら、氏の病気やらで無理に頼むことも出来なかつた。
然し、近々又力作を寄せて頂ける筈になつてゐるので、特に諸賢の御寛恕を乞ふ。

と記されているが、この号には鳩々園主人の「友色ぶり」も休載、次の第四号には両者揃って登場となり、以降は終刊となる臨時版まで、妙竹林齊、花房四郎のいずれか、または両者が、各号に稿を寄せる形となった。三者すべての名が現れていないのは第三号だけとなる。「人名録」にいう「変梃なペンネーム」という点からも、「妙竹林齊」もまた、中野正人＝花房四郎の変名の一つであったと推定することができよう。

中野＝花房の別名と断定することはできないものの、状況証拠からはかなりの確度でそうではないかと推測可能なものは、他にもありそうだ。また『談奇党』には「談奇党調査部」「談奇党同人」「談奇党編集局」の名でも、数々の記事が掲載されており、これらはこの雑誌に集った、中野＝花房をはじめとする「珍書・奇書」関係者たちが匿名で記しているものと考えられる。

Ⅳ

執筆や翻訳に当って変名を使用したのは、中野＝花房ばかりではない。先述した「人名録」にも、そうした別名の記載はあったが、その他の資料も参照しつつ、『談奇党』一味の人脈を、さらに辿ってみたい。

平井通（一九〇〇・八・五～一九七一・七・二）、は「耽好洞人」の別名ともに「人名録」に次のように紹介されている。

彼れはかの探偵小説の鬼才江戸川乱歩の次弟である。彼の本業は大阪市電気局吏員であるが、令兄とはちがつて若い頃から変態文献の研究に興味を持つて、旺んに古書を漁つてはノートしてゐるといふ変り者である。元の乱歩もこの節では探偵小説から怪奇小説に転換して来たところ、一味やはり兄弟争はれぬ血のつながりがある。勿論、乱歩ほどの流麗たる文は書けないが、彼の文も又頗るのびのびとした味のあるものである。[22]

『談奇党』誌上には、耽好洞人の名で創刊号に「罷睡録」（四六～四八頁）、第三号に「珍書屋征伐」（三一～一八頁）を、第五号に平井蒼太の名で「鮑とり雑話」（一六～二八頁）を掲載している。

大木黎二（生没年月日不詳）も「喜仲」の別名とともに「人名録」に収録されている。

こゝに彼れは孤軍よく独立して雑誌「稀漁」その他を巫山房から刊行し、大いに活躍してその名を唄はれた。刊行書物は「袖と袖」「肉蒲団」その他があり、現在では個人経営の大洽堂のほか、洛成館の雑誌談奇党に関係してゐる。[23]

とそのポジションが明記されている。巫山房から刊行された『稀漁』（一九二九年五月～一一月、全四冊）の創刊号編集兼発行人は大木黎二その人であるが、「巫山亭主人夢助」という筆名の執筆者が毎号巻頭近くに執筆しており、これも大木本人と目される。[24]『談奇党』には大木黎二、あるいは巫山亭夢輔名の執筆はないが、関連するとみられる「對江堂巫山」名の「訓蒙性的戯談」が第五号（二九～三八頁）に掲載されている。また大木黎二の押印のある「洛成館代理部」名での、珍具、秘薬の販売を開始した旨の広告チラシも現存する。[25]

中野＝花房をはじめとするこうした顔ぶれが、変名、あるいは「談奇党調査部」「談奇党同人」「談奇党編集局」という名で、執筆や翻訳を行なっていたのは、同一人物の複数執筆という形が雑誌として不体裁なものとなることを避けるためであるとともに、それまで「珍書・奇書」出版に関わった人物たちの現在の動向をカムフラージュするためのものでもあったと考えることができるだろう。大木の関わった『稀漁』は四冊すべてが発禁、『談奇党』も第三号を除く七冊が発禁となった。こうした弾圧をかいくぐって、この種の出版を継続するためには、中野正人と花房四郎を別人のように扱い、花房四郎は誌面に登場しても、中野正人は「再起する日は果たしていつか?」(「人名録」)と、将来の復活への含みを持たせる表現をとっているのではないだろうか。

『談奇党』臨時版(終刊号)の巻末に付された「談奇党遺言書」(執筆署名は「談奇子」、三二四頁)には「妾の亡くなつた後は、アヴアンチュールさんが妾に代つて妾し以上にきつとあなたを慰めるでせう」という、後継誌の予告が記されている。ここに示された『アヴアンチュール』なる雑誌は、誌名を『猟奇資料』と改め、『談奇党』と同じく洛成館より、一九三二年一〇月二五日の日付で刊行される。中野正人名の復活はないものの、ここでも妙竹林齋、花房四郎は健筆を揮い、異才ぶりを発揮している。

妙竹林齋としては、古川柳に自由な解説を加えた「随想　外道曼華　一　川柳出鱈目解説の巻」がある。ここに示されたような古川柳への知識の豊かさは、『談奇党』に登場した鳩々園主人と妙竹林齋が、同じく中野正人＝花房四郎の別名であったことの、強力な傍証ともなるであろう。またこの稿には、

この愚にもつかない虱のやうな存在の妙竹林齊の名前を利用して、江戸の隅つこのインチキ・エロ本屋がイン

チキを働いたさうぢやが、俺は絶対に洛成館以外の場所へは妙竹林齊の名をもつて執筆しない。[26]

という一節がある。ここに記された件が実際にどのようなものであったのかは審らかでないが、妙竹林齊こと中野＝花房の、洛成館とのつながりの強さの読み取れる声明といえる。

花房四郎としては、大正年間に起った猟奇的事件を題材とする実録的小説「烙印」と、「忠臣蔵」のスピン・オフ作品として擬古文調で書かれた「義士遺聞　廓の傑士」が掲載されている。これまで花房四郎のペンネームでは、翻訳や考証ものを主に発表していたが、ここでは全く異なる内容と文体による二作を書き分けており、彼の文筆家・小説家としての力量を、改めて示しているというべきであろう。

この雑誌について、七面堂究斎氏は、

興味深いのは、洛成館編輯局名の記事『出版講座』であろうか。内容の大半を占めるのは『現行出版法』と題した、当時の出版法をめぐる刊行者の立場を述べたものである。出版法の第一条から各条文を揚げ、現状とそれに対する軟派出版刊行者としての心得などのコメントを述べている。下手な法律論を聞くよりも、実践が絡んでいるだけに数段面白い。[27]

と記している。続けて「【談奇党】第三号「好色文学受難録」もそうであるが、当時の軟派出版界の裏が垣間見える洛成館の記事は、資料という点からも有り難い」ともあるが、この「出版講座」の文体は『談奇党』第三号掲載の耽好洞人「珍書屋征伐」に酷似しており、内容上も深い関連がみられるところから、平井通（蒼太）もまた、この雑誌に関わったのではないかと推定することができる。[28]

当初全六冊の刊行を期して出発したこの雑誌は、結局のところこの一冊を出したのみで終刊するが、口絵を含めて二〇〇頁にも及ぼうとするその威容は、洛成館『談奇党』一派の放った、エロ・グロ・ナンセンス出版ブームの最後の狼煙として、堂々とその存在を主張したものといえるだろう。それにしてもプロとエロとの双方に足場を置いて活躍した中野正人＝花房四郎の人と仕事の全貌は、梅原北明以上の謎に包まれており、頗る興味深い。今後は中野と梅原北明のつながりや、そこから広がる人脈の仕事についてのさらなる資料の整備、解明が求められるところである。

＊　＊　＊

本復刻に付した『談奇党員心得書』は、元所有者のものとみられる書込みによれば「昭和七年八月末送リ来ル」となっており、全八冊終刊の後の、読者サービスであったとみられる。内容は本編雑誌中の多種多様な伏字が、もとはどういう言葉であったのか、その規則を一覧にしたものである。実際は誌面上で判断がつくものも多く、また逆に候補が多すぎて判断のつきかねるものも多数あり、本当にこの規則通りに伏字とされたものであるかどうか、検証が必要であろう。第七冊までの復刻各冊の末尾にある「報告書」「通信」「編輯雑記余録」は、本解説執筆者の資料入手時より挟み込まれていたものである。

注などにもたびたび記したように、今回の『談奇党』復刻刊行にあたっても、ウェブ上の「地下本」ガイドサイトとして知られている「閑話究題　ＸＸ文学の館」館主・七面堂究斎氏には、数多くの資料の引用・借用を快くお許しいただき、ご教示をいただいた。また歴史社会学、メディア史領域における新進気鋭の研究者・大尾侑子氏には、

『叢書エログロナンセンス』全体を通しての関連年表の作成にご尽力をいただいた。この場を借りて七面堂氏、大尾氏、また三期にわたる『叢書エログロナンセンス』復刻刊行に尽力してくださった、ゆまに書房・高井健氏に、厚く御礼を申し上げたい。

（しまむら・てる　フェリス女学院大学教授）

注

1　「新雑誌　談奇党クラブ　新発行に関する声明書」。『グロテスク』当該号　一三五頁―一三六頁の間に挟み込み製本。叢書エログロナンセンス第Ⅰ期『グロテスク』第九巻、ゆまに書房、二〇一六年二月に収録。

2　「近世現代　全国獄内留置場体験座談会」『グロテスク』一九三一年四月。復刻第八巻（注1に同じ）に収録。

3　北明は、同じ一九三六年に編集・刊行した大著『近世社会大驚異全史』（白鳳社）の編者「序」（「紀元二千五百九十一年三月桃節句」の日付入）で鈴木帝国図書館長、伊藤竹酔、福山福太郎、小生夢坊、中野正人、中戸川薫明、関口好夫、牧野女史らの名を挙げて謝意を表しており、「珍書・奇書」出版に関心を喪ったといえ、これらの人脈との関係は切れていなかったことが示されている。

4　復刻第一〇巻（注1に同じ）に収録。

5　「閑話究題　XX文学の館「珍書屋　戦前の珍書屋　分派分裂」http://www.kanwa.jp/xxbungaku/Publisher/Senzen/Bunpa/Bunpa.htm

6　「年譜」『えろちか』四二（第五巻第一号）「新年大特集号　エロス開拓者　梅原北明の仕事」一九七三年一月、二四八頁。

7　斉藤夜居『大正昭和艶本資料の探究』、芳賀書店、一九六九年一月、一二五頁。なお梅原北明は一九三〇年七月に史学館書局から『談奇館秘史』の出版を企てるが、諸事情のため未刊に終った。

8 『らぶ・ひるたあ』は、表紙・扉・目次によって「らぶ・ひるたあ」「らぶ・ひるたァ」と、表記のブレがみられる。以下、第二編・梅原北明『秘戯指南』（一九二九年五月）、第三編・和田信義『香具師奥義書』（一九二九年五月）、第四編・アルベール原作、花房四郎訳『同性愛の種々相』（一九二九年四月）、第五編・梅原北明『続秘戯指南』（一九二九年八月）。なお『談奇館随筆』第五巻として予告広告のあった羽塚隆盛『ナポリの秘密博物館』が、一九二九年一一月に刊行されるが、これはそれまでのシリーズ五冊とは装丁がやや異なる。ブログ「本を見て森を見ず　本を読んで、人生を浪費しよう。」二〇一六年六月二〇日記事「談奇館随筆がやっと揃った。」に、関連資料が掲載されている。http://blog.livedoor.jp/benirabou/archives/52396095.html

9 仮綴五冊未完。一九二九年一一月。

10 酒井潔「一家言」『談奇』創刊号、一九三〇年五月、二四頁。

11 注10に同じ。

12 『世界好色文学史第一巻』は佐々謙自編により、文藝市場社より一九二九（昭和四）年一月八日付で、『第二巻』は佐々、梅原北明とともに酒井潔も共編者となり、やはり文藝市場社より同年六月五日付で発行されている。『第三巻』も発行予定であったが、梅原北明と酒井潔の決裂、続く中野正人の文献堂書院創設による独立などのため、実際の発行はされなかった。

13 齋藤昌三『三十六人の好色家』、創藝社、一九五六年二月、三八頁。

14 中野正人「紛擾」、『日本プロレタリア文学集・5　初期プロレタリア文学集5』、新日本出版社、一九八五年一〇月、四二九〜四四四頁。初出は『新興文学』一九二三年八月号。

15 祖父江昭二「解説」、注14に同じ。四九七頁。

16 注15に同じ。同頁。

17 既出『日本プロレタリア文学集・5　初期プロレタリア文学集5』の「発表年月日と掲載文献」の欄（五〇七頁）では、中野正人の名前の読みは「なかのまさんど」、生年月日は「一九〇〇・八・二三〜　」となっており、生年月日を確定しているが、没年月日は空欄となっている。注8の齋藤昌三引用部分で、没年は一九五一年とされている。

18 齋藤自身は、参照文献を明示していない。

19 「閑話究題　XX文学の館　雑誌資料　談奇党」http://www.kanwa.jp/xxbungaku/Magazine/Dankito/Dankito.htm

20　六冊目として刊行の「新春特輯號」（一九三二年二月二九日）には「別附録　南歐好色文學名作集」として「花嫁」（アントニオ・コルナツツアノ作）、「法王羅馬入城」（マズツチオ作）、「ラヴイネルラ」（スピオネ・バルガリイ作）、「アリゴと靴脂」（作者不明）の四篇翻訳を、七冊目として刊行の第五号（一九三二年三月三〇日）には「猶太人の女と基督教徒」（ピエトロ・フォルチニ作）の翻訳を、また終刊号となる「臨時版」（一九三二年六月八日）には「動物性話　海の戀物語」として「タコの性的生活」、「ニシンの亂交」、「鱒の性愛生活」、「アザラシのロマンス」、「暴君トゲウヲのエロの殿堂」のエッセイ五篇を執筆提供している。

21　『談奇党』第三号、一九三一年一二月、七五頁。

22　注21に同じ、九五頁。

23　注21に同じ、七八頁。

24　「閑話究題　XX文学の館　雑誌資料　稀漁」に、関連資料が掲載されている。http://www.kanwa.jp/xxbungaku/Magazine/Kiryo/Kiryo.htm
なお巫山亭夢輔の名は『カーマシヤストラ』No．3（一九二八年二月二五日印刷、非売品）、No．4（同年三月五日、非売品）でも「狂蝶新語」の戯述者として登場している。「狂蝶新語」は江戸艶本であり、こちらの「巫山亭夢輔」はその作者で、大木とは無関係だが、大木はこの筆名を意識し、『稀漁』においてその名を使用したとみられる。

25　「閑話究題　XX文学の館　珍書屋　戦前の珍書屋　分派分裂」（注5に同じ）に、関連資料が掲載されている。http://www.kanwa.jp/xxbungaku/Publisher/Senzen/Bunpa/Bunpa.htm

26　『猟奇資料』第一輯、四八頁。

27　「閑話究題　XX文学の館　雑誌資料　猟奇資料」に、関連資料が掲載されている。http://www.kanwa.jp/xxbungaku/Magazine/RyokiShiryo/RyokiShiryo.htm

28　この件に関連して、七面堂究斎氏より、『談奇党』第三号は『エロ出版捕物帖』（志摩房之介、未刊：昭和六年七月刊行予定）の章立てとほぼ同じであり、耽好洞人は誌面の体裁上名前を貸しただけではないかと思われる、との指摘があった。たしかに『エロ出版捕物帖』の内容見本をみると、両者はその内容が類似している。また、内容見本には、申込先が「伊藤方志摩房之助」（住所は伊藤竹酔と同じ）となっており、竹酔と関係がある人物が志摩房之介と想像されるとの教示も賜った。そうなると、こういった場面では耽好洞人（平井通、平井蒼太）は誌面の体裁上、名前を貸しただけだという可能性も高くなってくる。

志摩房之助の名は、『談奇党』第三号（一九三一年十二月）の「珍書屋征伐」以前に、『グロテスク』第四巻第五号（一九三一年八月）掲載の「グロテスク三題噺」作者として見出され、『談奇党』臨時版（一九三二年六月）にも、「西洋談奇秘話 二人の破戒僧」の訳者として目次に名が挙がっている（本文中では「談奇党編輯部訳」となっている。同号には妙竹林齊、花房四郎も執筆）。さらに齋藤昌三の『書物展望』第一巻第四号（一九三一年一〇月）にも「珍書 限定版の話」の筆者として登場している。「房之助」ではないが、『談奇党』第四号（一九三二年一月）には鳩々園主人、妙竹林齊と並んで「志摩速夫」という人物が「治療秘話 瘡」なる文章を執筆している。

これまでに明らかとなった以上のような点から考えると、『談奇党』第三号の「好色文学受難録」は志摩房之助を名のる人物によって全体構想が立てられ、その大半も執筆されたのではないかと十分に推定することができる。中野正人の設立した文献堂書院から『珍書秘画秘密出版史』（別名「軟派出版検擧録」、文献堂書院調査部編、未刊：一九三〇年五月刊行予定）の刊行が企てられていたということも参照するなら、伊藤竹酔に近いその人物・志摩房之助とは、鳩々園主人、妙竹林齊と同様、中野正人＝花房四郎その人であったと考えることも自然であろう。なおこの点について、また中野正人＝花房四郎の経歴については、引き続き実証のための調査が続けられるべきであると思われる。

『叢書エログロナンセンス』関連年表

大尾侑子＝編

〈凡例〉

①本年表は、一八八〇年（明治13）年から一九五七（昭和32）年にかけて、『叢書エログロナンセンス』に関連する書誌情報および重要事項を記したものである。

②各データの選定基準は以下のとおりである。

（一）人物の選定

本叢書の中核的存在である梅原北明（一九〇一～一九四六）と実際に交流した人物、および梅原北明に影響を与えたと考えられる作家、出版人、蒐集家、学者等を選定した（プロレタリア文芸雑誌時代の『文藝市場』に関わった左翼作家人脈を含む）。複数の筆名を持つ人物については、本名にくわえて適宜これを併記した。

例　梅原北明（本名・梅原貞康、別名＝烏山朝夢、烏山朝太郎など）

（二）書誌情報

梅原北明が代表を務めた出版社と、そこから派生した出版社から刊行された非合法出版物のデータを中心に記載した。具体的には「文藝市場社」（梅原北明）、「文藝資料研究会編輯部」（上森健一郎）、「文藝資料研究会」（福山福太郎）の三派、およびそこから派生した出版社の刊行物（単行本、雑誌、画集等）を選定した。これらの出版社が社号を変更した場合、併せてこれを記した（ただし一部、書店に市場流通した書物、内容見本・刊行案内が頒布されたものの未刊に終わった書物のデータを含む）。風俗禁止により発売頒布禁止となった出版物には「発禁」と記した。

前記に当てはまらない場合でも、戦前のエログロナンセンスに関連の深いと思われる情報を掲載した。

※　参考文献によって書誌情報が異なる場合は、編者および七面堂究斎氏（「閑話究題　XX文学の館」館主）家蔵版の奥付に依拠した。奥付が存在せず発行年月日不詳で、会員通信や刊行案内、書き込み等から頒布時期を推察する場合はこれに拠った。

③各年の冒頭に、社会的事象、文学界の動向、出版史、検閲史における重要事項を示した。

④単行本、雑誌名は『　』、雑誌・新聞記事は「　」表記を用い、出版社は（　）に示した。叢書、印刷所に関する重要情報は次のように〈　〉に記載した。

例　泉芳璟『印度愛経文献考』（『変態文献叢書』第6巻、文藝資料研究会〈福山印刷所〉）

⑤本叢書シリーズ収録の『変態・資料』、『文藝市場』、『カーマシヤストラ』、『グロテスク』、『談奇党』、『猟奇資料』に直接的に関わった人脈、出版社の情報は、冒頭に「◆」を付してまとめて記した。

⑥月日が特定困難なものは、各年末尾の「◇以下月日不詳」以降にまとめて示した。

⑦参考文献は一次資料と二次資料に分類し、年表の最後に記載した。

一八八〇（明治13）年

◆四月、綿貫六助が群馬県利根郡久呂保村にて誕生（8日）。

一八九一（明治24）年

◆この年、佐藤紅霞（別名＝紅霓娘）が誕生。本名・佐藤民雄。

一八九二（明治25）年

◆一〇月、赤神良譲が誕生（30日）。この年、秦豊吉（別名＝丸木砂土）が誕生。

一八九五（明治28）年

◆八月、井東憲が誕生。本名・伊藤憲。一一月、酒井潔が誕生。本名・酒井精一。

一九〇〇（明治33）年

四月、小牧近江、金子洋文、今野賢三が土崎常高等小学校に入学。前田河広一郎が宮崎県尋常中学校に入学。五月、活版工組合が解散。九月、夏目漱石が文部省留学生として渡英するため横浜港を出港。

◆八月、中野正人（別名＝花房四郎、妙竹林斎など）誕生（23日）。

一九〇一（明治34）年

一月、村山知義が東京市神田区末広町で誕生（18日）。二月、福沢諭吉が死去。満68歳没（3日）。三月、上森健一郎が金沢市で誕生（12日）。

◆一月、梅原北明（一九〇一〜一九四六、本名・梅原貞康。別名＝烏山朝夢、烏山朝太郎など）が梅原貞義、きくい夫婦の二男として富山県富山市惣曲輪《そうがわ》で誕生（15日）。

一九〇二（明治35）年

一月、蔵原惟人が東京市麻布区三軒屋町で誕生（26日）。

一九〇三（明治36）年

九月、中村古峡が東京帝国大学に入学し、夏目漱石の講義を受ける。一一月、週刊『平民新聞』創刊。発行権編集人・堺利彦、印刷人・幸徳秋水（15日）。一二月、小林多喜二が秋田県北秋田郡下川沿川口一七番で誕生（13日）。幸徳秋水、堺利彦らが平民社を結成し、社会主義の拠点とした（23日）。

一九〇四（明治37）年

四月、堺利彦が巣鴨監獄に入獄。『平民新聞』第20号の幸徳秋水「嗚呼増税」が原因となり、発行名義人の堺利彦が軽禁錮二ヵ月となる（21日）。**一一月、**『社会主義』第8年第14号が中里介山「戦争と宗教」を掲載したため発禁となる（3日）。

◆この年、綿貫六助が陸軍士官学校卒業後、少尉として日露戦争に出征。

一九〇五（明治38）年

一月、週刊『平民新聞』が第64号で廃刊（29日）。**九月、**東京に戒厳令が布告され、新聞・雑誌取り締まりに関する緊急勅令交付。即日発行停止が命令される（6日）。

一九〇七（明治40）年

二月、日本社会党禁止命令。安寧秩序を妨害するものとして治安警察法第八条二項により結社を禁止する旨を伝達される（22日）。

一九〇八（明治41）年

二月、堺利彦、大杉栄、山川均が巣鴨監獄に送られる（22日、翌月26日に出獄）。**九月、**田中祐吉『通俗病理講話』（第1巻、吐鳳堂）。

この年、谷崎潤一郎、クラフト・エビングの『Psychopathia Sexualis』の英訳版を読む。

一九〇九（明治42）年

一月、石川啄木が『スバル』創刊。

この年、金子洋文が土崎小学校高等科二年を卒業。上京し、芝区山本電営舎で小僧として住み込み。一年あまりで帰郷。

一九一〇（明治43）年

二月、宮武外骨『大阪滑稽新聞』第28号の控訴が棄却され、上告（28日）。**四月、**福来友吉、船橋千鶴子の透視能力を認定し物議をかもす（千里眼事件）。武者小路実篤、志賀賀直哉らが『白樺』創刊。宮武外骨が上告を取り下げる（23日）。外骨が大阪監獄に入獄（26日）。八月、日韓併合。一一月、谷崎潤一郎、「刺青」を『新思潮』に発表。

一九一一（明治44）年

一月、宮武外骨が大阪より上京し（12日）、堺利彦が宿泊先に訪問（14日に帰阪）。大逆事件により死刑24名、有期刑2名判決（18日）。幸徳秋水、森近運平、宮下太吉、新村忠雄、古河力作、奥宮健之、大石誠之助、成石平四郎、松尾卯一太、新美卯一郎、内山愚童らが処刑される（25日）。四月、宮武外骨『猥褻風俗史』雅俗文庫、発禁。六月、平塚らいてうが青鞜社発起人会を駒込千駄木で開く（1日）。九月、『青鞜』創刊、編集兼発行人・中野初子。

一九一二（明治45・大正元）年

一月、中華民国成立。四月、石川啄木が肺結核で死去、満27歳没（13日）。

一九一三（大正2）年

三月、金子洋文が秋田県立工業学校機械科を卒業。土崎小学校の代用教員となって三年間勤務。四月、中村古峡、小説『殻』（春陽堂）。八月、福来友吉『透視と念写』（東京宝文館）を刊行し、帝国大学から追放される（一〇月に休職、二年後に自動退職）。九月、クラフト・エビング著、黒沢良臣・訳『変態性慾心理』（大日本文明協会）。平林初之輔が早稲田大学英文科に入学。

◆この年、梅原北明が金沢一中に入学し、島田清次郎らとストライキを起こす。

一九一四（大正3）年

一月、主筆・堺利彦で『へちまの花』創刊。三月、柳瀬正夢、尋常小学校卒業（27日）。六月、サラエボ事件（28日）。七月、オーストリア、セルビアに宣戦布告。第一次世界大戦に発展（28日）。八月、日本がドイツに宣戦布告。第一次世界大戦に参戦（19日）。一一月、日本軍が青島占領（7日）。『平民新聞』第2号、発禁（22日）。一二月、『平民新聞』第3号、発禁（19日）。

一九一五（大正4）年

四月、田中香涯『医師と婦人患者』（克誠堂書店）。六月、羽太鋭治・澤田順次郎『変態性欲論』（春陽堂）。九月、羽太鋭治『性慾教育の研究』（大同館書店）。
◆この年、梅原北明が富士中学二年に編入（その後、京都の平安中学に編入）。野球でショートを守り、柔道を学ぶ。綿貫六助が早稲田大学文学部英文科入学。

一九一六（大正5）年
◆この年、梅原北明が京都・平安中学校卒業。中学校で二度、退校処分を下される。理由はいずれもストライキの指導者として。金沢の中学時代、島田清次郎らと同級であった。

一九一七（大正6）年
五月、中村古峡が日本精神医学会を設立。診療部開設、治療開始。一〇月、中村古峡『変態心理』創刊。
◆この年、梅原北明が上京し医局生となって遊郭通いに専心。名古屋に出て郵便局員となる。

一九一八（大正7）年
八月、シベリア出兵。一〇月、斎藤昌三「文藝作品筆禍史」『日本一』（第6巻第10号）。一一月、ドイツ帝国崩壊（ドイツ革命）、第一次世界大戦終結（11日）。
この年、『新思潮』（第五次）、『赤い鳥』、『民衆』『新しき村』『労働と文藝』などが創刊。
◆この年、梅原北明が早稲田大学予科に入学。両親は北明が医学校に進学することを希望。しかし慈恵医大に進学したと偽っていたことが発覚。学士の送金が中断されて翻訳や雑文などのアルバイトを始める。

一九一九（大正八）年
一月、パリ講和会議。六月、ベルサイユ条約締結。
この年、『我等』『黒煙』『改造』『解放』『行人』『人間』などが創刊。

一九二〇（大正九）年
一月、国際連盟発足。『新青年』創刊。財界恐慌。五月、日本初のメーデーが行われる。一二月、羽太鋭治『性慾生活と両性の特徴』（日本評論社出版部）。
この年、不況下の失業者激増を背景に左翼文藝を中心とした発禁が相次ぐ。菊池寛の『真珠夫人』以来、通俗小説が流行。

◆梅原北明が片山潜らの影響を受けて左傾化。通学することに無意義を覚えて早稲田大学英文科を中退する。関西の未解放部落のセッツラーとして社会運動を実践。

一九二一（大正10）年

二月、第一次大本事件。三月、ソビエト、ネップ（新経済政策）施行。石角春洋『性慾と犯罪講話』（『性慾研究叢書』第四篇、三光社）。四月、後藤朝太郎『支那文化の解剖』（大阪屋号書店）。一〇月、羽太鋭治『恋及び性の新研究』（博文館）。一一月、原首相暗殺、内閣総辞職。

この年、労働文学、文学論が盛んに。『種蒔く人』『思想』『ロシア文学』『明星（第二次）』などが創刊。

◆梅原北明、本願寺で部落民解放の大会開催を試みるも、本願寺に断られたため、大阪・中之島公園にて大会を開く。

一九二二（大正11）年

一月、羽太鋭治『近代性慾学』（博文館）。四月、ソ連、スターリン書記長に就任。羽太鋭治『両性の性慾及其差異』（学芸書院）。五月、中村古峡が『変態心理』の姉妹雑誌として、田中香涯主幹で『変態性欲』を創刊（〜一九二六年二月まで）。六月、田中香涯『近世性慾学精義』（実業之世界社）。羽太鋭治『変態性欲の研究』（『性欲学叢書』第7編、学芸書院）。七月、田中香涯『人間の性的暗黒面』（大阪屋号書店）。羽太鋭治、伊藤尚賢『性慾研究と其疾病療法』（実業之日本社）。一〇月、最も初期の梅原北明の著述とされる記事「恋愛と性教育に関して鎌田文相と語るの記」（『性と愛』）。田中香涯『夫婦の性的生活』（日本精神医学会）。

一九二三（大正12）年

二月、村山知義「構成派と触覚主義 ドイツ　美術界の新傾向」（『読売新聞』、19日）。田中香涯『学術上より観たる怪談奇話』（大阪屋号書店）。四月、江戸川乱歩、小説「二銭銅貨」を『新青年』に発表し文壇デビュー。八月、村山知義「マヴォ展覧会を評す」（『読売新聞』、2日）。田中香涯『女性と愛慾』（大阪屋号書店）。田中香涯『性に基く家庭悲劇と其の救済』（日本精神医学会）。九月、関東大震災（1日）。

この年、『東京朝日新聞』の記者で映画人としても知られる北澤長梧により〝モダン・ガール〟の言葉が紙媒体にあらわれる。

◆二月、綿貫六助『霊肉を凝視めて』（自然社）。綿貫六助「私の変態心理」（『変態心理』）。八月、中野正人「紛擾」（『新興文学』）。

関東大震災後、梅原北明は部落解放運動に従事したのち上京。震災後の雑司ヶ谷に落ち着き、『青年大学』という二流雑誌社に務める。雑誌記者をするかたわら「真面目な放浪者」という小説を執筆したとされる。

一九二四（大正13）年

一月、ソ連、レーニン死去。斎藤昌三『近代文藝筆禍史』（崇文社）。七月、MAVO（マヴォ）機関誌『マヴォ』創刊。一一月『キング』（大日本雄辯會講談社）創刊、一九五七（昭和三二）年に廃刊。田中香涯『現代社会の種々相』（日本精神医学会）。一二月、田中香涯『医学以外の医学』（吐鳳堂書店）。

◆五月、綿貫六助『戦争』（聚芳閣）。七月、マーガレット・サンガー、烏山朝夢（＝梅原北明）訳『性教育は斯く実施せよ』（朝香屋書店）。八月、梅原北明「物を言ふ時間」（『少年少女面白世界』）。一〇月、ハバロック・エリス、烏山朝夢（＝梅原北明）訳『女子春秋』（朝香屋書店）。一一月、梅原北明『殺人会社（前編）悪魔主義全盛時代』（アカネ書房、定価・一円八十銭、18日）、発禁（後編は出版されていない）。一二月、烏山朝夢・矢口達訳、マリー・ストープス『児童愛』（朝香屋書店。烏山朝夢の名前はこれらの訳書の他に、一九二五年一一月『文藝市場』創刊号、表紙裏に掲載された、国際文献刊行会『世界奇書異聞類聚』の刊行案内。および一九二七年六月『変態資料』第2巻第5号の著者として）。

この年、梅原北明、『殺人会社』出版後に、千葉県佐倉の中農の娘、美枝子と結婚し、居を千駄ヶ谷に移す。

一九二五（大正14）年

三月、東京放送局がラジオ試験放送を開始（1日）。四月、治安維持法が公布される（22日）。五月、普通選挙法公布（5日）。一一月、尾崎久弥『浮世絵と廃頽派』（春陽堂）。

◆四月、梅原北明訳、ボッカチョ著『全訳デカメロン（上）』（南欧芸術刊行会。イタリア文学博士であるアッティリヨ・コルッチの『序文』をイタリア語原文と共に掲載）。五月、梅原北明訳、エ・エル・ウイリアムス『露西亜大革命史』（朝香屋書店）。七月、今東光、村山知義、梅原北明らが『文党』を創刊、『文党』の同人（「党人」を自称した）が、神楽坂から銀座を経由し浅草まで行列を作って示威運動を行う（6日、これについて前日5日の『東京朝日新聞』で「プロ文士連が街頭で広告人夫の真似をする／文壇革新の示威行列」を掲載。「書斎から街頭へ」をモットーにデモンストレーションを行うと予告。7日の『東京朝日新聞』に「トラックで乗出してプロ文士連の示威運動」掲載。記事には「金子洋文、水森亀之助君ら二十余名の文士連が村山知義執筆の看板を荷ふサンドウイッチマンになり〈中略〉『文党歌』を高唱して練り歩き『芸術民衆化への直接行動』『既成芸術の破壊』『書斎より街頭へ』の標語宣伝に汗だらだら、亀之助、洋文、東光、北明、ハチロウ、格の連中は諸所の街頭に立って民衆へ直接に呼びかけて旧文藝から民衆を解放しようと云ふ意気込み」とある）。八月、間宮茂輔「私の履歴書」『読売新聞』（28日）で『文党』を賞賛。『読売新聞』に「『文藝市場』の創刊／金子洋文、梅原北明両氏の編輯で九月十一日から千駄ヶ谷八〇九其編緝所で発行」とある。一〇月、梅原北明訳、ボッカチョ著『全訳デカメロン（下）』（南欧芸術刊行社）、発禁。日本プロレタリア文芸連盟の発起人会が牛込神楽坂で開催。小川未明、青野季吉、新居格、佐々木孝丸、山田清三郎、梅原北明、林房雄らが出席。一一月、梅原北明、浅草にて喜劇俳優・曾我廼《そがのや》五九郎（本名・武智故平）とともにボッカチオ祭を開く。『文藝市場』創刊（第1巻第1号、文藝市場社、所在地・東京市小石川区林町五七、発行人・伊藤敬次郎であるため朝香屋書店である）。梅原北明、ボッカチョの『全訳デカメロン』（下）を訂正再販。梅原北明、金子洋文、村山知義らが、京橋の豊国銀行前にて『文藝市場』主催の「原稿市場」と称する直筆原稿の即売会を行う（この「原稿市場」に対して、14日の『読売新聞』に『経済科一年生』という人物からの投稿、「原稿市場」の試みを批判」。および25日の『読売新聞』に読者投稿・

晴時計「『文藝市場』張店家へ」が掲載されている）。**一二月**、『東京朝日新聞』朝刊に『馬琴の珍品や有島氏の原稿など／期待される文藝市場』との記事が掲載される（16日）。『文藝市場』（第1巻第2号、文藝市場社）。文藝市場社、移転（代表者・梅原北明、所在地・牛込通寺町）。

この年、梅原北明に長女が生まれる。『デカメロン』翻訳がベストセラーとなり重版。文壇、論壇に名を連ねることとなる。左翼の気鋭作家、金子洋文・今東光・村山知義・佐々木孝丸らと交流。今東光が『文藝春秋』『文芸時代』から脱退。北明、菊池寛の『文藝春秋』に対抗して今東光らがはじめた『文党』の同人となる。

一九二六（大正15）年

一月、文芸家協会創立（7日、小説家協会と劇作家協会が総会を開き、両協会を合併して文芸家協会と称することを決議）。**二月**、田中香涯「「変態性欲」執筆辞退の辞」を『変態心理』に発表。**三月**、労働農民党結成。**四月**、中村古峡、東京医学専門学校に編入。日本精神医学会主催変態心理談話会、『心理学研究』を創刊。同誌は事業の本体を日本心理学会とし、編集を東京帝国大学心理学教室に置き、発行を岩波書店に委任。**六月**、田中香涯『江戸時代の男女関係』（内外出版協会）。**七月**、文芸家協会が検閲問題に反応し始める。各出版社や雑誌社によって構成される東京出版協会、日本雑誌協会の両団体とともに「発売禁止防止期成同盟」を結成（12日）。発売禁止処分を防止する運動を展開する。**一〇月**、田中香涯『愛慾に狂ふ痴人』（大阪屋号書店）。中村古峡『変態心理』休刊。**一二月**、大正天皇崩御。摂政裕仁親王が践祚し昭和と改元（25日）。

この年〝モダンガール〟という言葉が新聞紙上に現れる。

◆**一月**、梅原北明訳『エプタメロン（上）』（国際文献刊行会、国際文献刊行会は、伊藤竹酔の経営によって昭和三年頃から「竹酔書房」「粋古堂」と名乗るが、本来は「朝香屋書店」。大正14年に『デカメロン』を刊行した際には「南欧芸術刊行会」を名乗った）。**三月**、澤田撫松『文藝市場』に「変態仇討」発表。**四月**、『読売新聞』に『絵入 変態十二史』の広告掲載（29日、「時代に逆行した純和装本を吾等研究資料として先着五百人限りに実費頒布す」と記載）。梅原北明『新潮』四月号に「探偵小説異論」を発表。**五月**、梅原北明

『文藝市場』五月号（第2巻第5号）に「探偵趣味」を発表。六月、梅原北明『探偵趣味』六月号に「探偵小説万能来」を発表。七月、武藤直治『変態社会史』（『変態十二史』第1巻、文芸資料研究会）。澤田撫松『変態刑罰史』（『変態十二史』第6巻、文芸資料研究会）。村山知義、公演『映画と構成派』（「文藝市場」講演会）。文藝資料研究会設立（代表者・梅原北明、所在地・牛込区赤城元町〈文藝市場社内部〉、最初に発表になったのが『変態十二史』、次に『明治性的珍聞史』の刊行となり、昭和二年五月には牛込区西五軒町に移り、同時期に梅原北明一派の上森健一郎が、東五軒町に分離し「文芸資料研究会編集部」を名乗るようになる）。九月、梅原北明、『変態資料』創刊（発行所・文芸資料編輯部）、以下目次を記す。

生方敏郎『日本古典の中に顕れた滑稽文学に就いて（一）』／藤沢衛彦『追補変態伝説考（一）』／尾崎久弥『江戸軟派の猥的味』（一）／酒井潔『古代東洋性欲教科書研究』〈＊酒井潔の文筆家デビュー〉／武藤直治『社会闘争としての吉利支丹の迫害と殉教』／宮本良『近世海外紀行に関する文献』／変態資料編集部『グロッスの禁止画集を取寄せてあげます』／沢田撫松『変態小話』／今東光『蝿の随筆』／斎藤昌三『高橋お伝夜刃譚の新旧版』／井東憲『日本狂乱史』（一）序説』／梅原北明『でかめろん・ふせ字考』（一）／峯岸義一『近来猥事考』（一）／伊藤竹酔『異風の玉章』／放江志人選『寸評しだり柳』／古賀漢夫『吉利支丹風俗と行事について』／当編集部主催珍妙変態行楽／梅原北明訳『完訳でかめろん（十日物語）』／梅原北明訳『完訳えぷためろん（七日物語）』

梅原北明『明治性的珍聞史〈上〉』（文藝資料研究会）。井東憲『変態人情史』（『変態十二史』第4巻、文芸資料研究会）。一〇月、村山知義『変態芸術史』（『変態十二史』第2巻、文芸資料研究会）。『変態資料』（第1巻第2号）。一一月、『変態資料』（第1巻第3号、臨時特集号）。佐藤紅霞「性欲學語彙（上巻）」発表（『変態資料』）。藤澤衛彦『変態伝説史』（『変態十二史』第12巻、文芸資料研究会）。一二月、『変態資料』（第1巻第4号）。井東憲『変態作家史』（『変態十二史』附録第2巻、文芸資料研究会）。

この年、北明は『変態十二史』シリーズを刊行。これがヒットし、その資金を元手に『変態資料』を創刊（全21冊）。文藝市場社より、『ビアズレー淫画集』（15枚1組）がイタリア直輸入と称して頒布されたが、実際は日本での印刷、三〇〇部ほど頒布されたという。北明が、生方敏郎、藤沢衛彦、酒井潔、尾崎久弥、斎藤昌三、今東光らと交流。

一九二七（昭和2）年

一月、『文芸解放』創刊（社会芸術家連盟機関誌）。一二月まで11冊刊行。**二月**、大正天皇大葬（7日）。社会芸術家連盟創立。英美子『春の顔』出版記念会、上野で開催。萩原朔太郎、井東憲、サトウ・ハチローらが参加。**三月**、この時点で『文芸戦線』の同人は、青野季吉、赤城健介、斎藤茂吉、葉山嘉樹、平林初之輔、今野賢三、金子洋文、小牧近江、小堀甚二、黒島伝治、前田河広一郎、武藤直治、村山知義、岡下一郎、佐々木孝丸、佐野碩、里村欣三、佐野袈裟美、千田是也、山田清三郎、柳瀬正夢の22名。『芸術市場』創刊（芸術市場社）、発禁（峰岸義一の編輯で同年一〇月までに7冊を出して廃刊）。片岡直温蔵相が失言、昭和金融恐慌へと発展。**四月**、日本プロレタリア芸術聯盟が「宣言」を発表。青野季吉『転換期の文学』出版記念会を日本橋三共エムプレスで開催（橋爪健、山田清三郎、酒井潔、佐々木孝丸、金子洋文、大宅壮一、小川未明、中野正人ら参集、2日）。「文芸『富士山』」、井東憲、橋爪健、新井紀一、鷹野つぎ、鈴木善太郎氏等同人、六月市街渋谷宮益一九から創刊」（『東京朝日新聞』学芸だより。29日）。**五月**、文芸戦線同人が千葉市公会堂で講演会を開催、林房雄、里村欣三、中野正人、蔵原惟人らが公演（8日）。田中祐吉『変態風俗の研究』（大阪屋号書店）。**六月**、日本プロレタリア芸術聯盟が分裂（拡大中央委員会を開催し、文芸戦線同人の本聯盟員である青野季吉、赤城健介、葉山嘉樹、林房雄、今野賢三、金子洋文、小堀甚二、蔵原惟人、黒島伝治、前田河広一郎、村山知義、岡下一郎、佐野袈裟美、里村欣三、田口憲一、山田清三郎の16人を除名、9日）。青野季吉、蔵原惟人、林房雄、金子洋文らが日本プロレタリア芸術聯盟を脱退（10日）。労農芸術家聯盟創立、聯盟設立に際しての『声明』を『文芸戦線』七月号に掲載（19日）。**七月**、労農党・検閲制度改正期成同盟主催。中野重治、佐々木孝丸、橋浦泰雄、林房雄、中野正人が講演（8日）。検閲制度改正期成同盟発会式を牛込神楽坂倶楽部で開催（12日）。芥川龍之介が自殺、満37歳没（24日）。発売禁止上演禁止反対大演説会を神田基督教青年会館で開催。**九月**、検閲制度で分割還付が開始され、検閲記号の禁止「◎」と削除「○」の使い分けが固定化する（分割還付は検閲当局が発行済の出版物を発禁処分にして差し押さえたものから、処分対象箇所をナイフ等で切除したものが返却される方式。切除は警察署などの押収先で発行者が行う、1日）。この月、〝モガ〟という言葉が喜歌劇〈モダンガールの裏表〉によってはじめてレコードに取り上げられる。**一〇月**、羽太鋭治『性鑑』（明昭社出版部）、発禁。羽太鋭治『聖愛技巧と初夜の誘導』（南海書院）。羽太鋭治『性の講座』（昭和書房）。**一一月**、『現代日本文学全集』（改造社）が口火となり、一円全集（円本）のブーム起こる。

◆**一月**、梅原北明『明治性的珍聞史（中）』、大正一五年に発表になり特殊会員にのみ頒布された限定出版と言われるが、事実は相当多数発行された模様、下巻は未刊。斎藤昌三『変態崇拝史』（『変態十二史』第9巻、文藝資料研究会）、発禁。ジョン・クレランド著、佐々木孝丸訳『ファンニイ・ヒル』（文藝資料研究会編輯所）、発禁。『変態・資料』（第2巻第1号）。梅原北明「でかめろん・ふせ字考（二）」（『変態資料』）。**二月**、『読売新聞』に「『文藝市場』の一味風俗壊乱で検挙される 身柄はひと先ず昨日釈放」の記事（14日）。同紙にて「生方敏郎氏等を順次に取調 連累が多く当局驚く『文藝市場』の猥事件」の記事（14日）。藤沢衛彦『変態交婚史』（『変態十二史』の1冊、文藝資料研究会）、発禁（同書は最終的に「十二史」から除かれている。同類の書には他にも佐々木喜善『縁女縁聞』〈獣婚伝説〉1冊がある）。梅原北明、『文藝市場』二月号（第3巻第2号）に「悪筆探偵漫談（新年号月評）」を発表。**三月**、梅原北明「明治初期の書籍に関する新聞広告」（『愛書趣味』第2巻第3号）。斎藤昌三が北明に執筆依頼。梅原北明『探偵趣味』三月号（第3年第3号）に「予言的中」を発表。『変態資料』（第2巻第2号、筆禍記念第6号）。同号「本號筆禍記念號に題す」（『変態資料』）にて梅原北明が〝合法的に喧嘩をする〟と発言。梅原北明、『文藝市場』（三月号、第3巻第3号）に「小生筆禍御礼広告」を発表。『読売新聞』に記事「『変態資料』の筆禍文献号」

掲載（21日）。伊藤竹酔『変態広告史』（『変態十二史』第5巻、文芸資料研究会）。梅原北明訳『エプタメロン（下巻）』（国際文献刊行会）。**四月**、梅原北明、『変態資料』（第2巻第3号、第7号）発禁。同号にて梅原北明「謹告」掲載、『文藝市場』が六月号より梅原北明の個人雑誌になる旨を報告。『文藝市場』（四月号、第3巻第4号）、発禁。文藝市場社の移転（代表者・梅原北明、所在地・小石川区大塚窪町～一九二八年三月）。**五月**、『文藝市場』（五月号、第3巻第5号）、『文藝市場』が六月号より梅原北明の個人雑誌になる旨を報告。北明の『文藝市場社』、上森健一郎の『文芸資料研究会編輯部』、福山福太郎の『文芸資料研究会』の三派に分裂（文芸市場社内部にあった「文芸資料研究会」が五月に西五軒町に移転し、福山福太郎と大野卓が経営を担当。同月、ここから上森健一郎が東五軒町に移り「文芸資料研究会編集部」を設置。上森は一九二八〈昭和三〉年末に、上野広小路に移り「南柯書院」と「発藻堂書院」を兼営した。更に一九二九〈昭和四〉年一〇月に、佐藤一六、三浦武雄と牛込に舞い戻り「東欧書院」を名乗る）。梅原北明『変態仇討史』（『変態十二史』第8巻、文芸資料研究会）。『変態資料』（第2巻第4号）発禁。梅原北明が文芸市場社から『我楽多文庫』複製復刻版を刊行（複製讃助者は以下、丸岡九華、本間久雄、厳谷小波、木村毅、江見水蔭、齋藤昌三）梅原北明「昔懐かし硯友社の『我楽多文庫』を復刻して」（『読売新聞』、19日）。**六月**、『変態資料』（第2巻第5号）。同号に『変態遊里史（広告）』掲載。梅原北明『江戸町奉行支配考（一）』を掲載。同号に、オーストリアのフリードリヒ・クラウス博士から佐藤紅霞宛てに届いた手紙が独文の組版にて掲載される。『変態資料』（臨時特輯号）。佐藤紅霞編『性欲學語彙（下巻）』を掲載。『文藝市場』六月号（第3巻第6号）、北明の個人誌となり内容をエロ・グロに方向転換する。青山倭文二『変態遊里史』（『変態十二史』第10巻、文芸資料研究会）。**七月**、『変態資料』（第2巻第6号）。同号に梅原北明『江戸町奉行支配考（一）――瞽盲の社会――』を掲載。『文藝市場』七月号（第3巻第7号）、発禁。宮本良『変態商売往来』（『変態十二史』第7巻、文芸資料研究会）。**八月**、「井東憲氏、上海家鴨緑路角メンス・ハウスに滞在」の報（『東京朝日新聞』学芸だより、3日）。『変態資料』（第2巻第7号）。『文藝市場』八月号（暑苦号、第3巻第8号）。表紙に「発売禁止道中双六」掲載、発禁。**九月**、中野正人が検閲制度改正期成同盟の具体案を労農芸術家聯盟に伝える。聯盟は希望条件を示し、中野正人がそれを検閲制度改正規制同盟へ持ち帰る。不当検閲反対演説会のポスターを一〇〇枚製作（14日）。不当検閲反対演説会で山田清三郎、中野正人、斎藤成吉、林房雄らが演説をし中止される、検閲制度改正期成同盟の主催（23日）。藤沢衛彦『変態浴場史』（『変態十二史』第11巻、文芸資料研究会）。不喚楼主人（宇佐美英）「梅原北明礼賛」（『愛書趣味』第2巻第6号）。『変態資料』（第2巻第8号）、発禁。石角春之助『浅草裏譚』（文藝市場社）。梅原北明が、佐藤紅霞、酒井潔らと上海に渡る、この月の中旬、梅原北明、佐藤紅霞、酒井潔の連名で『文藝市場社を上海に安置せり』という移転通知を会員読者に頒布（「日本で雑誌を出して居ると、いゝ加減飽きが来る、そこで国際的に第一歩を踏むべく世界の浅草、言論の自由国、上海へと乗り出して来ました。」「御送金及び事務上に関する一切の文書は、従前通り東京牛込赤城町当社宛に願ひます。」「我々が上海へ乗り出した事は、持ち前の道楽を益々募らせんが為めであり、これは必ず諸兄にも賛成して頂けること、確信して居ります。」との記述あり）。酒井潔訳『アラビアンナイツ』（文藝市場社）、発禁（『愛に関する世界的古典』の第1巻として発表された、同シリーズ名は、同年四月二〇日付の購買者宛通知が初出と見られる）。同書は大正15年7月頃に発表され、昭和2年にはいってから発刊されたとみられる。**一〇月**、労農芸術家連盟文芸講演会を国民新聞社講堂で開催、中野正人が「党派文芸の是非に就いて」を講演（8日）。内海弘蔵『変態妙文集』（『変態十二史』附録第1巻、文芸資料研究会）。梅原北明「福沢本の偽版事件」『愛書趣味』に発表。『変態資料』（第2巻第9号）。同号に『本會出版物發行當時と現在古本市場價格』掲載。『文藝市場』九、十月合併号（世界デカメロン号／第3巻第9号）、発禁（最終号、「編集後記」に「日本にいるのが全くいやになった。やれ警視庁でござい、やれ内務省でござい等々……。尻の小さい小役人の横行する国。まったく日本は成っちゃいない一九二七年八月三〇日、満支に旅立つに際して」との記述あり）。梅原北明、上海から『カーマシヤストラ』（通巻、第3巻第10号）を創刊（発行所は「ソサイテイ・ド・カーマシヤストラ」、発行人は張門慶。「上海移転改題号（第三巻第十号）」とあることからも『文藝市場』の後続誌と捉えられている。全6冊　全号発禁。奥付に「編輯発行印刷人 張門慶、発行所上海租界霞飛路、日本取次所 赤坂元町国際民族学教会旭東支部、日本版編輯責任者 梅原北明、日本印刷編輯発行代表者 サー・フレデリック・ジョンス」とある）。イ・イ・ゴウルドスミス、益本重雄（蘇川）訳『性象徴に根ざす生命象徴』上巻（『世界性学大系』、文藝資料研究会編集部）、発禁。**一一月**、『変態資料』（第2巻第10号）。石角春之助『変態性的婦人犯罪考』（温故書屋）、発禁。**一二月**、佐藤紅霞『川柳変態性欲志』（温故書屋）、発禁。『変態資料』（第2巻第11号）。『雑話叢書』（發藻堂書院、4冊刊行される）。

この年、警視庁検閲係の急襲等により北明周辺の珍書屋が三派に分裂。

◇以下月日不詳。茅ヶ崎浪人『変態序文集』（文藝資料研究会）、発禁。印刷中押収のため、会員にも頒布されないうちに禁止となった。『カーマシヤストラ』（No.2別冊）、無刊印のため月日不詳だが、No.2よりも先に頒布されたとされる。

一九二八（昭和3）年

一月、羽太鋭治『最新 性の教書』（有教社）発禁。高田義一郎『闘性術』（初版、博文館）、発禁。**二月**、羽太鋭治『性欲恋愛の新知識』（已羊社書院）。**三月**、高田義一郎『闘性術』（再版、博文館）。日本共産党一斉検挙（三・一五事件）。**四月**、羽太鋭治『婦人性欲の研究』（黒潮社）、発禁。**五月**、ニットー（日本東蓄音機株式会社）から〈モガモボ二重唱〉が発売され、レコード界に〝モガモボ〟という定形が生まれる（23日）。**六月**、張作霖爆殺事件（満洲某重大事件）起こる。**七月**、思想取締のために内務省警保局に保安課を設置。特高警察機関を設置。憲兵隊に思想係を設置。内務省警保局の図書課は検閲、調査、庶務の三部門となり、組織的検閲制度を強化。『滑稽新聞』発禁。**九月**、伊藤晴雨『責の研究』（温故書屋）。**一〇月**、内務省警保局図書課から『出版警察法』が発行される（昭和一九年三月、第149号まで発行）。これにより検閲基準が明確化、統一化される。一二月、羽太鋭治『医学上より観察したる児童の性欲生活』（南江堂）、発禁。

◆一月、『変態資料』（第2巻第10号）発禁。中野正人『世界好色文学史』（文藝市場社）、発禁。『カーマシヤストラ』No.2。アルバート・モル、村山知義訳『藝術に現はれた性欲』（文藝資料研究会編集部）。二月、『変態資料』（第3巻第1号）。『カーマシヤストラ』No.3。佐藤紅霞『人類秘事考』（文藝資料研究会）、発禁。三月、アラビアの性典『薫園秘話』（文藝資料研究会編輯部）、発禁。大野卓『人間研究』（文藝資料研究会編輯部、会員向けに無料頒布された小冊子）。アルバート・モル、村山知義訳『性欲と社会』（文藝資料研究会編集部）。『カーマシヤストラ』No.4。『変態資料』（第3巻第2号）。ジョン・フレデリック・ジョーンズ『EL-ktab』（エロチック・ビビリオン・ソエテイ上海支部、北明が携わったとされる。本書は『愛に関する世界的古典』シリーズの第2巻として一九二七年末に刊行案内が出されたが、実際には一九二八年三月頃に頒布された。3冊に分割されて「原始篇」「歴史篇」「魔術篇」のうち「原始篇」のみが発刊された）。『日本猥褻俗謡集（CHANSON DE L'AMOUR）』（文藝市場社か?）。『夜這奇譚』張門慶（中華民國上海法界霞飛路）。四月、『カーマシヤストラ』No.5。『変態資料』（第3巻第3号）。『志とり古』（カーマシャストラ社）、発禁。佐藤紅霞『Vocabularia erotica et amoris』（『世界艶語辞典』、弘文社、同社は神田錦町にある弘文社で、しばしば軟派文献ものを出版した）。梅原北明、酒井潔共訳『フロッシィ』（文藝市場社）。五月、アルバートモル、村山知義訳『芸術に現はれたる性欲』（『世界性欲学大系』、文芸資料研究会編輯部）、発禁。佐藤紅霞『談性』（東京温故書屋）、発禁。『変態資料』（第3巻4号）、発禁。牛込区西五軒町の文藝資料研究会より『奇書』（第1巻第1号）創刊、発禁。編集権発行人は中田耕造。福山福太郎が事務所内に「文藝資料研究会」を独立、執筆陣には佐藤紅霞、風俗関係の藤澤衛彦、江戸軟派文献の大家石川巌、尾崎久彌、古川柳研究家の大曲駒村、『性の研究』を主宰した北野博美などの文献派が常連となる。『戦争勃発』（『バルカンクリイゲ』のこと）摘発により未頒布、北明によれば一九二七年一〇月にトルコ原本から四百部限定でドイツ語訳出版された際、日本人で最初に北明がドイツから入手した本の翻訳。**六月**、文芸資料研究会より『変態文献叢書』全8冊刊行スタート（佐々木指月『変態魔街考』、研究会同人『変態風俗資料』、中村古峡『変態性格考雑考』、松岡貞治『性的犯罪雑考』、封酔少史『会本雑考』、畑耕一『変態演劇雑考』、石川巌『軟派珍書往来』、および発禁になった泉芳璟『印度愛経文献考』、佐藤紅霞『人類秘事考』の2冊を合わせた全9冊）。文芸資料研究会編輯部より『軟派十二考』シリーズが菊判和装で発刊。『変態資料』（廃刊号）。池田文痴庵『羅舞連多雑考』（『軟派十二考』第1巻、文芸資料研究会編輯部）。佐藤紅霞訳、フックス『変態風俗史』（国際文献刊行会）。**七月**、横瀬夜雨『近世毒婦伝』（『軟派十二考』第2巻、文芸資料研究会編輯部〈発行兼印刷人、上森健一郎〉）。東京新劇聯盟第二回公演を帝国ホテル演芸場で開催、石角春之助作、井東憲演出・舞台装置で『狂人仇討』を上映（25日）。梅原北明、帝国ホテルで『蔵書票の話』の出版記念会開催（27日、詳細は『グロテスク』『斎藤昌三と「蔵票」の会』〈第2巻第9号〉に詳しい。北明は花柳病で入院しており不参加）。福山福太郎『変態懸想文』文芸資料研究会、発禁。『奇書』（第1巻第2号）。『奇書』（第1巻第3号）、発禁。中村古峡『変態性格雑考』（『変態文献叢書』第3巻、文芸資料研究会）。松岡貞治『性的犯罪雑考』（『変態文献叢書』第5巻、文芸資料研究会）。『古今桃色草紙』（發藻堂書院）創刊（昭和四年四月までに全9冊）、創刊号発禁。**八月**、斎藤昌三『蔵書票の話』（文藝市場社）。宮本良『日本性慾語辞典』（文藝資料研究会編輯部）。**九月**、グロテスク社設立（代表・梅原北明、所在地・芝区本芝）。『奇書』（第1巻第4号）、発禁。小林隆之助『情死考』（『軟派十二考』第3巻、文芸資料研究会編輯部〈発行兼印刷人、上森健一郎〉）。アンリー・ド・ソルデイユ著、青山倭文二訳『オデットとマルテイヌ』（文芸資料研究会編集部）発禁。イ・イ・ゴウルドスミス、益本重雄（蘇川）訳『性象徴に根ざす生命象徴』下巻（『世界性学大系』、文藝資料研究會編輯部）。**一〇月**、「中野正人氏　市外世田谷下北沢六一五に転居」（『読売新聞』よみうり抄）。花房四郎（＝中野正人）『男色考』（『軟派十二考』第4巻、文芸資料研究会編輯部〈発行兼印刷人、上森健一郎〉）、発禁。斎藤昌三『近代禁書改題（未定稿）』掲載。第2巻第4号まで全六回を掲載。『奇書』（第1巻第5号）、発禁。石川巌『軟派珍書往来』（『変態文献叢書』追加第2巻、文芸資料研究会）。一一月、梅原北明、『グロテスク』（グロテスク社）創刊。『奇書』（第1巻第6号）。『変態黄表紙』（内容見本）頒布禁止。一二月、封酔少史『会本雑考』（『変態文献叢書』第6巻、文芸資料研究会〈福山印刷所〉）。泉芳璟『印度愛経文献考』（『変態文献叢書』追加第3巻、文芸資料研究会〈福山印刷所〉）。『グロテスク』（第1巻第2号、文藝市場社＊以下第2巻第9号まで）発禁。『グロテスク』（第2巻第1号）、発禁。泉芳璟『印度愛経文献考』（『文献叢書』の1冊）、発禁（印度愛経に関する著、泉芳璟は以前大正一二年一〇月にも京都の『印度学会』から『カーマスートラ』〈愛経〉を出し発禁となっている）。竹内道之助訳『愛人秘戯（アナンガ・ランガ）』（文芸資料研究会）、発禁。『奇書』（臨時増刊）。文藝資料研究會編輯部から『変態黄表紙』創刊。宮本良が編集人となり『変態資料』の後続雑誌として創刊された。第1号～第3号まで発禁とされている（『匂へる園』第2号より）。第3号から発行が「南柯書院」へ変わる。綿貫六助、斎藤昌三らが執筆（昭和四年五月まで4冊刊行。内容見本も発禁）。

年末頃、上森健一郎は宮本良、西谷操らと共に上野広小路帝博ビルに「南柯書院」を創立。経営を上森から中山直に引き継いだが、その後、経営権を宮本良に移したとされる。南柯書院への名称変更通知は、中山直、青山倭文二、大木黎二、西谷操、岩野薫、宮本良、六名の連名による。「發藻堂書院」と兼営をはじめるが、昭和四年八月に両社共に消滅。

この年、上海から帰国した梅原北明は、出版法違反で市ヶ谷拘置所に長期拘置される。釈放後『グロテスク』を創刊。この頃から梅原北明を中心に「談奇」という語が使用されるようになったとみられる。

文藝市場社から多くの画集が頒布された。以下参照（月日は不詳）。「ロップス艶画集」（12枚組、フエリシヤン。ロップス筆、アムステルダム直輸入）。「女天下」（画集、ドイツ直輸入）。「パリーの性的見世物画集」（フランス直輸入）。「伯林性的見世物画集」（ドイツ直輸入）。「上海性的見世物画集」（上海直輸入）。「日本張形考挿絵」（文芸市場社編）。「カザノヴ諷刺画集」（フランス直輸入）。「姿態秘戯」（24枚組、ドイツ直輸入）。「グロッス画集」（一部頒布）。「フックス画集」（エドアルド。フックス作）。

◇以下月日不詳。『カーマシヤストラ』No.6は全冊押収され現存するものがないため詳細は不明。藤沢衛彦編『絵入日本艶書考』（文芸資料研究会）。小林隆之助『情死考』（『軟派十二考』の1冊）、綿谷摩耶火『性愛嫉妬考』（『軟派十二考』の1冊）、以上すべて文芸資料研究会編輯部。

一九二九（昭和4）年

四月、日本共産党一斉検挙（四・一六事件）。五月、村山知義が『演出と舞台装置の実際』を早稲田大学劇研究会で公演（28日）。八月、羽太鋭治、死去（31日）。九月、田中香涯『耽奇猥談』（富士書房）。「近代犯罪科学全集」（全16館、別巻2、武俠社、～一九三〇年一二月）。一〇月、世界恐慌始まる。

この年、思想関係の単行本が急増。主なものは前年三六七点、本年五七六点、翌年六一四点（『昭和五年中に於ける出版警察概観』）。

◆一月、『グロテスク』（第2巻第1号）。『奇書』（第1巻第7号）、発禁。『奇書』（第2巻第1号）、発禁。佐々謙自（編著）『世界好色文学史』（第1巻、文藝市場社、所在地・芝区本芝四ノ十六番地、装幀・酒井潔）、発禁（同書は当初、上・中・下の3巻の予定であったが、1、2巻が発禁、3、4巻が未刊中絶となり、3巻の代償として『ヒルム式回転秘画集』が頒布されたとされる）。佐藤紅霞訳『蚤の自叙伝』（文芸資料研究会、発禁。本編は『カーマシヤストラ』にて連載された紅霓娘『蚤十夜物語』を、序編は『文芸市場』九、十月合併号の「世界デカメロン号」にて訳出されたものを元にしている）。酒井潔『愛の魔術』（国際文献刊行会、限定出版、各冊番号入り。オーナメント刷り、豪華版、普通版がある）。片岡昇『カメラ社会層』（文藝市場社、同書は酒井潔の装幀、発行者は中野正人。また巻末に梅原北明による「跋文」掲載。帝国ホテル第一八九番室にて、とある)。**二月**、梅原北明『明治大正綺談珍聞大集成〈上〉』(文藝市場社)。『グロテスク』(第2巻第2号)、発禁。佐藤紅霞『人類秘事考』(『変態文献叢書』追加第1巻)、発禁。紅霞散士名義で発行。発禁になったが、昭和六年に風俗資料刊行会からも同氏の『好色秘事談綺』という同種の刊行ものがある。『奇書』(第2巻第2号)、発禁。『変態黄表紙』(第2巻第2号〈弐月號〉)。**三月**、「中野正人氏　市内小石川区小日向台二ノ二一平和館内に転居」(『読売新聞』よみうり抄、5日)。『グロテスク』(第2巻第3号)酒井潔『らぶ・ひるたァ』(『談奇館随筆』第1編、文藝市場社、発行者・中野正人)、発禁。西谷操『ウイーンの裸体倶楽部』(文藝資料研究会編輯部)。**四月**、『グロテスク』(第2巻第4号)。この時期、梅原北明と酒井潔が袂を別つ。『奇書』(第2巻第3号)。『古今桃色草紙』(第2巻第4号)発禁。G・H・タントリス、大木黎二訳『恋の百面相』(南柯書院)。**五月**、「中野正人氏　市外上落合二八九に転居」(『読売新聞』よみうり抄、12日)。出版準備中の『グロテスク』第2巻第6号押収される(23日、「前号発禁報告」『グロテスク』第2巻第7号より)。井東憲が上海へ神戸港から出航する(25日)。巫山房より『稀漁』創刊(第1号、全4冊が全て発禁処分。編集兼発行人は大木黎二など各号毎に異なる)。梅原北明編著『明治大正・綺談珍聞大集成　中巻附録二　明治性珍奇譚』(発行者・中野正人、発行所・文藝市場社)。『グロテスク』(第2巻第5号)、発禁。梅原北明『秘戯指南』(『談奇館随筆』第2編、文藝市場社、発行者は中野正人)、発禁。『変態黄表紙』(第2巻第3号〈参月號〉)で廃刊、発禁。斎藤昌三「梅原北明」(『グロテスク』第2巻第5号。芦湖山人の筆名で『日本近代畸人録　箱根趣味塚建立由来』のなかの項目として北明について触れる)。佐藤紅霞『世界性欲学辞典』(弘文社、同書には、フリードリヒ・クラウス博士による序文が掲載されている)、発禁。同書は『変態・資料』に掲載した『性欲学語彙』上下をまとめたもの。『性欲学語彙』(『変態資料』内)、発禁。アリベール著、花房四郎(中野正人)訳『同性愛の種々相』(『談奇館随筆』第4巻、文藝市場社)。和田信義『香具師奥義書』(『談奇館随筆』第3編、文藝市場社)。**六月**、「井東憲氏上海南京の旅より此程帰国」の報（『郡新聞』消息、24日）。『グロテスク』（第2巻第6号）、事前押収されたため幻の号とされるが、実際には数部現存している（本シリーズ第I期補巻に収録）。梅原北明編著『明治大正綺談珍聞大集成』（中巻、文藝市場社）。中野正人（＝花房四郎）が北明のもとを離れ独立、文献堂書院を設立（その後『グロテスク』に合流、さらに『談奇党』では執筆陣の中心となって活躍した。中野は「花房四郎」ほか「鳩々園主人」「妙竹林齊」の筆名を用いたと推測される）。『稀漁』（第2号、編輯兼発行人・斎藤虚巳）。『支那近代情痴性史』（東欧書院、発行兼印刷人・佐藤龍三）。佐々木謙自・梅原北明・酒井潔（編著）『世界好色文学史』（第二巻、文藝市場社）、発禁。佐藤紅霞『日本性的風俗辞典』（文芸資料研究会、限定三五〇部）、発禁。**七月**、梅原北明が神田の加藤外科に入院（18日）、8月1日に全身麻酔の手術（『グロテスク』第2巻8号による）。『軟派』（日本文献書房、全2冊）創刊号発禁。『グロテスク』（第2巻第7号）。文藝市場社の中野正人が独立して文献堂書院を創設。フエリシアン・シヤンスール著、酒井潔、梅原北明共訳『さめやま』（文藝市場社、超贅沢版一〇〇部限定、発行者・梅原貞康）。ダフェルノス著、宮本良『おんな色事師』（南柯書院）。**八月**、『グロテスク』（第2巻第8号）。梅原北明『続・秘戯指南』（『談奇館随筆』第5編、文藝市場社）、発禁、発行者は梅原貞康。梅原北明『明治大正綺談珍聞大集成』（中巻、文藝市場社）、発禁。『稀漁』（第3号）、編集兼発行人・大木喜仲、発禁。『奇書』（第2巻第5号）発禁、なお第2巻第4号は未頒布押収とみられる。石角春之助『乞食裏譚』（丸之内出版社）。『性欲語百科大辞典』内容見本、発禁。『談奇館随筆第五巻』内容見本、発禁。斎藤昌三『蔵書票の話』（文藝市場社）。『ビアズレ艶画集』（文献堂書院、同書はかつて文芸市場社から出版された『ビアズレー淫画集』を色刷したもので15枚からなる）。**九月**、『グロテスク』（第2巻第9号）。『株林奇縁』（創造社書局、一一五丁本、奥付には「中華民国十八年九月發兌」「發行者 陳敬濟」とあり中国で発行された書物の体裁を取るが、実質は文芸市場社から昭和四年九月頃に刊行された。斎藤夜居は同書を「文芸市場社の上海版と称する」もので「支那ものの翻訳本」と紹介している)。西谷操が南柯書院より分離して、下谷区御徒町に「梨甫書局」を設立。一〇月、花房四郎訳『覚後禅』(文献堂書院)、発禁。文藝資料研究会編集部が没落後、上森健一郎が牛込東五軒町に「東欧書院」を設立。『性友艶史(前巻)』(国華書局)。梅原貞康訳『ビルダー・レキシコン(世界好色百科辞典)』(翻訳発行者兼印刷者・梅原貞康、A・E、5冊)、発禁。『末摘花秘話』(発行人・佐藤龍三、東欧書院)。一一月、『ヒルム式回転秘画集』(談奇館書局)。『グロテスク』(第2巻第11号、談奇館書局＊以下第3巻第1号まで)、第2巻第10号は刊行が遅れたため第11号として刊行。羽塚隆成『ナポリの秘密博物館』(文藝市場社、当初、『談奇館随筆』第5巻として広告が出た)、発禁。『稀漁』(第4号、編集兼発行人・佐藤勇次郎)。下條雄三訳『ペルシヤ・デカメロン』(文藝市場社)、発禁。梅原北明・編『天地陰陽交歓大楽賦』(文藝市場社)。一二月、『猟奇画報』(編集兼発行者・藤沢衛彦、日本風俗研究会)創刊、全9冊。『グロテスク』(第2巻第12号)、発禁。栗田仙堂『花心學』(文藝市場社)。

この年、当局はゲリラ的に珍書屋の全面的討伐作戦を行う。当時三〇社残っていた珍書屋が次々につぶされ、内部分裂の末、無数の小粒な珍書屋が乱立。梅原北明と酒井潔が袂を分かつなど、変化も見られた年である。

◇以下月日不詳。藤沢衛彦『俗謡末摘花』(文芸資料研究会)。『奇書』(第2巻第4号)未頒布押収。

一九三〇(昭和5)年

一月、ロンドン海軍軍縮会議。**三月**、田中香涯『愛と残酷』『江戸時代の男女関係』(有宏社)。**四月**、赤木妖三『エロ・グロ・表現考』(「エロ・グロ・パンフレット」第1輯、時代世相研究会)。**六月**、『犯罪科学』武侠社より創刊(～一九三二年一二月号まで)。高等学校での生徒新聞の発行が禁止される。**七月**、モダンの上をいく〝ウルトラ・モダン〟の語が『読売新聞』に登場(22日)。**八月**、〈新東京行進曲〉により〝エロ〟の語がレコード界にあらわれる。**九月**、「今東光氏　一身上の都合で『ナップ』作家同盟を脱退した」(『よみうり新聞』よみうり抄、5日)。**一一月**、平凡社から一円全集『世界猟奇全集』が刊行され、一九三二（昭和七）年まで全12巻が刊行される。この頃から、資金力のある大手出版社が一般読者向けにエログロ軟派出版を手がけるようになる。**一二月、**尖端軟派文学研究会編『何が女給をそうさせたか』（尖端エロ叢書、法令館）、発禁。尖端軟派文学研究会編『エロ戦線異状あり　女給の内幕バクロ』（尖端エロ叢書、法令館）。尖端軟派文学研究会編『巴里・上海エロ大市場』（尖端エロ叢書、法令館）。

この年から、「エロ・グロ・ナンセンス」の言葉が使われるようになり、〝尖端〟という言葉が流行しはじめる。『東京朝日新聞』に連載された川端康成『浅草紅団』や、小生夢坊『尖端をゆくもの』（塩川書房）のほか、映画『せん端的だわね。』の封切後に発売された曾我直子のレコード〈尖端的だわね〉などがきっかけとされる。

また、プロレタリア文学では「共産主義芸術」の確立を主張する『戦旗』派と、極端な政治的基準に従う芸術を否定する『文芸戦線』派の対立が高まったが、『戦旗』は文芸誌的傾向を弱め「大衆的階級的先導宣伝の雑誌」となった。謄写版宣伝印刷物の禁止が前年の六九三件から、一二〇八件に急増。

◆**一月、**『グロテスク』（新年臨時増刊号、第3巻第1号）。同号にて「「人を喰つた男の話」の評伝」と題した特集が組まれ、北明について生方敏郎、大泉黒石、高田義一郎、今東光、鈴木竜二、和田信義、斎藤昌三らが執筆。斎藤昌三「徹悪の友北明」（『グロテスク』第3巻第1号に発表）。**四月、**前年に文藝市場社から出版された、斎藤昌三『蔵書票の話』が展望社より再版される（五〇〇部限定）。竹内道之助が小石川区青柳町に「風俗資料刊行会」を設立。一九三〇年六月には本郷区駒込坂下町に移転。『風俗資料』、風俗資料刊行会より創刊（竹内道之助＝経営、編集。昭和五年四月より半年で廃刊。全7冊。第6冊、増刊号が発禁）。中野正人訳『情海奇縁、現代の蕩児』（文献堂書院）、発禁押収。**五月、**『談奇』創刊（国際文献刊行会、酒井潔の個人誌として創刊される。創刊号の巻末に「あまりにエロの為のエロには、もう吾々は背中を向けやう。談奇の世界は、そんなに狭いものではないのだから。」とある。第1期6冊及び第2期1冊を刊行し中絶。第6号が発禁）。刊行予定だった文献堂書院調査部編『珍書秘画秘密出版史』（文献堂書院、別名「軟派出版検挙録」）が未刊となる。六月、『談奇』（第1編第2号）。梅原北明『明治大正綺談珍聞大集成〈下〉』（史学館書局、※七面堂氏家蔵本による）。「梅原北明氏 出版法違反で市ヶ谷へ収容中のところ保釈で帰宅した『グロテスク』は八月号から復活させる」（『読売新聞』よみうり抄、6日）。七月、『談奇』（第1編第3号）。談奇館書局が移転（代表・梅原北明、所在地・四谷区北伊賀町。この時期、北明は、同所に移転し「史学館書局」を設置したとみられる）。酒井潔『巴里上海歓楽郷案内』（『談奇群書』第1編、竹酔書房）。発行者・伊藤敬次郎。梅原北明『談奇館秘史』（文藝市場社＝談奇館書局を実態とする「史学館書局」名義で刊行予定であったが諸事情により未刊に終わる）。『風俗雑誌』平凡社より創刊、全3冊、小石川の日本風俗研究会発行、平凡社から発売になったが同年九月以降中絶。ポール・ド・レグラ著、竹内道之助編『エル・キターブ』（全訳、風俗資料刊行会）。八月、『談奇』（第1編第4号）。九月、『談奇』（第1編第5号）。『エロ』猟奇社より創刊（全3冊、創刊号は発禁、第2号は未頒布。同年一一月に二・三合併号を出すが、以下中絶。猟奇社は前年末に小石川区大塚「世界文学研究会」内に設立されたが、後に小石川区水道端町に事務所を置いたという。一月頃に『世界文学叢書』を刊行）。フエリシアン・シヤンスール著、梅原北明・酒井潔共訳『さめやま』（大洋社書店）。本郷彌生町に「日本蒐癖家協会」が設立される。梅原北明、青山倭文二が関係していたと見られる。一〇月、『談奇』（第1編第6号）、発禁。一一月、烏山朝太郎（＝梅原北明）『世界珍書解題』（日本蒐癖家協会、同一内容の書籍がグロテスク社より昭和三年一一月に刊行済み。中国風俗研究家・日大教授、東京帝国大学講師の後藤朝太郎（一八八一～一九四五）にあやかって烏山朝太郎というペンネームを利用した）。酒井潔『エロエロ草紙』（『談奇群書』第2編、竹酔書房）。発行者は伊藤敬次郎（伊藤竹酔）。定価一円五十銭、発禁。『エロ』（第2、第3合併号）発禁。『風俗資料』（第6冊）、発禁。『談奇』（第1編第6号）、発禁。一二月、梅原北明『恋愛術（上）』『世界艶情小説』（山東社）が印刷中に押収、後に改訂版が頒布された。『談奇』（第1編第7号）。「『グロテスク』復活　雑誌グロテスクは梅原北明氏の手で再び来年二月号から復活」（『東京朝日新聞』学芸だより、26日）。『巴里、上海エロ大市場』（尖端エロ叢書）ほか、同叢書シリーズ6冊が発禁。『世界媚薬考』（風俗資料刊行会）、発禁（佐藤紅霞の同名著、他3篇を収録）。花房四郎「ペッチ・ルイザ其他」（『犯罪科学』）。

春頃に芝区の文藝市場社が没落。その後、八月に深川越中島に石崎重三という人物が文藝市場社の更生を計り、『愛の奥義書』『風俗讃極史』を発表するも未刊に終わったという（『匂へる園』2号）。

一九三一（昭和6）年

四月、『現代猟奇尖端図鑑』（新潮社）。**六月、**南竜一『花嫁オンパレード』（エログロ叢書、二松堂）。**七月、**山田一煥『変態エロナンセンス』（第三書房）、発禁。時代世相研究会編『変態風俗画鑑』（時代世相研究会）。**八月、**赤神良譲『猟奇の社会相』（新潮社）。**九月、**柳条湖事件（18日）、満洲事変起こる。

この年、文芸家協会、雑誌社、演劇界の代表らが検閲制度の改正と、内検閲制度の復活要求の合同委員会を開催。

◆**一月、**風俗研究会設立（所在地・横浜市神奈川区篠原町。深川に文藝市場社の更生と称して『愛の奥義書』他1冊を予告して其のまま姿を消した一派の変名と思われる）。**二月、**梅原北明、改訂版『絵入恋愛術（上）』（『世界性愛談奇全集第1巻』、山東社、下巻は未刊）。梅原北明の最初の妻、美枝子が死去。葬儀が中野の天徳院にて行われ今東光がお経をあげた。酒井潔『異国風景浮世オン・パレード』（『談奇群書』第3編、竹酔書房、序に「異国風景浮世オン・パレードは一九三一年度の尖端を行く都会人の持つ、よき趣味の客間である」とある）。『デカメロン』（風俗資料刊行会）創刊（『風俗資料』廃刊後高級エロの雑誌として創刊、発禁は昭和六年七月号、一二月号の2冊。一九三二年五月まで全16冊）。『世界性愛談奇全集』内容見本、発禁。梅原北明、小生夢坊『世界性愛談奇全集（第一巻）』（山東社、本書改訂版、昭和九年に発禁）。ドンブランナス・アレラ著、酒井潔訳『奴隷祭』（温故書屋）。**三月、**梅原北明『近世社会大驚異全史』（史学館書局、本書は以前の『明治大正綺談珍聞大集成』を1冊にまとめたもので、菊判千頁余）。『エロ研究資料』内容見本、発禁。神田小川町の天下堂ビル内にグロテスク社が再興され『グロテスク』を復刊（『匂へる園』第2号より）。**四月**、『グロテスク』（第4巻第1号）復活記念号、発禁（第3巻第1号から同号まで休刊していた。同号には「近世現代　全国獄内留置場体験座談会」が掲載されている）。酒井潔『日本歓楽郷案内』（『談奇群書』第4編、竹酔書房）、発禁。酒井潔『降霊魔術』（春陽堂）。**五月**、梅原北明・小生夢坊『世界艶情小説集』（山東社）。「井東憲氏　市内芝区白金猿町七十五に転居」（『読売新聞』よみうり抄、25日）。酒井潔『日本歓楽郷案内』再版発行（竹酔書房）。『グロテスク』（第4巻第2号）。**六月**、『グロテスク』（第4巻第3号）。『デカメロン』七月号、発禁。高田義一郎『変態性欲考』（『性科学全集』、武俠社）。梅原北明『近代世相全史』（第3巻、白鳳社）。『匂へる園』第2号によると同月に『異常風俗研究資料』（武俠社）が発禁、『猟奇尖端全集』（全10冊、三光堂）が刊行とのこと。**七月**、『グロテスク』（第4巻第4号、同号に挿入された、挟み込みの予告広告にて初めて『談奇党』の名前が『談奇党クラブ』として登場、東京神田小川町一グロテスク社内を連絡先とする「談奇党クラブ編輯部」名による声明によれば「中途半ぱなグロものや、糞面白くもないナンセンスものなど極力避ける」「現在世間でもてはやされてゐるものなどから遠ざかつて、もつと真剣な、もつと深刻な、もつと物凄い、と同時にもつと力の入つた研究ものを発表する」という標語を掲げる）。尾崎久彌『浮世絵と美人画』（風俗資料刊行会）。**八月**、『グロテスク』（第4巻第5号）、終刊号、裏表紙に『談奇党』の『声明書』ダイジェスト広告掲載。梅原北明『近代世相全史』（第3巻、白鳳社）。酒井潔『獄中性愛記録』（風俗資料刊行会）。**九月**、『談奇党』が、洛成館より創刊（編輯・発行人は鈴木辰雄、発禁。創刊号には、江戸川乱歩の次弟・平井通〈一九〇〇・八・五～一九七一・七・二、別名・耽好洞人〉が、「罷睡録」を執筆している。また、中野正人（＝花房四郎）が「鳩々園主人」のペンネームで「友色ぶり（陰間川柳考）」を3回に亘って連載）。**一〇月**、『談奇党』（第2号）、発禁。『談奇党』（秋季増刊号）。梅原北明『近代世相全史』（第1巻、白鳳社）。斎藤昌三の雑誌『書物展望』（第1巻4号）に志摩房之助「珍書限定版の話」掲載。佐藤紅霞『好色秘事談奇』（風俗資料刊行会）。**一一月**、梅原北明『近代世相全史』第4

巻、白鳳社)。『艶色極楽地帯』内容見本、発禁。『愛欲株式会社』内容見本、発禁。**一二月**、『談奇党』(第3号)、発禁。同号に耽好洞人「珍書屋征伐」掲載。『好色文學受難録』と題し珍書屋と軟派出版に関する資料を掲載。『デカメロン』(一二月号)発禁、『フックス性的風俗史』内容見本、発禁。丸木砂土『女性西部戦線』(風俗資料刊行会、発行者・竹内道之助)。梅原北明『近代世相全史』(第2巻、白鳳社)。

この年、中野正人が「鳩々園主人」、「妙竹林斎」、「花房四郎」などのペンネームを使い分け執筆活動に励む。

◇以下月日不詳。佐藤紅霞『世界コクテル百科辞典』(万里閣)。

一九三二(昭和7)年

二月、この頃、血盟団事件が起こり右翼系の暗殺テロが計画、実行される。井上準之助と団琢磨が死亡(～三月)。高山彬『性慾五千万年史』(先進社)。**三月**、満洲国建国宣言。伊藤晴雨『川柳珍画集』(粋古堂書店)。警視庁は左翼・右翼の思想関係の出版物の朝憲紊乱などによる司法処分を強化し、左翼雑誌の発禁が増加。**四月**、「特高警察を充実し／極左極右を取り締まり／内務予算六十五蔓延承認さる／臨時議会後官制実施」(『東京朝日新聞』、9日)。**五月**、海軍の青年将校たちにより、内閣総理大臣犬養毅、殺害される(五・一五事件)。内務省警保局保安課に右翼専属の事務官が置かれる。**一〇月**、日本共産党幹部一斉検挙(熱海事件、30日)。

◆**一月**、「井東憲氏　十日まで静岡市五番町に滞在」(『読売新聞』よみうり抄、1日)。桜田門事件(8日)。「井東憲氏　中華の同志とともに『新興中華研究所』を開設」(『読売新聞』よみうり抄、24日)。『談奇党』(第4号)。**二月**、『談奇党』(新春特集号)。**三月**、『談奇党』(第5号)。同号に、平井蒼太(平井通および耽好洞人の別名)「鮑とり雑話」を発表。**四月**、「井東憲氏　市外日暮里金杉鶯谷アパート七十一号へ転」(『東京朝日新聞』学芸だより、9日)。**六月**、『談奇党』(臨時版)で廃刊(8日)。同号のみ判型が異なり四六判。巻末に付された『談奇党遺言書』(執筆署名は「談奇子」)には「妾の亡くなつた後は、アヴァンチュールさんが妾に代つて妾し以上にきつとあなたを慰めるでせう」という後継誌の予告がある。一〇月に『猟奇資料』として刊行。**七月**、酒井潔『Note galante de la littérature française』(風俗資料刊行会、発行者・竹内道之助)。『匂へる園』(日本愛書家協会)創刊(〜一九三三年一月、全6冊)。佐藤紅霞『絵入性的風俗史』(萬里閣)。**八月**、酒井潔『日本歓楽郷案内』(成光館書店、再刊、発行者は同じ伊藤敬次郎だが、一九三一年のものとはデザインが異なる)、発禁。『匂へる園』(第2号)。**九月**、『匂へる園』(第3号)。『匂へる園』(臨時増刊号、「ロップス研究」四六判)。**一〇月**、『猟奇資料』刊行。洛成館から『談奇党』の後続雑誌として企画されたが、創刊号で廃刊。編輯・発行人は志茂村進、妙竹林齊＝花房四郎こと中野正人も執筆。**一一月**、『匂へる園』(第4号)。

この年、北明は性文献出版から手を引き、後妻・初子と子どもを連れて大阪に逃れ、会員の一人である女学校校長の世話になり、英語教師となった

一九三三(昭和8)年

一月、ドイツ、ヒトラー内閣が発足。**二月**、小林多喜二が治安維持法違反容疑で逮捕され獄死(20日、満29歳没)。**三月**、日本、国際連盟に脱退通告。**四月**、赤神良譲『変態社会の理論的考察』(明大学会)。**六月**、佐野学・鍋山貞親の転向声明。左翼が衰微して、検閲はしだいに右翼や宗教を主な標的に変える。**七月**、「死なう死なう」と叫びながら行進し、逮捕される者が現れる事件発生(2日)。**八月**、「思想善導」方策具体案を閣議決定。教育、宗教界などに国民教化の役割を積極的に果たすことを強く要求。言論弾圧は言論操作へと舵を切る。

◆**一月**、『匂へる園』(第5号、臨時増大号)。**八月**、「井東憲氏 今月一ぱい静岡市五番町に滞在」(『読売新聞』よみうり抄、10日)。

この年、梅原北明は靖国神社社史編纂事業(靖国神社社務所編『靖国神社忠魂史』〈全5巻〉と考えられる。昭和八年九月〜昭和一〇年九月)に携わるが、間も無く辞職する。

一九三四(昭和9)年

三月、出版法部分改正。安寧秩序紊乱の「政体を変壊し、国権を紊乱せんとする」(二十六条)ものへの処罰に対して「皇室の尊厳を冒涜」が加えられる。またレコードを出

版物扱いする規定（三十六条）が追加される。五月、出版数の増加に伴い内務省官制が変革され、検閲体制の強化が行われる。図書課では新たに理事官を1名置くこと、属は28名から39名に増員。内務省全体では理事官2名、属13名の増員となる。一二月、中村古峡、千葉市に中村古峡診療所を開所（現・中村古峡記念病院）。

◆二月、佐藤紅霞『貞操帯秘聞 民俗随筆』（丸之内出版社）。

この年、梅原北明は、有楽町の日劇（日本劇場）の再建のためのプランナーとして腕を振るう。マーカス・ショー（と称して招いた三流のドサ回り）にラインダンスを踊らせたところ好評を博し日劇を大入り満員にした。続いてチャップリンの『街の灯』をヒットさせる。礼金をもらい仲間と共に台湾に渡り映画のロケに向かうが、資金を使い果たし帰国。この頃、酒井潔が文筆業から離れる。

一九三五（昭和10）年

二月、石角春之助『乞食裏物語』（丸之内出版社、佐藤紅霞への謝辞あり）。三月、新興社編『世界結婚初夜秘話』（新興社）。七月、田中香涯『猟奇医話』（不二屋書房）。一〇月、ドイツ、国際連盟脱退。田中香涯『愛と残酷 マソヒスムス』（文芸刊行会）。一二月、第二次大本事件（大本弾圧事件）。

一九三六（昭和11）年

二月、陸軍青年将校らによるクーデター未遂事件（二・二六事件）。五月、阿部定事件（18日）。八月、性知識普及会編『性欲生活の変態と正態』（『性知識普及叢書』第5輯、高千穂社出版部）。一一月、日独防共協定。

一九三七（昭和12）年

二月、死なう団事件発生、国会議事堂などの五ヶ所で割腹自殺をする者が現れる（17日）。相馬二郎『変態風俗史料』（金竜堂出版部、第三版、翌年第四版が刊行）。七月、盧溝橋事件（7日）、日中戦争起こる。日中全面戦争化により、検閲が臨時体制となる。銀次機密関係の記事差止違反による発禁が多発する。八月、レコード界に軍歌ブームが起こる。九月、後藤朝太郎『支那の女と男』（大東出版社）。翌月に、同書の戦時国策版が発行された。一一月、日独伊防共協定。**一二月**、イタリア国際連盟脱退。

◇以下月日不詳。佐藤紅霞『世界飲物百科全書：カクテル調合秘訣』（明正堂書店）。

一九三八（昭和13）年

一月、女優・岡田嘉子が杉本良吉とソ連に亡命。**五月**、国家総動員法施行。**八月**、商工務省は印刷用紙の20%を削減するよう東京出版協会・日本雑誌協会に要請。

◆**二月**、梅原北明、『新青年』に小説「特急『亜細亜』」を発表。二月号（第19巻第2号）から一一月（第19巻第16号）まで、「吉川英治」名義で執筆。**三月**、相馬二郎『変態風俗史料』（金竜堂出版部）。**八月**、斎藤昌三「書痴の自伝」『銀魚部隊』（書物展望社、北明について触れている）。**九月**、梅原北明『少年倶楽部』九月号（第25巻第14号）に、「我妻大陸」名で「日本の孤児」を発表。**一一月**、梅原北明、「我妻大陸」名で『講談倶楽部』一一月号（第28巻第15号）に「亜細亜大旋風の前夜」を発表。

梅原北明は、この年から二年ほど、家族を残して地下に潜る。野坂昭如によれば、憲兵に追われた理由は友人のために陸軍大将の名刺を偽造させ使用したため（『好色の魂』）。この間、『新青年』や『少年倶楽部』『現代』『冨士』といった大衆雑誌に別名で大衆読み物を発表。

一九三九（昭和14）年

五月、ノモンハン事件（日ソ国境紛争〈満蒙国境紛争〉）起こる。**八月**、独ソ不可侵条約。**九月**、ドイツ軍がポーランドに侵攻、第二次世界大戦となる。雑誌用紙の制限が始まり多くの雑誌が発行禁止となる。**一二月**、田中香涯『医事雑考奇珍怪』（鳳鳴堂書店）。

この年、日中全面戦争以前に約二五、〇〇〇種あった雑誌は、年度末には約八、六〇〇種に減少。

◆**一月**、梅原北明『少年倶楽部』に「我妻大陸」名で「叺ゆる黒龍江」を発表。一月号から六月号まで。梅原北明、『講談倶楽部』に「招霊と斥候兵」発表。**六月**、梅原北明、『現代』に「我妻大陸」名で「蔣介石を狙ふ女」発表。梅原北明、『大陸』に「我妻大陸」名で「支那兵の一家」を発表。**七月**、梅原北明、『少年倶楽部』に「我妻大陸」名で、「救ひのマッチ」を発表。八月、梅原北明、『少年倶楽部』八月増刊号（第26巻第10号）に「我妻大陸」名で「火薬庫危し」を掲載。一一月、梅原北明、『少年倶楽部』に「我妻大陸」名で「美人密偵」を発表。

一九四〇（昭和15）年
六月、ドイツ軍がフランス・パリに無血入城。九月、日独伊三国同盟。一〇月、大政翼賛会発会式（12日）。一一月、大日本産業報国会結成（23日）。

この年、雑誌への用紙割当が前年度比25％減となり、資材面からも発行が困難になる。年度末の雑誌創刊数は六五三三点、廃刊数は三、四一五点。

◆一月、梅原北明、『冨士』（一月号付録）に「我妻大陸」名で『姑娘間諜』を発表。三月、梅原北明、『冨士』（第13巻第3号）に「我妻大陸」名で『暗黒街の機密室』を発表。

一九四一（昭和16）年
四月、日ソ中立条約。一一月、アメリカ国務長官ハル、ハル・ノート提示、日米関係決裂する。一二月、日本軍のハワイ真珠湾攻撃、太平洋戦争となる（8日）。

◆二月、梅原北明、『冨士』二月号（第14巻第2号）に「我妻大陸」名で「ビルマ航路《ルート》」を発表。梅原北明、「我妻大陸」名で『吼ゆる黒龍江』を壮年社から刊行。序文に「親愛なる吾が日本の少年諸君よ‼」を収録。

この年から一九四五年頃まで、梅原北明は財団法人科学技術振興会にて欧米の科学技術関係の文献を翻訳し海賊版作成に励む。このとき、東郷元帥の秘書をしていた小笠原長生海軍中将が北明のファンであったことから、海軍の将官を名誉理事長として紹介し海軍から資金を出させるように仲介の労を取る。

一九四二（昭和17）年
五月、日本軍、東南アジア全域に進出。日本報国文学会結成（26日）。六月、ミッドウェー海戦。八月、ソロモン海戦。

一九四三（昭和18）年
二月、日本軍、ソロモン諸島の要地、ガダルカナル島より撤退。一〇月、学徒出陣。

一九四四（昭和19）年
三月、日本軍、インパール作戦（インド北東部の都市インパール攻略）を開始。大敗する。六月、ノルマンディー上陸作戦。一〇月、レイテ沖海戦。

一九四五（昭和20）年
三月、東京大空襲（10日）。五月、ドイツ、ベルリン陥落（2日）。イタリア降伏（4日）。柳瀬正夢（画家）が新宿駅で爆死、満46歳没（25日）。六月、沖縄戦。八月、広島・長崎に原爆が投下（6日、9日）。戸坂潤が獄死、満46歳没（9日）。日本、ポツダム宣言受諾（15日）。マッカーサー連合国最高司令官が厚木に到着（30日）。九月、GHQが言論及び新聞の自由に関する覚書を発表。進駐軍、連合国に対する報道制限、検閲開始（10日）。三木清が多摩刑務所で獄死、49歳没（26日）。一〇月、文芸家協会再興発起人会が文藝春秋社で開かれ、菊池寛、船橋聖一、河上徹太郎、広津和郎、中野重治らが出席（18日）。『赤旗』第1号をパンフレットの形で発刊（20日）。一一月、治安警察法廃止（21日）。
◆この年、井東憲が死去、満51歳没。梅原北明は、疎開先の自宅（小田原）で連日花札賭博に励み、またウイスキーの密造をしていた。

一九四六（昭和21）年
◆三月、梅原北明、歯医者を営む長兄に手紙を出す。四月、梅原北明、発疹チフスで死去。満45歳没。一二月、綿貫六助が死去、満56歳没。

一九四八（昭和23）年
◆五月、佐藤紅霞『完全なる日本人夫婦の結婚生活』（日本コバルト文化協会）。花房四郎『性愛論ノート』（新光閣）。一二月、斎藤昌三「梅原北明君」『少雨荘交游録』梅田書房、にて北明についての記述。梅原北明の遺稿「ぺてん商法」『猟奇』一二月号（通巻第2号）に掲載。

一九四九（昭和24）年
◆一〇月、斎藤昌三『故友三仙　梅原北明』『随筆　海相模』青園荘、にて北明について記述。

一九五一（昭和26）年

◆この年、中野正人が病死、満51歳没。

一九五二（昭和27）年

◆この年、酒井潔が死去、満57歳没。

一九五三（昭和28）年

四月、赤神良譲が死去、満61歳没。

◆この年、『奇書』（東京限定版クラブ）第7号〜第8号（五月、七月）、に「花房四郎（遺稿）」として「好色出版史の内　梅原北明のこと」が掲載。酒井潔が死去、満57歳没。

一九五四（昭和29）年

◆八月、佐藤紅霞『世界コクテール飲物辞典』（日本社会タイムズ社）。

一九五六（昭和31）年

七月、秦豊吉が死去、満64歳没。

一九五七（昭和32）年

◆この年、佐藤紅霞『洋酒　ストレートからコクテールまで』（ダヴィッド社）。佐藤紅霞が死去、満66歳没。

主要参考文献

一次資料

本叢書シリーズ収録『変態・資料』、『文藝市場』、『カーマシヤストラ』、『グロテスク』、『談奇党』、『猟奇資料』

『談奇党』第3号、洛成館編刊、一九三一年一二月

「現代軟派文献第年表」『匂へる園』第2輯、日本愛書家協会刊、一九三二年八月

二次資料

『えろちかEROTICA』三崎書房、一九七二年四月号、五月号

梅原正紀「梅原北明」『ドキュメント日本人6　アウトロウ』學藝書林、一九六八年三月

梅原正紀「北明について」『保存版えろちか　梅原北明特集』三崎書房、一九七三年一月

梅原正紀『近代奇人伝』大陸書房、一九七八年六月

梅原北明『梅原北明探偵小説選（論創ミステリ叢書）』論創社、二〇一五年一〇月
浦西和彦『文化運動年表 明治・大正編』三人社、二〇一五年一二月
浦西和彦『文化運動年表 大正・昭和編』三人社、二〇一六年一〇月
小田切秀雄『昭和書籍雑誌新聞発禁年表〈上〉』明治文献、一九六五年六月
川村伸秀『斎藤昌三 書痴の肖像』晶文社、二〇一七年六月
斉藤昌三『三十六人の好色家　性研究家列伝』創藝社、一九五六年二月
斉藤夜居『大正昭和艶本資料の探究』芳賀書店、一九六九年一月
斎藤夜居『書物と人』第1冊、愛書家くらぶ発行所（街書房）一九八三年一一月
毛利眞人『ニッポン　エロ・グロ・ナンセンス　昭和モダン歌謡の光と影』講談社、二〇一六年一〇月
水沢不二夫『検閲と発禁　近代日本の言論統制』森話社、二〇一六年一二月
Webサイト・「閑話究題　XX文学の館」http://www.kanwa.jp/xxbungaku/index.htm（二〇一七年一二月八日アクセス）

附記：本年表は科学研究補助金（特別研究員奨励費）による成果の一部である。

叢書エログロナンセンス第Ⅲ期

『談奇党』『猟奇資料』 第4巻

2017年12月15日 印刷
2017年12月22日 第1版第1刷発行

[監修・解説] 島村《しまむら》 輝《てる》

[発行者] 荒井秀夫

[発行所] 株式会社ゆまに書房

〒101-0047 東京都千代田区内神田2-7-6

tel. 03-5296-0491 / fax. 03-5296-0493

http://www.yumani.co.jp

[印刷] 株式会社平河工業社

[製本] 東和製本株式会社

落丁・乱丁本はお取り替えいたします。 Printed in Japan

定価：本体10,800円+税 ISBN978-4-8433-5311-0 C3390